Paul Fehmiu-Brown

CES CANADIENS OUBLIÉS

Tome 1

les éditions **AQUARIUS**

2100, chemin Saint-Thomas, Sainte-Thècle, Québec G0X 3G0
Tél.: (418) 289-2445

Ces Canadiens oubliés. Par Paul Fehmiu Brown

éd. rev. et corrigée, 1981 6 x8,5 po.

Les Éditions Aquarius, 2100,chemin Saint-Tomas,

Sainte-Thècle, G0X 3G0

tome I. 273 p 1 ex

tome II. 285 p 1 ex

*(*roman à caractère historique sur l'esclavage des noirs au Canada*)

ESCLAVAGE au Canada français

=**Ces Canadiens oubliés.** Par Paul Fehmiu Brown
éd. rev. et corrigée, 1981 6 x8,5 po.
Les Éditions Aquarius, 2100,chemin Saint-Tomas,
Sainte-Thècle, G0X 3G0
tome I. 273 p 1 ex
tome II. 285 p 1 ex
*(*roman à caractère historique sur l'esclavage des noirs au Canada*)

= **Dictionnaire des esclaves** et de leurs propriétaires au Canada français,
par *Marcel Trudel*. (Cahiers du Québec,# 100, coll. Histoire)
Montr., Hurtubise HMH, 1990, 492 p. format: 5,5 x 9 po.

= L'esclavage au Canada français. Histoire et conditions de l'esclavage
,par *Marcel Trudel* , Québec, Pr. Univ. Laval 1960 xxv, 432 p. 0 ex

Nous remercions vivement le Musée McCord, Université McGill, Montréal, de nous avoir autorisé la reproduction du "portrait d'une esclave noire" par François de Beaucourt, 1786.

"... Que le peintre ait ajouté un plat de fruits exotiques à son oeuvre (...) laissait ainsi un témoignage irréfutable de l'esclavage au Canada..."

Edition revue et corrigée

Bibliothèque nationale du Québec
Dépôt légal - 2e trimestre 1981

ISBN 2-89220-000-8

A

Josée Lafrenière,

amie, amante, épouse et mère,

qui sut éteindre en moi cette

flamme ardente qu'est la xénophobie.

Xénophobie qui triompha

et qui triomphe encore,

au point que des esprits bien-pensants

préfèrent tout ignorer

de ces Canadiens oubliés.

P.F.B.

PROLOGUE

Nous n'avons pas la prétention d'écrire une histoire du Canada, mais seulement placer des faits dans leur contexte historique et, si nous nous sommes bornés à l'examen de l'esclavage dans le Bas-Canada, c'est tout à fait volontaire. En effet, nier catégoriquement que le négoce de cheptel humain a existé au Canada-français, c'est oublier une partie importante de l'histoire de la Nouvelle-France. C'est aussi ignorer que de tous les pays esclavagistes, la France suivait de très près le Portugal et l'Espagne, déjà autour de 1440-1510, l'Angleterre n'étant arrivée dans la course que plus tard. Dès lors, on se rappelle que Louis XIV avait souhaité que sa chère colonie, le Canada, devienne le berceau d'une population à l'image française, catholique, sans mélange de races... Que dirait-il de la mosaïque? Malgré cette intention noble d'évangélisation, le clergé garda une attitude fort mitigée sur la traite des Noirs et joua un rôle douteux. Montesquieu, qui n'était pas homme d'église, mais homme très en vue de son époque, parlait de l'esclavage en ces termes: "l'esclavage est déplorable mais cela est nécessaire...". Mais, alors, nécessaire pour qui? pour la France? pour l'Angleterre plus tard? ou pour le salut de ces Nègres? Les Canadiens d'aujourd'hui n'ont pas à se reprocher leur ignorance, la documentation n'étant pas abondante. Toutefois, il est permis de se demander pourquoi les premiers auteurs ont tenu à taire cette page importante de notre histoire. Souvent, à tort, on a affirmé que l'esclavage n'a existé qu'aux Etats-Unis. Nous citons un bref extrait de Jean-Baptiste de Lagny, demandant au roi, en 1688, "qu'on autorise l'achat d'esclaves aux habitants du Canada". Plus tard, nous lisons dans ce qui a été appelé "Le Code Noir": "Acte de Notoriété, donné par M. Le Lieut. Civil du Châtelet, (le 13 nov. 1705,) qui décida qu'en Amérique les Nègres sont meubles." L'intendant Jacques Raudot fut le plus grand instigateur pour la légalisation de l'esclavage de Nègres et de Panis, à partir d'une lettre signée du 13 avril 1709 et d'autres antérieurement. Mgr L.A. Pâquet vient confirmer certaines de nos recherches lorsqu'il affirmait en 1913 "la tâche de l'esclavage sur les nations" et "je regrette que la nôtre n'y ait pas échappé; l'esclavage a existé ici sous le couvert des lois".

Une assertion sur laquelle nos historiens ne s'accordent, veut que le premier Noir arrivé dans le Bas-Canada fut Olivier LeJeune, en 1629, et qui aurait été donné en cadeau à Guillaume Couillard. On nous dit également qu'il aurait été rapporté de Madagascar ou de la côte de Guinée; mais son origine importe peu... La question est de savoir si Olivier Lejeune est l'ancêtre de tous les Noirs qu'on retrouvera par la suite dans le Bas-Canada. C'est fort douteux! Surtout si, comme on nous le dit, il est décédé en 1654, à l'âge d'environ 30 ans. C'est d'autant plus douteux que Marcel Trudel nous signale des mariages de Noirs au Séminaire de Montréal, dont celui de Dominique Gaudet en 1761. Quant à nous, nous pouvons affirmer formellement qu'il a pu exister d'autres mariages entre Noirs et Indiens, ceux qu'on a appelés les marrons fugitifs et qui avaient trouvé refuge dans des tribus indiennes, ici même au Canada. Nous notons au passage plusieurs baptêmes de Noirs en 1693 et la confirmation, par Mgr de St-Vallier, d'un certain Jacques (nègre).

Nous ne voulions pas écrire un livre d'histoire, avons-nous dit, mais il nous semblait essentiel d'apporter ces témoignages. Pour atteindre notre but, notre seul souci est de cerner le rôle que chaque groupe ethnique a pu jouer à l'intérieur des deux Canada.

L'époque dont parle notre héroïne, Constance Cromwell-Legendre, confirme l'instabilité à gouverner sous les deux régimes, à savoir dès 1783. Dans ce récit que nous faisons, toutes les dates sont rigoureusement authentiques, hormis quelques fantaisies comme par exemple Duke Cromwell qui aurait dû être Duke Brown et Loretta, Loretta Weaver. Voilà tout. Mais, lorsque nous parlons de Sir John Colborne, du Colonel Gore, de Duvernay, de Sewell, de Goodrich, de Stanley, de Denis Benjamin Viger, de son cousin Papineau et de bien d'autres, a-t-on besoin de souligner que ces personnages sont loin d'être fictifs... Il en est de même de M. William Lyon Mackenzie, premier maire de Toronto.

Qu'on nous oppose l'argument selon lequel tous les Noirs venaient des Etats-Unis, nous semble de la complaisance ou de l'ignorance. Nous admettons volontiers que, de 1800 à 1816, il y eut un certain mouvement migratoire. Pourquoi précisément à cette époque? Parce que, effectivement, certains esclaves fugitifs ayant pris part à la guerre de 1812-14, espérant la terre promise, vinrent s'installer ici et là dans les deux Canada. Et après la guerre, les promesses n'ayant pas été tenues, durant notamment cette année 1816 sans été (on sait qu'il neigeait en plein mois de juin et qu'il y avait du gel en juillet), plusieurs Noirs donc, il faut le souligner, cherchèrent à regagner l'Afrique. Pour ce faire, certains Blancs, profitant du désarroi des Noirs, formaient à la hâte des compagnies maritimes, récoltaient les maigres économies des pauvres bougres et, quand venait le temps de l'embarquement, lesdites compagnies devenaient fantômes. Cela se passait en Nouvelle-Ecosse; on comprend pourquoi cette contrée est devenue un grand bassin de Noirs dont les descendants regardent encore aujourd'hui au delà de l'Océan en rêvant à la terre de leur ancêtres qu'ils ne retrouveront jamais. Africville vit naître plusieurs de ces désoeuvrés, Africville restera aussi le témoignage contemporain de la vie des Noirs et une histoire qui fait penser étrangement aux Canadiens-français des années 1833 à 1839 sauf que d'Africville il ne reste plus rien...

Quand nous affirmons de façon formelle que la traite des Noirs a existé dans les deux Canada de 1675 et poursuivie par les Anglais durant 150 ans, cela amuse les gens, et nous n'en sommes pas étonnés. Mais, quand Pierre Vallières, au milieu des années 60 titrait son livre "Les Nègres blancs d'Amérique", on comprend que cela fit sourire les petits-enfants de ces Canadiens oubliés, car les Nègres, les vrais, 140 ans auparavant poussaient ce cri, ici même dans le Bas-Canada. Les Canadiens-français et les Nègres d'hier connurent les mêmes maux devant l'Anglais vainqueur et roi et durent subir son hégémonie que le temps n'a pas réussi à effacer...

Ce domaine, comprenant de vastes plantations, était celui qu'a mis sur pied Patrick Cromwell, le père de Bob. Avant de venir s'installer à cette frontière des deux Canada, Patrick Cromwell acheta de nombreux esclaves dont Duke, un spécimen rare comme il aimait à se vanter. En effet, Duke était issu d'une union d'Indienne et de Noir, tout comme celle qui deviendra sa femme, Loretta. Lorsqu'il fut acheté, Duke n'était alors qu'un petit négrillon; plus tard, M. Patrick Cromwell acheta Loretta. Au départ, il n'avait pas songé les accoupler, mais un de ses amis lui conseilla un jour, qu'il possédait là des espèces rares car, ce mélange de sang assurait une résistance au climat dur qui fit périr plusieurs Nègres purs arrivant directement des côtes d'Afrique.

C'est ainsi que Duke et Loretta devinrent mari et femme parce que tel était le désir du maître. Jeunes qu'ils étaient, ils durent apprendre par la force des choses à se connaître, puis à s'aimer.

Bob lui aussi était jeune à cette époque-là, ce qui lui faisait souvent dire à Duke qu'ils étaient ensemble depuis longtemps... Si, dès son jeune âge, il n'avait été élevé dans la ségrégation, il lui dirait tout naturellement: "nous nous sommes vus grandir". Quelle nuance...

Quoiqu'il en soit, Patrick Cromwell dut quitter la région après 1770 surtout, et parce que cette contrée était désormais aux mains des Américains, pour qui il avait une haine sans nom. Dix ou douze ans après leur déménagement, Cromwell père mourut en laissant une énorme fortune à Bob et à son frère, trois ans son aîné; adultes, les deux frères travaillaient à la prospérité de leur héritage. Pour des raisons assez obscures, ils durent se séparer; l'aîné alla dans le Haut-Canada puis, finalement, aux Etats-Unis.

C'est ce Bob Cromwell qu'on retrouvera plus tard, riche et envié, celui-là même qui n'était guère différent des autres esclavagistes. Lorsqu'il discutait avec son voisin, et les propos philosophiques qu'ils tenaient, on pouvait se demander s'ils y croyaient réellement. Son voisin poussait la complaisance jusqu'aux réflexions que faisait Montesquieu, à savoir que "l'esclavage est déplorable, c'est regrettable, mais c'est nécessaire...". Il était donc nécessaire pour Bob Cromwell, un homme affreusement solitaire, d'avoir une attitude plus ou moins mitigée avec ses esclaves. Car, il se souvenait de ce que lui racontait son père à propos de nombreuses révoltes. Une quinzaine d'années plus tôt, Noirs et Amérindiens, de concert, se révoltèrent en massacrant pas loin d'une centaine de Blancs. C'était alors qu'on observa une certaine trève, douteuse du reste, de part et d'autre. La méfiance qui était installée n'arrangeait pas beaucoup les choses, certains maîtres, ayant la domination ancrée en eux, ne changeaient nullement leur méthode d'asservissement, alléguant que: un esclave restera toujours un esclave, car c'était Dieu qui l'avait voulu ainsi... Sachant tout cela, Bob Cromwell jouait sur les sentiments de ses esclaves à son avantage. D'autres, non pas au nom d'un quelconque humanisme, étaient modérés. C'était sans doute dans cette dernière catégorie qu'on trouvait ceux qu'on a appelés *libéraux*. Ceux-là même qui allèrent jusqu'à puiser dans leur fortune pour offrir une terre promise aux "anciens esclaves", d'où la naissance du Libéria. On saura plus tard ce que cachait cette générosité soudaine...

*

*   *

Pour l'instant, les préoccupations du maître étaient d'arriver à convaincre ses esclaves que lui n'était pas comme les autres maîtres, que tant et aussi longtemps qu'il vivra, la servitude sera douce et heureuse... même si le Canada était une terre austère et inhospitalière et ne permettait pas de faire fortune avec ses esclaves. Parce que l'hiver étant long et rude, les esclaves avaient une moyenne d'âge extrêmement courte. C'était pour cette raison que son père, en débarquant, alla s'installer dans l'Estrie, qui appartiendra plus tard aux Etats-Unis.

Duke, le premier négrillon, devint père de Timothy, de Constance et de son bâton de vieillesse, Joseph Baley. Un jour que le maître était absent, le contremaître, pour se venger on ne sut de quoi, le fit attacher par son fils, et devant tous les esclaves réunis, il demanda à Timothy de fouetter son père. Celui-ci ayant refusé, il s'en chargea. Le maître, qui trouva ce traitement excessif, congédia l'homme. Le désarroi régnait depuis cet incident, d'abord parce que Duke était inactif et a dû garder le lit plusieurs semaines. Loretta, toujours courageuse et déterminée, ne reculant devant aucune difficulté, support incontesté de Duke, était dans tous ses états. Avec de multiples fractures, un oeil à moitié crevé, le pauvre Duke hurlait de douleurs nuit et jour. Dissimulant ses émotions, Loretta alla jusqu'à demander au maître de prendre la place de son mari dans les champs; le refus fut catégorique.

Des semaines et des mois passèrent dans ce domaine sans que personne, maître et esclaves, véritablement réussissent à cacher ce qui s'était installé. Les raisons étaient diverses. Duke, alité, le travail ne s'exécutait plus de la même façon. De sa tour d'ivoire, le maître non plus n'était pas sans impatience. Rarement on avait vu un maître aussi acculé. Le temps des récoltes de tabac approchait et les hommes n'avaient pas le coeur à l'ouvrage. Personne n'avouait l'atmosphère presque irrespirable qui régnait depuis. Tout le monde revivait son passé, en s'interrogeant sur l'avenir.

*

* *

Après plusieurs mois, Duke était remis de ses blessures apparentes, et au bout de quelques semaines, on ne parlait plus de cette fâcheuse histoire. Ce colosse de plus de six pieds avait retrouvé toute sa forme physique. Loretta, comme tout le monde, avait retrouvé le goût de vivre; les travaux reprirent dans les champs. En revanche, le maître n'avait pas trouvé de remplaçant au contremaître, à vrai dire, il n'avait guère cherché. Une consolation toutefois pour lui, Helen, sa femme, venait de donner naissance à un garçon. Il faut signaler qu'il s'agissait de sa troisième femme. Sa deuxième, il l'avait épousée au Nouveau-Brunswick; les mauvaises langues racontaient que celle-ci l'a quitté pour s'enfuir avec un autre homme, que sa virilité était douteuse... Quant à celle du premier lit, elle serait morte de façon mystérieuse. Les mêmes mauvaises langues rapportaient qu'elle était morte de tuberculose accompagnée d'une anémie chronique, tout cela résultant d'une carence alimentaire évidente. Ce qui était évident, c'était que, de cette première union, il eut deux enfants, dont Peter l'aîné. Cromwell n'était pas moins fier de ce nouveau-né, 20 ans cadet de Peter.

Depuis la naissance de ce bâton de vieillesse, le maître devint un autre homme, ne tenant plus en place, affable, d'une exceptionnelle courtoisie avec les esclaves. Duke se souvenait encore comme si c'était hier, que le maître l'avait pris par les épaules, et le regardant fixement lui dit: tu es le meilleur des hommes! Par contre, Duke ne fut jamais capable de se rappeler ce que lui valut une chaleur aussi débordante. A moins qu'il ne s'agisse de son silence à propos de Peter et de sa fille. Des années ont passé depuis cette affaire pourtant...

Après l'humeur débordante des dernières semaines, on lui trouvait l'air plutôt sombre, soucieux, la raison ne se fit pas attendre. Le nouveau-né qui allait maintenant avoir six mois, n'était toujours pas baptisé, il n'en fallait pas plus pour le rendre nerveux, au point d'oublier toutes les accolades des derniers jours.

D'origine irlandaise, il n'était pas protestant comme la majorité de ceux d'ici. C'était vrai aussi que la majorité n'était pas de père irlandais et de mère française. Six mois! si le bébé venait à mourir... Enfin, esclaves et hommes à gages devront dans trois jours porter leurs vêtements du dimanche, car il y aura un grand événement.

Le jour venu, le maître était debout avant même ses esclaves. Au début de la matinée, tout le mystère disparaîtra à l'arrivée de quatre visiteurs dont deux Blancs. L'un deux avait des cheveux gris parsemés, assez grand, mais légèrement moins que Duke. Cet homme, on le saura plus tard, était le cousin du maître et qu'il était prêtre. Il était parti du Nouveau-Brunswick depuis plusieurs mois, juste pour venir baptiser le bébé John. On ne sut jamais qui était l'autre homme, pas plus que les deux Noirs qui les accompagnaient; sans doute les esclaves du serviteur de Dieu.

On donna congé à tous les esclaves, à condition qu'ils assistent aux festivités. Naturellement, il ne saurait être question de se mêler aux invités, ni partager les victuailles. Pour eux, ce sera comme à "l'auberge espagnole". Par cette journée splendide, le baptême du petit John devra être une fête réussie. On allait, venait, et autour du bol à punch, les hommes discutaient, les uns vantaient la grandeur de leurs plantations, d'esclaves maintenant trop vieux qu'il faudra remplacer, acheter de nouveaux esclaves demandait de mûres réflexions à cause des nombreux risques financiers, les Nègres étant de moins en moins soumis.

Dès qu'un des invités leva la main, en regardant vers la maison, on aperçut l'hôtesse, suivie de Jessica, la fille du premier lit de Cromwell avec, dans ses bras, le nouveau-né. Derrière elle, son frère Peter. Quelques minutes plus tard, le maître sortit de la maison, accompagné de son prêcheur de cousin. Les deux hommes se tenaient sur le perron, alors que tout le monde se dirigeait vers eux, sauf, évidemment, Duke et sa suite; de toutes façons, ils ne servaient que de décor. Allait-on leur annoncer une nouvelle? Le maître aurait-il décidé de les vendre? Si oui, Bertha, la femme du cocher, l'aurait su, sa spécialité étant d'écouter aux portes. On chuchotait, on regardait vers elle. Elle fit signe négativement de la tête. Personne ne savait rien, on attendait, car, enfin, servitudes pour servitudes, cette attente n'était pas la pire. Enfin, le maître avança de quelques pas et demanda l'attention de tous. Il présenta son cousin, lui adressa en présence de tous ici, sa reconnaissance, sans oublier le grand honneur qu'il faisait à sa famille, d'avoir accepté de venir jusqu'ici pour baptiser John. A tout rompre, on applaudit à n'en plus finir. Le prêcheur avança et la cérémonie débuta et, comme l'exige le rite d'un baptême catholique, il essaya désespérément de mettre du sel sur le bout de la minuscule langue du petit John. Apparemment, ce dernier ne semblait pas apprécier le goût, pas plus l'huile dont il dut oindre son front. Tous, y compris Duke et sa suite, suivaient la scène on ne pouvait plus religieusement. Le prêtre fit signe que la cérémonie était terminée et de nouveau, on acclama. Déjà, quelques hommes se dirigeaient vers le bol à punch. Duke et les siens, quant à eux, attendaient l'ordre de retourner à leurs occupations habituelles.

C'est alors que le maître se dirigea vers Duke, à qui il fit signe d'avancer. Les deux étaient légèrement à quelques pieds des autres. On ne sut pas au juste de quoi parlait le maître à Duke aussi, tous les esclaves regardaient dans leur direction. Ils ne pouvaient les entendre, cependant la courte distance qui les séparait permettait de voir l'air ébahi, catastrophé de Duke. Il fixa le sol un petit instant, secoua la tête et se dirigea vers Loretta. Le maître se tenait debout avec un air amusé qui traduisait un triomphe évident. Loretta, la larme à l'oeil, courut vers leur cabane. Sa femme disparue, Duke se plantait là toujours pétrifié. Personne ne pouvait imaginer ce qui leur pendait au nez, à moins de laisser court à toutes sortes de pensées comme: Ca y est, cette fois, il n'y a plus de doute, le maître allait vendre tout le monde.

Combien de temps dura le suspens?... Loretta revint, son bébé dans les bras et, arrivée à la hauteur de son mari, le couple se fixa, puis alla trouver le maître qui discutait avec son fils Peter. Ce dernier fit signe de la tête, après quoi il alla rejoindre le prêcheur qui bavardait avec un petit groupe. Pour Duke et les siens, l'angoisse de l'attente était à son comble. Le prêcheur, qui ne s'était pas défait de son attirail, croix pectorale, barrette, à l'exception de son étole, arriva tout souriant.

A présent étaient réunis Duke et Loretta, le maître, Peter et le prêcheur. Ce dernier leva les bras légèrement au niveau de la poitrine, les paumes vers le ciel, demanda aux invités de s'approcher. Balayant la foule de son regard, il commença:

—— Mes frères,... Mes frères,... Visiblement, il s'adressait au clan de Duke également: Mes très chers frères, poursuivit-il, nous sommes tous réunis ici aujourd'hui, pour célébrer, au nom de Jésus-Christ Notre Seigneur, un sacrement divin. En son nom, nous devons honorer son père à tous puisqu'il nous a créés à son image. C'est donc, mes très chers frères, pour effacer le péché originel, en ce jour du Seigneur que je baptise, au nom du Père, du Fils et du Saint-Esprit, Joseph.

—— Joseph? maugréa Duke, hors de lui. Joseph! Mais, ce n'est pas possible, nous lui avons déjà donné un nom. Il s'appellera Baley...

—— Allons, voyons! cria à son tour le prêcheur s'adressant plutôt au maître qu'à Duke. Comment peux-tu tolérer un tel manquement d'un es...

Curieusement Cromwell prit cet incident avec un calme étonnant en disant:

—— C'est une affaire de famille. Poursuis la cérémonie, nous laverons notre linge sale en temps et lieu.

Durant la cérémonie, Duke tremblait de tous ses membres prêt à sortir ses crocs. Loretta le suppliait des yeux. Lui seul comprenait ce que dictaient les yeux de sa femme: "Garde ton sang froid, garde ton sang froid, pour l'amour, pour l'amour de nos enfants. Garde ton sang froid, tu as su le faire depuis des années.

Souviens-toi comment tu as su le faire avant et après le geste de Peter avec notre fille. Il ne faut pas faillir aujourd'hui. Non, surtout pas. Respire, respire profondément". Souvent, par cette voix intérieure, Loretta et Duke résolvaient maints problèmes, par une forme de télépathie. On pouvait dire que c'était propre aux esclaves quand on savait qu'ils n'avaient pas un mot à dire devant l'oppression, quand ce n'était pas carrément pendant les coups de fouet. Ce silence, cette indifférence face aux douleurs les plus atroces, les maîtres ne l'avaient jamais compris, car c'était un monde seulement accessible à ceux qui gémissaient et qui avaient la rage au coeur, écrasés sous le poids de leur impuissance.

Pendant que Duke et Loretta laissaient errer leurs pensées, brusquement, la voix du prêcheur les ramena à la réalité.

—— In nomine Pater et Filius et Spiritus Sanctum. Allez tous! Et que la paix du Dieu Tout-Puissant soit avec vous. Il enleva son étole, la baisa et dit, maintenant, Joseph, va, car dès à présent tu fais partie des enfants de Dieu. Ainsi, tu pourras atteindre le royaume des cieux.

Pas d'applaudissements, ni de bravos comme deux heures auparavant dans le cas de John. Sans l'ombre d'un doute, le maître était absolument satisfait d'avoir fait baptiser le fils de son esclave devant tant de témoins. On ne sut toutefois pas si c'était prémédité car, curieusement, on n'avait prévu ni parrain, ni marraine pour Joseph Baley. Ce qui importait: impressionner les invités.

Une fois encore, on retourna au bol à punch qui, semblait-il, était vide, l'ordre fut donné immédiatement. Entre-temps, les esclaves furent renvoyés à leurs cabanes, les réjouissances n'étant pas pour eux. A leur guise, ils pourront profiter de leur congé pour le restant de la journée. (Il n'était pas loin de six heures). D'une manière ou d'une autre, ils savaient fort bien qu'il faudra rattraper cette journée qui, à bien des égards, restera inoubliable.

Cette cour, qui était bondée de monde était soudainement déserte. Toute la comédie qui avait été jouée la journée durant, laissait place brutalement à une curieuse atmosphère de tristesse, sans que personne ne puisse vraiment définir la raison. Le maître n'échappa pas à ce malaise. Décidément, cette journée mémorable aura été riche en improvisations. Sans même que l'hôtesse en fut avisée, le maître décréta que tout le monde était convié pour le repas du soir. Ipsofacto, on mobilisa tout le personnel domestique disponible. Durant une bonne partie de la nuit, on mangera, l'alcool coulera à flot, en somme un vrai festin dont on vantera le succès dans les jours prochains. Un festin, comme il se devait, entraînera de grandes discussions; on n'oubliera pas les grandes préoccupations de l'heure: l'avenir des grands propriétaires terriens. A l'autre bout de la table, on entendit un homme indigné et qui, avec sa voix grave, prit la parole.

— Pourquoi diable! les politiciens mettent-ils leur nez dans la production et pourquoi donc veulent-ils régenter la main-d'oeuvre d'esclaves qui, seule, nous permettra de faire de ce nouveau pays la nation la plus grande, la plus prospère du monde. Les Nègres sont créés pour assurer une tâche: la servitude. Regardez comme ils sont soumis. Ecoutez, messieurs, nous sommes menacés, nous devons à tout prix les maintenir dans cet état car nos terres, nos familles, notre supériorité, messieurs, tout cela est lié. Et puis, ne perdez surtout pas de vue, qu'en maintenant l'esclavage, nous rendons ainsi service à ces êtres inférieurs qui n'ont pas d'histoire, pas de religion, encore moins de principes moraux que seuls, nous ici possédons.

Etaient-ils tous d'accord avec les propos de cet homme? Pour le moment, personne ne bronchait. Le prêcheur qui était à l'autre extrémité voulait prendre la parole. Contrairement au précédent excellent orateur, le prêcheur se leva. Inversement, notre orateur était maintenant debout. Plutôt, il allait reprendre son siège parce que, en prononçant ses dernières phrases, il tenait sa tasse à punch qu'il venait de remplir. Voyant le prêcheur debout, il en déduisit que celui-ci allait prendre la parole. Effectivement...

— Monsieur? s'adressant à l'homme.

— Burnett, Tom Burnett.

Le prêcheur s'éclaircit la gorge, ajouta un petit toussotement quelque peu forcé tout en fixant l'homme.

— Monsieur Burnett, il y a quelques instants, je vous ai écouté, avec la plus grande attention, parler de ces êtres inférieurs qui sont et doivent demeurer aliénés. Permettez-moi de vous rappeler que nous sommes tous frères en Jésus-Christ.

Burnett s'esclaffa puis se frappa la poitrine de sa main gauche, comme s'il était au bord d'un étouffement.

— Mais, mon Père, vous plaisantez!

— Aucun homme, aucun homme, Monsieur Burnett, ne peut..., ne peut dis-je, tenir le monopole de la vérité. Seul Dieu... seul Dieu...

Le prêcheur, ne réussissant pas à faire son sermon, regarda vers son hôte.

Excédé, Bob Cromwell, visiblement scandalisé, lança à l'endroit de Burnett:

— En voilà assez! Tom, un peu de tenue.

— Mais... mon cher Bob, je ne me serais pas un seul instant fait d'illusion que vous prendriez plutôt pour moi que pour votre cousin, prêtre par dessus le marché! Comment pouvez-vous faire preuve de tant d'hypocrisie, mon cher Cromwell. Vous qui possédez plus d'esclaves, plus de plantations de la région. C'est cela la fraternité dont nous parle le prêcheur? Est-ce l'esprit catholique en Irlande?

— Tom, vous dépassez les bornes, je ne peux tolérer ce langage longtemps sous mon toit.

Un gros homme, avec une moustache curieuse, et qui se tenait à côté de Burnett, leva les bras au ciel. Tous les regards se dirigèrent vers lui, car on espérait qu'enfin quelqu'un allait mettre fin au ton qui montait et aux propos acerbes que s'échangeaient ces hommes.

— Mon ami Burnett, dit l'homme à la moustache, a parfaitement raison. Monsieur Bob Cromwell peut parler à son aise et peut apaiser sa conscience avec une facilité étonnante... Dites-nous, que feriez-vous sans esclaves?

Bob Cromwell, surpris depuis le début, ne put prononcer un mot.

— Soit! répliqua Cromwell. La différence c'est que, chez moi, ce n'est pas viscéral et je ne suis aucunement un déraciné de votre espèce.

— Ah! oui, rétorqua le gros homme à la moustache. Permettez-moi d'en douter. Permettez-moi aussi de faire appel à votre mémoire. Il n'y a pas si longtemps Nègres et Sauvages avaient massacré des Blancs avec une barbarie incroyable. Souvenez-vous également de tout ce qui s'est passé dans ce fichu Nouveau continent. Vos ancêtres, les Français dont vous vous vantez si bien, ont perdu le contrôle. Il est dommage que des gens de votre acabit en soient échappés.

— Venez mon cher, dit Burnett s'adressant à l'homme à la moustache, venez avant qu'on se fasse jeter dehors.

Les deux hommes s'en allaient déjà lorsque Burnett se retourna légèrement.

— Cromwell, honnêtement entre vous et moi, vous êtes infiniment mal placé pour donner des leçons de morale. Aujourd'hui, vous avez fait baptiser votre fils ou votre petit-fils? Hein?, en fusillant des yeux le fils de Cromwell.

Le jeune homme bondit et, n'eût été l'intervention du prêcheur, il allait étrangler Burnett.

Burnett et son ami gagnèrent la sortie pour aller retrouver leur cocher noir. Vieil homme aux profondes rides, il avait la tête sur l'épaule. Pauvre homme! Il était là à attendre depuis plus de huit heures, à moitié mort de faim et de soif. On avait pourtant prévu de l'avoine, du foin et de l'eau pour les chevaux... Burnett, encore courroucé, hurla à l'endroit de son cocher. Le pauvre bougre, réveillé en sursaut, n'eut pour réflexe que de tirer sur les rennes brusquement. Burnett, encore plus enragé, lança à son cocher,

—— Je te ferai fouetter jusqu'au sang demain matin.

Le cocher tourna la tête vers son maître en souriant jusqu'aux oreilles. Burnett, d'un air mi-furieux mi-amusé, pointa du doigt son cocher qui de toutes façons, avait maintenant les yeux rivés sur le sentier étroit.

—— Tu crois ça Billy? C'est ce que nous verrons...

Burnett, comme son cocher, savait qu'il n'en ferait rien. Billy l'avait vu naître, lui avait appris à monter à cheval, et s'il n'avait pas eu le malheur d'avoir la peau noire, Burnett n'hésiterait pas à raconter à tout le monde que Billy était son second père...

Ni l'homme à la moustache, ni Burnett n'eut guère envie de parler, chacun plongé dans sa divagation. Tom Burnett fixait la nuque de Billy et se mit à penser à l'époque où il avait quatorze ou quinze ans et qu'il se prenait déjà pour un homme. Son père était vieux, en tout cas assez pour ne plus être capable de courir et dresser les chevaux. Billy, lui, en ce moment-là, était un homme, un vrai. Il se souvint aussi que lui, Tom, allait très souvent l'embêter à l'écurie en lui posant mille et une questions auxquelles il répondait toujours avec bonté. "Oui, Billy doit trouver la vie injuste, non pas uniquement à cause de sa condition d'esclave mais, que je me souvienne, de tous les esclaves qu'on avait, Billy était le seul à ne pas avoir de garçon. Je serais curieux de savoir à quoi il pense à la minute présente. Je crois que cela lui importe peu aujourd'hui puisque, de toutes façons, mon père avait vendu deux de ses filles, prétextant que nous avions un pressant besoin d'argent. Je me souviens vaguement aussi qu'en 1802 ou 1803, mon père avait donné une des filles de Billy à un créancier qu'il trouvait, nous disait-il, sans vergogne et sans éducation. Tout ce qui lui reste, pauvre Billy, c'est une fille. Cette fille, c'est notre cuisinière."

Tout à coup, la voix de son ami et compagnon le fit sursauter. L'homme à la moustache, qui avait dû dormir durant le trajet, lui dit,

—— Mon cher, vous dormez?

—— Non, non.

Le moustachu, tel un somnambule, lança:

—— Etrange, ce Bob Cromwell... puis s'endormit aussitôt.

Le moustachu venait de dévier les pensées de Tom Burnett sur Bob Cromwell. Il n'était pas très fier de lui, il avait manqué d'élégance, de tact, mais tant pis! Il l'avait sur le coeur depuis assez longtemps. "Et puis après tout, Cromwell est irritant avec toutes ses manières de grand seigneur, de parfait gentleman hors de tous soupçons". Il l'avait blessé? Pour le moment, il n'avait aucun sentiment de remords. Aller lui présenter des excuses dès la prochaine occasion? à Dieu ne plaise!

Il sursauta parce que les hurlements de Billy, signalaient qu'ils étaient arrivés chez le moustachu, lequel apparemment sortit de son sommeil, en mâchonnant.

— Hein? Hein?

— Hooo! cria une dernière fois Billy.

— Mon cher, fit Burnett à son ami, nous y voilà!

Trébuchant, au risque de se rompre le cou, le gros moustachu réussit à atteindre le sol puis, presqu'à pas de course, gagna sa maison.

— Bonjour, mon cher, lui dit Burnett.

Il se retourna brusquement, non pas pour répondre à son ami mais il dit:

— Etrange personnage que ce Bob Cromwell, n'est-ce pas? Ce n'est même pas un bourgeois, ce n'est qu'un affreux snob.

Il n'attendit pas de réponse de Burnett et se précipita vers sa porte.

*

*   *

Quelques minutes plus tard, Billy et Burnett arrivèrent au domaine et dans la cour, on voyait des silhouettes qui déjà allaient et venaient. Un peu étonné, Burnett pensa tout haut:

— Que font-ils?

Billy se retourna et dit à son maître tout en pointant le doigt vers l'est,

— Regardez!

En effet, le soleil pointait à l'horizon. Burnett descendit, regarda autour de lui et dit à Billy:

— Va te coucher, il est tard.

Il avait le dos tourné quand Billy toussotta, ce qui lui fit tourner la tête.

— Qu'est-ce qu'il y a encore, Billy?

— C'est le matin, dit-il.

— C'est le matin, oui et alors?

Billy qui n'était pas descendu de la voiture dit à son maître:

—— Est-ce possible de me faire fouetter avant d'aller me coucher?

Burnett se contenta de hausser les épaules et ce geste se passa de commentaires. "Pauvre Billy! Moi, faire fouetter Billy? quelle démence! Si jamais cela arrivait, que le diable m'emporte dans l'abîme de l'enfer".

*

*   *

Le lendemain de la réception de chez Cromwell, on se demandait encore ce qui s'était passé au juste. Il faut dire tout de même que ce fut somptueux malgré l'improvisation à la dernière minute.

Le prêcheur fit son entrée dans la grande pièce du bureau où Cromwell était debout devant la fenêtre, le dos tourné à la porte.

—— Bonjour Bob, lança-t-il.

Celui-ci se retourna et, comme s'il n'avait pas entendu, sourit en avançant vers son cousin. Il lui fit signe de s'asseoir, contourna son bureau, avant de s'écraser dans son fauteuil. Les deux hommes se regardèrent quelques secondes sans un mot. Bob, ne pouvant se tenir en place, se leva, fit encore le tour de la table et, comme si le prêcheur venait d'entrer lui demanda:

—— As-tu bien dormi?

Le prêcheur ne répondit rien, se contentant de le fixer. Il saisit plutôt une bouteille et deux verres.

—— Whisky?

Le prêcheur fit non d'un revers de la main. Pourtant, en temps normal, il ne détestait pas prendre un verre ou deux, comme ce fut le cas hier... Cromwell se versa un verre qu'il vida d'un trait et remplit aussitôt un autre.

—— Je vois que tu es préoccupé, tu n'as sans doute pas envie de parler; si c'est le cas, je pourrai revenir plus tard. Ce n'est pas ton confesseur qui parle, mais ton cousin... Fais un effort et oublie un instant ma soutane. Dis-moi, serait-ce à cause de ce vulgaire... quel est son nom déjà?

—— Burnett.

—— Je ne peux pas croire que tu t'arrêtes à des idioties d'un crétin venant de ce... *Burnett!*

Cromwell posa son verre sur le coin de la table et fit quelques pas vers le prêcheur.

— Ecoute, Andrew, à vrai dire, Tom Burnett n'est pas singulièrement mauvais garçon. Il est un peu impulsif, voilà tout. Quoiqu'il en soit, il est de loin la source de mes soucis, de mes problèmes, devrais-je dire.

Il allait se verser du whisky mais Andrew, qui l'observait, le fit se raviser.

— Tiens! Je prendrai un whisky.

Les deux cousins se regardèrent fixement. Bob remplit les verres, en tendit un à son cousin, puis pour la première fois, les muscles de son visage se détendirent.

— Tu te souviens comment j'étais hâbleur lorsque nous étions jeunes?

— Mais oui. Tu te souviens aussi qu'à chaque fois qu'on voyait arriver un bateau, on disait "voilà les Anglais qui arrivent, ils vont chasser tous les Français". C'était alors que nous commencions à nous battre.

Les deux hommes se turent quelques minutes puis Andrew se mit à parler.

— Tu sais, au fond Bob, tu étais plus destiné au sacerdoce que moi. Nous avions... nous avions treize, quatorze ans? Tu disais "pourquoi faut-il que les gens se battent. Surtout, entre Anglais et Français." Je l'ai compris beaucoup plus tard lorsque j'étais au séminaire, en Europe. Te rappelles-tu quand père décida de m'envoyer en Angleterre, parce que, disait-il, Anglais, Français, Hollandais et autres de ce soi-disant Nouveau-Monde sont incultes, dégénérés, quand il ne traitait pas tout le monde de "bandit de grands chemins". Car, lui était diplomate au service de Sa Majesté...

— Grand Dieu! que nous étions naïfs de croire que nous sortions des cuisses de Jupiter, parce que, tout simplement, nous étions issus de cette pseudo-aristocratie.

Andrew sourit et poursuivit.

— Père, qui ne pouvait admettre que personne sous aucune considération sorte des sentiers battus, qui était prêt à affubler tout sujet ou non de Sa Majesté, avait plus d'esclaves que quiconque de la contrée. Evidemment, tous ces immigrants dupes pensaient que ces immenses plantations et ses innombrables esclaves étaient la propriété de Sa Majesté. Sa Majesté, Père n'avait que ça dans la bouche. Vois-tu, nous n'étions guère différents de ces hommes qu'il traitait avec mépris d' "immigrants", d' "imbéciles naïfs et sans patrie". Parce que lui, ira rendre compte à Sa Majesté, et Sa Majesté le couvrira de tous les honneurs dignes de son rang...

Il secoua la tête et se tut. Cromwell sortit d'un tiroir une boîte de cigares, il n'en n'offrit pas à son cousin, se leva et alla regarder par la fenêtre, comme s'il sentait quelqu'un les épier. Il alluma son cigare et, sans se retourner se mit à parler.

— Je vais te faire une confession, sans jeu de mot. Je t'attendais depuis des mois. Il y a si longtemps que je n'ai pas eu l'occasion de partager de vrais sentiments avec personne. M'entends-tu? Personne! Outre ces vieux souvenirs de notre enfance que tu viens de me faire revivre, de mon oncle dont je garde une image plus ou moins confuse, pas tant soit du personne mais les ambiguités de ses propos. Je suis heureux que tu aies commencé le premier à parler de lui. C'est étrange...

— Que veux-tu dire?

— Qu'il y a quelques instants, un mur nous séparait et voilà que nous venons de revivre, en une heure, toute une vie riche en leçons, comme disait père. C'est ce que Duke et Loretta appellent les liens du sang.

— Qui sont Duke et Loretta, demanda Andrew.

Bob resta songeur quelques secondes avant de répondre.

— Duke et Loretta? Bien, c'est un couple d'esclaves que j'ai ici et qui me posent de sérieux problèmes de conscience... Ah! Je crois qu'un fantassin vient nous chercher. Entrez!

Un domestique venait annoncer le repas du midi et, comme un éclair, disparut aussitôt. Andrew et Bob se dirigeaient vers la sortie quand Bob dit:

— Si le coeur t'en dit, nous irons nous promener après le déjeuner.

*

* *

Dans l'immense salle à manger, Peter et Madame Cromwell les attendaient. La jeune femme s'approcha du prêcheur, lequel la prit dans ses bras et lui déposa délicatement un baiser sur le front. Peter, quant à lui, ne bougeait pas et, comme s'il fuyait le regard du prêcheur, dit timidement:

— Bonjour, Oncle Andrew.

— Bonjour, mon garçon.

Malgré son ton plein d'affection, Peter se demandait de quoi son père et le prêcheur avaient pu parler, car ils étaient restés enfermés dans le bureau pendant longtemps. Il espérait de tout coeur que son oncle ne lui fera pas de sermons. Bien sûr, il n'était pas sans reproche mais, en présence de la femme de son père, il ne saurait supporter cela, d'autant plus qu'il ne voyait pas comment se justifier. Si cela devait arriver, il pourrait à la rigueur compter sur la complicité de sa belle-mère-maîtresse. "Non, Oncle Andrew a beaucoup de tact. De plus, en tant que prêtre...".

Cromwell était à l'écart avec son cousin et parlait de chevaux, de sa dernière jument et combien il se nourrissait d'espoir, car "c'est la plus belle bête de la région. Au prix que j'ai payé...".

Sur l'entrefaite, entra une esclave, une soupière dans les mains et se dirigea vers Madame Cromwell. Cette dernière était aussi muette que Peter. On pouvait comprendre aisément, du moins on pouvait supposer sans risque de se tromper, que les mêmes idées leur passaient par la tête.

Le repas se déroula dans un silence mortel et curieusement c'est le prêcheur qui était mal à l'aise. Discrètement, il observait tour à tour ses hôtes; chacun avait les yeux rivés dans le fond de son assiette. Il se demandait quelle harmonie il pouvait y avoir entre eux. Leurs gestes, leurs regards étaient dénués de chaleur, les phrases étaient pesées. Rien de débordant entre les époux, pas plus de Peter qui était assis à l'autre bout de la table. Le prêcheur leva les yeux en même temps que la jeune femme et ils échangèrent un sourire froid et poli. Regardant Peter et la jeune femme, il ne pouvait s'empêcher de constater leur beauté et leur jeunesse. Comme un éclair, une idée pour le moins saugrenue lui passa par la tête. Il regarda Bob qui mâchonnait distraitement. "Mais oui! se dit-il. Ce n'est pas possible, non, ce n'est pas possible...". Comme une voix qui venait d'une autre pièce, il entendit la jeune femme lui dire:

—— Un peu de rôti, Oncle Andrew?

—— Hein? non, merci, ma chère, je mange et m'abreuve trop depuis que je suis sous votre toit. Il me faudra surveiller mon régime dès que je serai de retour au Nouveau-Brunswick.

La jeune femme montra ses superbes dents blanches avec un sourire mi-flatteur, mi-narquois,

—— La congrégation exige-t-elle de vous une sveltesse avec tant de rigueur? C'est la première fois qu'elle parlait depuis le début de ce repas qui achevait. Douteriez-vous de votre élégance, Père Andrew?

—— Ma chère, fit le prêcheur, ou vous êtes flatteuse ou vous êtes d'une extrême générosité. Quoiqu'il en soit, ma très chère, je le prends pour un compliment.

Soudain, on entendit des pleurs d'un bébé. Helen se précipita dans un couloir pour se trouver face à face avec une grosse femme noire aux cheveux gris.

—— Madame, madame, criait-elle.

—— Mais enfin, que se passe-t-il?

La grosse esclave, toute essoufflée, le bébé dans les bras,

—— C'est Monsieur John (il avait cinq mois...). C'est Monsieur John, je crois qu'il a la colique, Madame.

Brusquement, Helen prit son bébé des bras de la grosse Noire. Peter, à qui on ne prêtait aucune attention, on ne sut quand et comment, était aux côtés de la femme de son père. Helen, dont pourtant c'était la première couche, ne fut pas affolée outre mesure. Son bébé dans les bras, suivie de la grosse femme noire, elles allèrent dans la chambre du nouveau-né, le coucha sur le dos défit ses langes. Si le petit John eut effectivement une colique, il ne l'avait plus, de toute évidence, puisqu'au contact du corps de sa mère, il cessa de pleurer.

—— Père, dit brusquement Peter, ne devrions-nous pas aller voir l'état de John?

Bob Cromwell, Andrew et le jeune Peter allaient rentrer dans la pièce, mais la grosse femme noire leur barra le chemin.

—— Non, messieurs, vous ne pouvez pas.

Presqu'automatiquement les trois hommes se regardèrent.

—— Allons! Que se passe-t-il? Peut-on savoir, lança sèchement Cromwell.

Il avait à peine terminé sa question que Helen sortit et avança vers eux, visiblement impatients. Plus que tout autre, Peter bégayant, dévorait Helen des yeux, puis d'un ton nerveux,

— Alors, qu'a-t-il, John?

— John est atteint d'une grave maladie, j'ose espérer que ça ne sera pas incurable.

— Pour l'amour de Dieu, parlez!

— Soyez sans crainte, notre John est tout simplement atteint de voracité.

Puis, tous revinrent dans la salle à manger. Bien que le petit incident qui était venu troubler le repas se soit déroulé comme un éclair, personne ne semblait plus avoir faim. On grignota encore quelques fruits, après quoi Helen demanda à se retirer dans sa chambre.

Elle était partie depuis à peine cinq minutes lorsque Peter, à son tour, quitta la table avec naturellement la permission de son père.

— Je ne veux pas te l'imposer mais, si tu le désires, j'irai te montrer les plantations. Tu aimerais sans doute aller faire une petite sieste avant?

— C'est une excellente idée, d'autant plus qu'avec ma soutane, parcourant les champs...

— Tu me trouveras dans mon bureau quand cela te conviendra.

— Entendu Bob.

*

* *

Il était deux heures de l'après-midi lorsqu'on retrouva les deux cousins marchant côte à côte; Andrew n'avait plus sa soutane. On pourrait dire, sans exagération, que Helen avait l'oeil car le prêcheur était vraiment un bel homme.

Cela faisait déjà un moment qu'ils marchaient sans échanger la moindre petite phrase. Un peu plus loin, devant eux, travaillaient des esclaves. Hommes, femmes et enfants ramassaient le tabac à pas de course. Le prêcheur leva la tête en les regardant.

— Comment! Bonté divine, font-ils pour travailler à cette vitesse sous un tel soleil de plomb?

Cromwell ne répondit pas, d'ailleurs, qu'y avait-il à répondre. De toute manière, il observait Duke qui travaillait au même rythme et, à côté de lui, sa fille Constance. Arrivés à leur hauteur,

Cromwell s'arrêta et Duke, toujours courbé, leva légèrement la tête pour dévisager son maître; Constance fit autant et tous deux se remirent à leur besogne. Gêné, Cromwell rejoignit son cousin qui était alors à quelques pas devant lui et qui contemplait l'immensité des champs de tabac. Cromwell ne savait pas au juste à quoi pouvait penser le prêcheur, du reste, il n'avait pas l'intention de lui poser la question. Ils se remirent à marcher et, de temps à autre, le prêcheur ralentissait pour distribuer de larges sourires aux esclaves, sourires auxquels ceux-ci étaient totalement indifférents. Aucun de tous ces asservis n'étaient prêts, ni même les enfants, à oublier la grande comédie dont ils avaient été témoins... D'autres baptêmes, ils en avaient vus. Tous ici étaient d'accord pour qualifier de grotesque, de faire baptiser Baley que le maître, avait décidé d'appeler Joseph.

Cromwell était maintenant conscient de son erreur. Le regard de Duke lui avait été insupportable, celui de Constance ne le fut pas moins. Grand Dieu! Il réalisa amèrement une autre gaffe. Pourquoi se sentait-il toujours aussi coupable chaque fois qu'il offensait un de ses esclaves, même le plus petit? Oui, parce que lui avait tous les atouts et pouvait décider n'importe quoi pour n'importe lequel d'entre eux. Quel orgueil! et de quoi pouvait-on se vanter lorsqu'on se battait avec un adversaire totalement désarmé. "Quelle impulsion absurde que cette histoire de baptême! Et, pourquoi ne pas avoir fait baptiser le petit garçon à Constance qui, si ma mémoire est bonne, ne doit pas être loin de ses deux ans."

Toujours plongé dans cette leçon de morale qu'il était en train de se faire, Père Andrew le fit sortir en disant,

— Ils sont braves ces gens. Toute cette récolte se fait à bras d'hommes, de femmes et d'enfants, n'est-ce pas?

Cromwell ne répondit pas.

Sur le chemin du retour, comme s'ils n'avaient pas le choix, ils passèrent à côté de Duke et de Constance. Cette fois, comme si le père et la fille s'étant donné le mot, ils ne daignèrent pas lever la tête, même quand Cromwell s'arrêta presque devant eux et malgré un toussottement forcé. Il haussa les épaules puis, suivi de son cousin, ils s'en allèrent en direction de la maison. Il tourna la tête et Père Andrew l'imita.

— Est-ce que, Andrew, tu as remarqué le regard de cet homme et de la fille?

— Non, j'aurais dû?

— Oui, non... enfin, c'est sans importance.

— Bob, j'ai la nette impression que quelque chose ne va pas. Je ne me reconnais aucun privilège de m'immiscer dans ta vie mais force m'est donnée de croire que tu étouffes, que tu sens le besoin de te confier. Bon Dieu! Bob, laisse-toi aller. Tu as réussi, ton exploitation est prospère.

— C'est curieux ce que tu me dis là. D'autant plus curieux que tu es prêtre justement.

— Justement? Pourquoi justement? Je ne suis pas sûr de comprendre.

— Ça ne rime à rien que je te fatigue avec le monde de contradictions dans lequel je vis depuis des années. Je ne suis pas certain que tu possèdes la solution. A vrai dire, il n'y a pas d'énigme.

— Permets-moi d'en douter.

— Regarde. Devant tous les examens de conscience que j'essaie de faire, je me trouve constamment acculé sans pouvoir, de façon précise, dire ou faire la part des choses. Tom Burnett n'a pas tout à fait tort.

— Allons! Bob.

— Non, non. Tom n'avait pas tout à fait tort quand il me demandait ce que je ferais sans mes esclaves. Tu ne me l'as pas dit, mais je peux voir dans tes yeux que tu m'admires. Tu ne sais pas où j'en suis; moi non plus, si cela peut te consoler. Vois-tu, dans l'état actuel des choses, je me contente d'observer. Je possède une fortune qui dépasse de beaucoup celle de cinq ou six propriétaires réunis de cette région. Cela dit, je suis obligé de reconnaître, pas avec fierté, oh non... obligé de reconnaître, dis-je, que l'argent permet et excuse la stupidité, la bêtise, bref, l'argent donne tous les droits. Il permet d'avoir une maison cossue comme celle-ci; il me permet de marier les gens contre leur volonté; se battre à armes inégales. A l'époque, notre grand-père se battait entre Irlandais, de vrais chiffonniers, sous prétexte qu'il faut bâtir un nouveau monde, une nouvelle terre où tous les moyens sont et seront bons pour s'entretuer. Ce matin, tu disais que je serais plus apte que toi au sacerdoce. Je suis tenté de te donner raison, encore que je sois assez honnête pour reconnaître être moins rhétoricien que toi. Je ne veux pas te faire un affront, Andrew, mais j'ai l'impression que tu nages, différemment certes, dans la contradiction tout aussi bien que moi. Excuse-moi, mon cher, ne crois surtout pas que je m'emporte et, si tel est le cas, je te rassure immédiatement, je n'en prends qu'à moi-même.

Peter venait à leur rencontre, ce qui empêcha le prêcheur de dire ce qu'il pensait des propos de Bob. Peter, qui ignorait toujours ce qu'a pu dire son père à son sujet, ne savait quelle attitude adopter avec celui qu'il appelait Oncle Andrew. Le jeune s'adressa au prêcheur un peu comme s'il avait appris sa phrase par coeur.

— Père vous a imposé toute une randonnée, n'est-ce pas?

— Aucunement, mon garçon. Ce sera, je crois, un exercice que je devrais m'imposer dès mon retour.

— Père, John est tout à fait bien.

— Tant mieux, tant mieux!

Les trois hommes rentrèrent dans la maison dans l'espoir de voir Helen, pour s'informer de ce qu'elle avait fait de son après-midi, mais elle était introuvable. On se quitta en se promettant de se retrouver au souper.

Le Père Andrew était là depuis plusieurs semaines et commençait à songer au retour; ses supérieurs, au Nouveau-Brunswick, devaient se demander ce qu'il faisait. Un matin on le trouva dans le bureau de Cromwell. Il était encore debout, ce qui lui permettait de voir ce qui se passait dehors. Effectivement, il aperçut une voiture qui approchait et conduite par un cocher noir. On ne distinguait pas très bien le visage de l'homme vautré sur le siège, aussi le prêcheur allongea le cou en s'écriant:

— Jésus, Marie, Joseph! Comment ose-t-il? Bob!

Cromwell se précipita à la fenêtre, le prêcheur tourna la tête.

— C'est ton ami Tom Burnett. Je me trompe?

— Non, tu ne te trompes pas, c'est tout à fait lui. Il est impulsif, il est capable de calomnier, mais il a un mérite qu'on ne saurait lui contester. Burnett, si c'est lui, doit avoir des remords, à moins que je ne m'abuse, il vient présenter ses excuses. C'est là une qualité que, pour ma part, je n'ai pas su mettre à profit.

A peine Bob Cromwell terminait-il sa phrase, qu'on entendit deux coups de feu venant d'une des fenêtres du salon. Les deux hommes n'eurent pas le temps de franchir la porte, quand le cheval de Burnett s'emballa. Dehors, la voiture sur le côté, le cocher avait été atteint des deux balles. Précipitamment, esclaves et hommes à gages étaient là, essayant de dégager Billy, le cocher noir, et son maître. On n'avait pas encore eu le temps de se demander qui était l'auteur des coups de feu; pour le moment, la question était de savoir s'il n'y avait pas mort d'homme.

Billy, la bouche grande ouverte, hurlait de douleurs. On réussit à mettre Burnett sur pieds; il était secoué, surtout étonné.

— Rien de cassé, Burnett? s'inquiéta Bob.

L'oeil perdu, il ne répondit pas, se contenta de s'examiner. Tout à coup, il réalisa que Billy n'était pas parmi les gens qui se tenaient là.

— Bon sang, de bon sang! où est mon compagnon?

— Mais, quel compagnon, Monsieur Burnett? Il n'y avait personne avec vous, fit le prêcheur.

— Comment pas de compagnon, comment? Nom de Dieu! pas de compagnon... Et Billy, Billy, où est Billy? Billy ce n'est pas un compagnon?

A vrai dire, Billy était allongé juste à côté de la voiture mais Burnett, ébranlé, un peu étourdi, ne l'avait pas vu.

— Venez mon cher, venez, lui dit Cromwell.

— Venir? Où ça? Est-ce que Billy a été tué?

Lorsque Bob et le prêcheur tournèrent la tête, Billy n'était plus étendu là, son corps avait disparu comme par enchantement. A cinq pieds de là, se tenait Constance et ses yeux croisèrent ceux de Cromwell. Contrairement à l'usage, ce ne fut pas la jeune fille qui baissa les yeux, mais Cromwell qui, on dirait, était hanté par ses grands yeux qui l'interrogeaient et qui le suivaient partout. Constance, sans aucune expression dans le visage, dit à son maître:

— L'esclave de votre ami est dans la maison, chez nous. Mon père a eu peur pour la vie de cet homme. Ma mère, mon père et d'autres sont autour de lui, peut-être le sauveront-ils.

Sur ce, elle s'enfuit à toutes jambes.

Burnett qui commençait à se remettre de ses émotions cria:

— Hé, hé, hé, attends. Où est Billy? Réponds, nom de Dieu!

Constance disparut et les trois hommes se regardèrent sans savoir quoi dire. Cromwell, comme s'il ne voulait pas que le prêcheur ni Burnett l'entendent, parlait à voix basse.

— Bon Dieu, de bon Dieu! Ce Duke vient encore de marquer un point.

— Mais, Bob, de quoi parlez-vous, enfin? fit sèchement Burnett.

— Rien Tom, rien du tout.

— Comment rien? J'arrive chez-vous; à peine arrivé, on nous

tire dessus, mon compagnon et moi. Il s'est volatilisé, vous êtes planté là, vous marmonnez et vous avez l'audace de me dire "rien, rien".

— Monsieur Burnett, calmez-vous. Venez dans le bureau de Bob, on essaiera de voir clair; un verre vous fera grand bien.

— Mais enfin! Je suis en enfer! La mort vient de passer à côté de moi, je suis en face d'un prêtre, Billy est peut-être dans l'agonie, et on me dit de venir prendre un verre! Dites-moi quelque chose, n'importe quoi, que je ne suis pas en train de faire un cauchemar...

— Je vous en prie, Tom. Venez avec moi, tout va s'arranger.

Le prêcheur aidant, ils réussirent à entraîner Burnett dans le vaste bureau de Bob.

Pendant ce temps, dans une pièce mal éclairée, Duke et d'autres s'affairaient à extraire les balles à Billy, qui hurlait comme un dément. Duke, qui était penché sur lui, transpirait autant. Loretta, tant bien que mal, essayait d'éclairer, à l'aide d'une torche, son mari introduisant un couteau dans la chair de Billy. Le pauvre diable n'était plus très jeune, son coeur pouvait lâcher à tout moment; de ça Duke en était conscient. Pour cette raison, il fallait faire vite car tant que la douleur sera supportable, Billy pourra tenir le coup. Heureusement, Duke n'était pas à sa première *intervention chirurgicale.*

Au bout de vingt minutes, Billy, les yeux clos, cessa de crier, et respirait calmement. Loretta, qui a été absente quelques instants, revint avec des plantes à la main. A son tour, elle se pencha sur le vieil homme et, comme une infirmière de carrière, un pansement adéquat n'aura pris que quelques minutes. A l'aide d'un linge humide, elle lui essuya le front puis, d'une voix douce, lui dit:

— Essayez de dormir un peu.

— Où est Tom Burnett, est-ce qu'il est mort? demanda-t-il.

Loretta lui répondit que son maître était sain et sauf et que, pour le moment, c'était lui qui avait plus besoin de soins. Comme si on lui avait administré un somnifère, il s'endormit aussitôt.

— Duke, tu devrais aller au champ avec les hommes, moi, je vais demander la permission à Monsieur Cromwell de rester auprès de ce pauvre homme.

*

* *

Loretta fit irruption dans le bureau, après avoir frappé discrètement. Le prêcheur et Burnett étaient assis, quand Cromwell vint à sa rencontre.

—— Oui? Loretta.

—— Je viens vous demander l'autorisation de rester avec le cocher de Monsieur, dirigeant son regard vers Burnett.

Celui-ci bondit de sa chaise.

—— Comment est Billy?

—— Pas très fort, monsieur.

—— Qu'est-ce que ça veut dire, pas très fort?

Loretta, qui se retenait pour ne pas crier, fixait Burnett dans les yeux.

—— Pas en état de mener des chevaux.

Toujours furieux, les dents serrées, Burnett répliqua.

—— Je m'en doute. Heureux encore qu'il soit vivant!

Cromwell, qui ne trouva rien à répondre, s'adressa à Loretta.

—— C'est bon, dit-il, tu peux aller prendre soin du vieil homme.

Sans un mot, elle regagna la sortie, lorsque Burnett lança à son endroit:

—— Pas si vite, mène-moi où est Billy.

Suivi de Loretta, les deux franchirent la porte; c'est alors que le prêcheur avança de quelques pas et posa la main sur l'épaule de Cromwell. Ce dernier ne réagit pas et continuait à fixer la porte que venaient de franchir Loretta et Burnett. Après quelques secondes, Cromwell détourna les yeux puis, comme s'ils s'adressait à lui-même:

—— A la lumière de ce qui vient de se passer, que ferais-tu?

Le prêcheur n'eut pas le temps de répondre quand Helen fit son entrée et, avant même de rejoindre les deux hommes, la main gauche à la hauteur de sa bouche dit:

—— C'est terrible, ce qui vient d'arriver.

—— Terrible, dites-vous, mon amie? Vous êtes modérée.

C'est tout simplement catastrophique.

Le prêcheur intervint en disant,

—— Calme-toi, Bob. Le calme est de rigueur.

Sans prêter oreille au prêcheur, il poursuivit.

— Pouvez-vous tout de même avoir la bonté, ma chère, de nous dire où est Peter?

— Je vous assure que je l'ignore.

Au même moment, on entendit claquer une porte; c'était Burnett, pointant Cromwell du doigt.

— Ah, bravo! mon cher Bob. Je ne vous félicite pas. Billy est pour le moment dans un état lamentable, mais j'espère qu'il s'en remettra, dans votre intérêt, croyez-moi. Faites le même souhait car s'il y laissait sa vieille peau...

Cromwell l'interrompit mais pour parler à Helen.

— Soyez gentille, ma chère, laissez-nous.

Celle-ci ne protesta pas et Burnett, qui n'avait pas retrouvé son sang froid et qui n'avait cessé d'élever la voix depuis le début, avec de grands gestes désordonnés, fit

— Restez! Madame, si le coeur vous en dit.

Sans se retourner, Helen disparut, pendant que le prêcheur gêné, cherchait ses mots.

— Monsieur Burnett, Dieu soit loué, votre cocher semble être hors de danger.

— Mon cocher! révérend. Billy n'est pas qu'un cocher. Billy est mon compagnon de toujours, Billy c'est mon... deuxième père... bref, cela me regarde. Etes-vous seulement capables de comprendre autre chose que vos manières de gens bien élevés, gens du monde comme vous aimez à dire? Vous, gens bien que vos propres carcans étouffent.

Plus il parlait, plus son ton montait. En se levant, Cromwell fit deux pas puis leva la main droite.

— Tom, écoutez-moi. Tout ceci est regrettable, j'en conviens mais, à quoi cela sert de nous égorger avant même de nous expliquer.

— Nous expliquer? Nous expliquer? D'accord, expliquons-nous. L'autre jour, ici même, chez vous, je me suis laissé emporter. Mais, aujourd'hui, je viens m'humilier en venant vous présenter mes excuses. Non, ne comptez pas sur moi pour ramper à vos pieds. Maintenant, je me trouve dans l'obligation de laisser Billy ici. Veillez sur lui, c'est un conseil. Ah! Bob, je ne vous demande pas qui a essayé de nous assassiner Billy et moi, je vous fais confiance. Et, je ne vous salue pas. Sur ce, il claqua la porte.

Désemparé, Cromwell se retrouva seul avec le prêcheur et celui-ci de dire:

— Une position intenable, n'est-ce pas?

— Comment blâmer cet homme, tout lui donne raison. Du reste, je te l'ai dit l'autre jour, Burnett est de loin mon souci majeur.

— Bob, je vais aller méditer quelques instants sur cette curieuse affaire. Tout cela s'est passé tellement vite que je dois avouer sincèrement ne pas avoir rien de cohérent à dire.

— C'est cela, nous nous retrouverons au repas.

Une fois de plus, Cromwell se retrouva seul; certes, ce n'était rien de nouveau à la seule différence que, à certains moments, d'autres situations lui étaient plus ou moins supportables. Du salon attenant à son bureau, lui parvenaient des voix, il s'y dirigea et là se trouva nez à nez avec Peter et Helen. Ne se doutant pas de son irruption, Helen parlait à Peter à haute voix; aussi, Cromwell put surprendre les dernières phrases de la jeune femme, qui disait,

— Enfin, Peter, qu'est-ce qui t'a pris. As-tu réalisé un seul instant que tu aurais pu tuer ces deux hommes?

Dépassé sûrement par les événements, Cromwell garda un calme étonnant avant de dire:

— Alors, Peter, peux-tu répondre à la question que te pose Helen?

— Je regrette mon geste, père.

— Oui, vraiment? As-tu déjà su seulement ce que signifie ce mot, regret?

— Je vous demande pardon, père.

— Tu ne trouves rien d'autre pour te justifier, et tu n'es pas capable de nous dire ce que tu aurais fait si tu avais tué Burnett et son cocher. Je t'ai appris à répondre de tes actes, à prendre tes responsabilités, cela n'a jamais porté fruit, tu es né pour ne faire que des bêtises, je le crains. Tu iras, dès demain à l'aube, présenter tes excuses à Burnett.

— Mais! père... s'exclama Peter.

— Ne proteste pas, c'est une question d'honneur. Tu es en âge, et depuis longtemps, de respecter les règles, personne n'y échappe. Alors, ne l'oublie pas, demain matin...

C'est alors qu'intervint Helen.

— Ne croyez-vous pas exposer ainsi Peter à un risque qui pourrait être fatal?

Agacé par cette comédie que lui jouaient Helen et Peter, Bob Cromwell, de son poing, frappa sur la table en criant. Contrairement à ses habitudes, il n'avait jamais parlé durement à sa femme ni même à Peter.

— Un risque? Quel risque, je vous prie? Le risque de sa vie sans doute? Mais, dites-moi pour l'amour du ciel, quel prix a la vie de Peter?

Sur ce, Helen en sanglots courut dans sa chambre. Quant à Peter, il restait là, debout, bouche bée, les yeux baissés.

— Je t'en prie Peter, hors de ma vue, car si tu restes planté là, je ne répondrai de rien. Pour le moment, je n'ai plus rien à te dire. Je dis bien: pour le moment.

*

* *

Au fond de lui-même, il n'était pas très sérieux quant à l'idée d'envoyer son fils chez Burnett. Tom Burnett, en dépit de son impulsivité et de son caractère impossible, n'était pas l'homme redoutable à craindre lorsqu'il s'agissait d'arme. Son arme à lui était verbale et il la possédait fort bien pour confondre, salir ses semblables. C'était un vice chez lui, les ragots. S'il demeurait un risque, cela viendrait fort probablement des esclaves de Burnett. De toute évidence, le bruit était répandu, Burnett était agressé, Billy souffrait de blessures... Et pour les esclaves, et pour Tom, Billy était le doyen des esclaves de la région. Il était, en quelque sorte, le patriarche de tous les asservis, tout le monde sans exception le lui rendait bien, y compris Burnett qui s'en cachait fort mal. Les représailles viendront incontestablement de là. Il faudra malgré tout se garder de tenter le diable. Mais, comment faire comprendre qu'il avait dépassé les limites, Peter? Enfant de malheur! “Peter m'a causé une foule de soucis depuis son adolescence. J'ai beau lui accorder l'excuse d'un manque d'affection à cause de la mort prématurée de sa mère, j'en arrive à me demander si je n'ai pas été trop faible. Pourtant, Jessica, sa soeur, est si raisonnable, si pondérée, pleine de bon jugement, surprenant pour son âge! Contrairement à sa mère et sans excès d'indulgence envers moi-même, Peter fait preuve d'une violence innée, malgré son apparence d'un agneau. Je n'ai, aussi loin qu'il m'est possible de remonter, souvenance d'être si acculé. Et pourtant, pour une fois, je ne suis pas victime de mes principes moraux, et ne peux même pas me plonger dans une lamentation quelconque. Comment parler de tragédie humaine pour peu que je puisse accepter de penser à Duke et à Loretta..."

Trois jours s'étaient écoulés depuis le malheureux incident et naturellement, Bob n'avait pas mis à exécution sa menace d'envoyer Peter chez Burnett. Ce dernier, cependant, fidèle à sa promesse, arriva au domaine de Bob. N'ayant pas jugé bon de respecter les règles de politesse, alla directement dans la cabane de Duke et Loretta où, trois jours auparavant, il avait laissé Billy. Ceux-ci ne lui laissèrent pas le temps de mettre les pieds à terre qu'ils se précipitèrent à sa voiture pour lui annoncer la bonne nouvelle.

— Grand-père, firent-ils presqu'en choeur et ce fut Loretta qui poursuivit, grand-père a retrouvé ses forces; il peut marcher, mais pas trop vite, ni trop longtemps. Hier soir, il nous a raconté des histoires drôles à faire tordre les boyaux.

Ravi, Burnett sourit. Duke, familièrement, l'aida à descendre de la voiture, puis les deux hommes et Loretta allèrent rejoindre Billy qui était assis. Agréablement surpris en voyant son maître, il se leva mais aussitôt il s'écrasa en grinçant des dents. Loretta et Duke se pressèrent pour le relever en le prenant par la taille, et celle-ci de le gronder gentiment.

— Grand-père, tu n'es pas sérieux!

Devant nous, c'était un autre personnage que le Tom Burnett à couteau tiré avec Cromwell. Il avança et donna une tape sur le vendre de Billy.

— Vieille peau dure, je me demande de quoi elle est faite ta sacrée peau! Si tu n'as pas encore commencé à courtiser... en interrogeant Loretta des yeux.

— Loretta, monsieur, fit celle-ci.

— Ah, Loretta. Si tu n'es pas amoureux de Loretta, c'est le temps qui t'a manqué; je te connais...

Articulant péniblement, Billy parvint à dire:

— Oh, moi? Je tiens trop à mes vieux os pour affronter un géant comme Duke.

Tout le monde rit de bon coeur enfin après quoi, comme un bébé faisant ses premiers pas, il insista pour se rendre jusqu'à la voiture. Duke et Loretta, tels de jeunes parents, les bras tendus, suivaient le vieil homme. Avec beaucoup de délicatesse, Burnett et le couple l'aidèrent à prendre place. Billy ne se souvenait pas avoir été l'objet d'une aussi grande attention depuis la mort de sa femme, il y a de cela environ vingt-cinq ans, trente peut-être. Il avait la larme à l'oeil, et ce n'était que l'émotion. Qui aurait pu soupçonner Burnett capable d'avoir de la sensibilité... Il était, lui aussi, visiblement ému. On était tenté de penser que, derrière un esclavagiste, il y avait aussi un homme. Toutefois, il fallait être prudent et ne pas généraliser, car on a vu des esclavagistes foncièrement sadiques et inhumains. Quoiqu'il en soit, devant la scène qui se déroulait, force était donnée d'accorder le bénéfice du doute à Burnett.

Billy fut installé dans la voiture, de sorte que les rôles étaient renversés. Burnett sortit de son gousset quelques pièces de monnaie qu'il tendit au couple.

— Merci mille fois, pour Billy.

— Vous savez monsieur, l'argent, pour nous, dans l'état actuel des choses...

A son tour, Billy leva la tête et remercia chaleureusement ses bienfaiteurs. Juste comme Burnett faisait avancer ses chevaux, on vit Cromwell sortir de la maison à pas de course, suivi du Père Andrew, moins pressé. Un peu essoufflé, il rejoignit Burnett qui feignait de ne pas le voir.

— Tom! Tom! criait-il.

Ce dernier arrêta les chevaux et le couple faisant ses adieux, s'en alla dès qu'il aperçut leur maître.

— Bonjour, Tom. Voulez-vous entrer quelques instants?

Comme si cette invitation fut une insulte, soudainement Burnett se mit en colère.

— Ah! non, Bob, vous n'allez pas recommencer votre tragédie, avec votre voix mielleuse de moine pour m'amadouer.

Bon, dites et dites vite. Qu'est-ce que vous voulez encore? Me dire que je n'ai pas de bonnes manières comme vous? Que je suis un vulgaire aventurier? Dans ce Nouveau-Monde à bâtir, quand vous me direz qui est ou n'est pas aventurier, alors je vous écouterai. Pour le moment bonjour, Bob.

— Je vous en prie, Tom, écoutez-moi, supplia Cromwell.

— Soit! Mais, dépêchez-vous.

— Ecoutez, Tom. Je ne vous demande pas de devenir de véritables amis, mais ne pourrions-nous pas faire la paix? A quoi cela rime-t-il de nous déchirer, comme l'ont fait nos grands-pères pour construire ce pays?

— Cromwell, je n'ai absolument pas envie de philosopher, ni de divaguer sur vos belles théories, du moins, pas aujourd'hui. Si vous avez des excuses à me faire, vous savez où me trouver, n'est-ce pas? Rassurez-vous, je ne vous tirerai pas dessus, moi! Croyez sincèrement que je vous suis reconnaissant d'avoir accordé un gîte, indirectement, à Billy.

Toujours aussi courroucé, Burnett partit la tête haute. Le prêcheur ne broncha pas du reste Burnett ne lui en laissa guère le temps. Regardant celui-ci s'éloigner, il dit, sur un ton de prière:

— Que la paix du Seigneur soit avec cet homme, malgré ses égarements.

— Andrew, je t'en prie, ne pourrais-tu laisser ton Seigneur en dehors de ceci? Quel châtiment pourrait infliger ton Seigneur à Burnett, honnêtement. Ne va surtout pas me dire que je viens de blasphémer. Parce que, de toi à moi, Tom est de loin celui qui mérite le royaume du ciel.

— Royaume des cieux, Bob. Royaume des cieux!

— D'accord pour le royaume des cieux. Et après? Pour l'amour de ton Seigneur, pas de sermons. A présent, Andrew, tu voudras bien m'excuser, j'ai à parler à Duke.

Sur ce, ils se séparèrent et on ne les reverra vraiment qu'aux heures des repas, mais là seront présents Peter et Helen.

Depuis l'incident, les rapports étaient plutôt froids. En particulier, le prêcheur, qui était chez Bob depuis plusieurs semaines songeait à prendre congé. Dans cette atmosphère étrange, il se demandait en silence comment aborder avec Peter, les délicates liaisons entretenues depuis longtemps avec Helen. De quel droit, se disait-il, parler de tout cela? D'autant plus que, de toute évidence, Bob préférait garder le mutisme. Et puis, de toutes façons, prêtre ou non, que pourrait-il quand la situation était déjà pourrie. Durant son séjour et, en particulier, depuis les allusions de Tom Burnett, lui, le prêcheur avait des soupçons. A la scène émouvante dont il avait été témoin lors du léger malaise du bébé, il n'y avait aucun doute possible dans le regard des jeunes gens d'une complicité parentale. En annonçant son départ à Bob, celui-ci lui ouvrira peut-être son coeur. Mais, s'il ne le faisait pas? Il ne pourra se résoudre à laisser Bob se réconcilier avec lui-même. Pour le moment, il restait affreusement solitaire.

*

*   *

Une semaine après, le prêcheur était maintenant décidé à prendre congé. Selon lui, il était en paix avec sa conscience. Il était disposé à apporter quelque réconfort à Bob, non pas à titre de prêtre, mais à cause de leur lien de famille. Dans le premier cas, il n'était pas certain que Bob soit réceptif. Et puis, cousins qu'ils étaient, chacun avait fait son petit bonhomme de chemin. Dans cet immense pays où l'on devenait adulte sans presque voir passer l'adolescence, Bob avait réussi où plusieurs membres de cette famille Cromwell échouèrent. Bien sûr, il avait bénéficié d'un héritage mais, par la suite, il dut travailler pour maintenir sa prospérité. Andrew, au nom de la religion, ne pouvait se permettre de pécher, ne serait-ce que par pensées... Toutefois, il se surprenait lorsqu'il enviait Bob. D'ailleurs, il l'avait toujours envié, même lorsqu'ils étaient jeunes. Son père, le frère de celui à Bob, étaient toujours ensemble. Fiers comme des Irlandais, ils avaient toujours été attachés jusqu'au jour où une histoire de femme vint brouiller ce lien fraternel que tous les voisins trouvaient extraordinaire. On ne sut jamais le fond de cette affaire. Quant à lui, Andrew, il se demandait si son entrée dans la prêtrise était véritablement une vocation. Enfin, tout cela n'avait plus tellement d'importance. Il ferait tout ce qui sera humainement possible pour aller jusqu'au bout de son choix. Sans conviction, il se disait que c'était aussi honorable d'être homme de Dieu que d'être richissime comme son cousin.

Sans trop savoir d'où lui venait cette mélancolie, Andrew Cromwell laissait voguer ses pensées. Tout ce qu'il fit de concret depuis qu'il était là, se limita aux baptêmes. Au fait, quel baptême? Duke et Loretta avaient-ils eu un mot à dire? En toute franchise, le prêcheur ne sut toujours pas à quel moment cette idée saugrenue était venue à Bob, de faire baptiser le fils de Duke, Joseph. “A moins d’élire domicile ici, je n’en saurai pas plus.” L’idée de prolonger son séjour devenait évidemment une folie car enfin, que diront ses supérieurs au Nouveau-Brunswick qui l’attendaient depuis plusieurs jours. Il pourra toujours mettre ce retard sur le compte de l’épopée, le trajet d’un point à l’autre. Quand il était jeune, il entendait souvent son grand-père parler de l’Irlande fleurie. Il avait une dizaine d’années lorsqu’ils vinrent s’établir ici. Andrew, qui était maintenant dans la cinquantaine, n’avait jamais mis les pieds en Irlande.

Evidemment, au séminaire, c’était différent. Des Sauvages, des Nègres à convertir, le ciel l’avait désigné. Il se souvenait encore de cette belle époque quand il était au séminaire en Europe. Son père, avec l’insistance de son grand-père, l’y avait envoyé parce que ça faisait bien... Revenant du vieux continent, il était assuré, non seulement d’évangéliser mais, et surtout, d’être au-dessus de ceux qui avaient étudié la théologie ici, avec des incultes. Père Andrew était quelque peu désabusé car il avait l’impression que, pour sa congrégation du Nouveau-Brunswick, il était moins qu’un vicaire affecté dans un collège de province. Evangéliser des Sauvages et des Nègres ne devait pas être une vraie sinécure. A l’instar de Bob, le Cresus des Cromwell, Andrew remit tout entre les mains du Seigneur...

Au milieu de cette matinée splendide de la première semaine d'octobre, à la veille de son départ, Père Andrew décida de célébrer une messe à laquelle assisteront tous les esclaves, sans exception. Il a dû, on s'en doutait, obtenir l'approbation de Bob car, ici, on n'avait jamais observé le jour du Seigneur. Tous les jours étaient consacrés aux travaux.

Ce premier dimanche du mois d'octobre donc, le prêcheur, avec son étole comme lors du baptême, se présenta devant la porte de Duke, à laquelle il frappa poliment. Loretta entrouvit et, face à face avec le prêcheur, elle écarquilla de grands yeux traduisant une grande surprise. Le prêcheur, penchant la tête légèrement vers sa poitrine, sous forme de salutation, dit:

— Bonjour, mon enfant.

Loretta ne répondit pas, se contentant de fixer le serviteur de Dieu. Les bras tombant le long du corps, bouche bée, (surprise ou frayeur) la tête légèrement penchée, la voir figée ainsi, suffit pour désarmer le Père Andrew. Son bréviaire dans les mains, à la hauteur de sa poitrine, il s'efforçait de sourire. Sourire que ne lui rendit pas Loretta. Enfin, il lui demanda d'aller chercher son mari et elle s'exécuta sans un mot. En les voyant arriver, le sourire du prêcheur s'élargit.

— Réunissez hommes, femmes et enfants et venez me rejoindre dans la cour, je vous y attends.

Inconsciemment ou non, Père Andrew observait les mêmes attitudes, à savoir communications maîtres-esclaves. Réunissez tout le monde leur a-t-il ordonné. Mais, pourquoi? Rarissime était le cas où un maître ait à rendre compte de ses intentions. Fréquemment, on avait vu des maîtres emmener des esclaves au marché, sans se douter qu'une heure plus tard, ils seraient vendus. Père Andrew, à cet égard, n'était guère différent.

Dans le temps de le dire, tout le monde était réuni. On alla jusqu'à chercher ceux qui étaient aux champs. Entassés, les esclaves se regardaient, chuchotaient, se demandaient quels seront cette fois, les caprices des maîtres. Une table immense aux pattes grossières tenait lieu d'autel. Les brebis de Bob Cromwell étaient à présent au complet et attendaient. Etant donné qu'il y avait moins de préparatifs, ils n'auront pas à se morfondre longtemps. Tout sera réduit au minimum quant aux rites de cette messe car on était en face d'un groupe de fidèles peu ordinaire.

Comme une leçon mal assimilée, Père Andrew commença son sermon en insistant sur chaque syllabe, balayant l'assistance d'un oeil vif, tel un vieil instituteur.

—— Mes frères, mes très chers frères.

On entendit alors pouffer. Les rires venaient de l'arrière.

Le prêcheur fit une pause avant de reprendre:

—— Mes très chers frères...

Tout le monde se regardait sans un mot. On voyait un homme à gages blanc, assis sur une barrière, cigare aux lèvres, regardant d'un air amusé, se demandant sans doute ce que pouvait raconter aux Nègres cet homme à l'allure bizarre vêtu d'une robe. On ne pouvait pas dire que ces hommes et femmes prêtaient une attention particulière à ce qui se déroulait car le prêcheur avait tort de s'adresser à ces gens dans ces termes: "mes très chers frères"...

S'efforçant d'ignorer les cris des enfants, il poursuivit:

—— Nous sommes tous rassemblés ici ce matin pour prier Dieu, le Tout-Puissant, qui nous a tous créés à son image. C'est en ouvrant notre coeur à Dieu, que nous serons véritablement récompensés dans le ciel. Comme si on s'était donné le mot, tous levèrent les yeux au ciel. Mes frères, penchez-vous sur vos péchés de tous les jours, contrôlez vos passions car le Seigneur est dans vos coeurs. Priez Dieu.

Duke et Loretta échangèrent un sourire que surprit le prêcheur. Il aurait donné l'or du monde pour savoir à quoi pensait le couple. Enfin, il termina en bénissant ses *paroissiens*.

—— Allez! Mes frères, dans la paix du Seigneur.

Aussi vite qu'ils avaient été rassemblés, les uns retournèrent à leur travail, les autres à leur ménage. Le Père Andrew ramassa ses affaires, rangea son étole dans une petite valise qui était posée à même le sol. Tout à coup, il leva la tête et remarqua que, contrairement aux autres, Duke et Loretta marchaient lentement. Le prêcheur, de la main gauche, releva sa soutane puis, à pas de course, rattrapa le couple. Il s'éclaircit la gorge pour les faire arrêter. Sans préambule, il leur demanda:

— Comment vos frères ont-ils aimé cette messe?

Le couple se regarda pour savoir qui allait répondre. Ce fut à Loretta que revint la parole.

— Nos frères, nous ne pouvons parler à leur place.

Devinant que Duke et Loretta se moquaient de lui, il leva la voix.

— Mais enfin! Vous connaissez vos frères mieux que moi.

— Ça va peut-être choquer vos conceptions, mais puisque vous insistez, ils ont l'habitude des injures. De la naissance à leur mort, ils font les dociles mais les maîtres ne savent et ne sauront jamais sans doute, ce qu'ils pensent. Je vous prie de me croire, maître, ils pensent, ils commencent à penser très tôt.

Loretta avait à peine terminé sa phrase que Duke marmonna quelque chose. Le prêcheur, n'ayant pas compris, interrogea Loretta.

— Qu'a-t-il dit?

Celle-ci leva les yeux vers son mari puis vers le serviteur de Dieu.

— Il demande respectueusement, maître, si on ne peut pas en rester là? Avec votre respect, vos histoires de salut...

Père Andrew, qui ne s'attendait pas à cette réaction, rougit puis, cherchant ses mots, dit:

— Mais, naturellement, naturellement nous pouvons en rester là.

La tête baissée, il revint débarrasser son autel, sans l'aide d'enfants de choeur, ni de sacristain. En ramassant ses affaires, il se mit à penser à son séjour. C'était le temps où jamais de quitter les lieux. Il n'avait pas réussi à amener Bob aux confidences, il n'avait pas non plus réussi à faire une amorce à l'évangélisation pour sauver l'âme de ces pauvres Nègres...

Une grosse domestique noire vint l'avertir que le maître, madame et Monsieur Peter l'attendaient.

— Merci, merci, fit le prêtre, sans même se donner la peine de regarder d'où venait la voix.

Le prêcheur pensait à Loretta et Duke. "Respectueusement, maître, si on ne peut en rester là...". Bien sûr! Ils ont dû me trouver cynique, avec raison. Qu'avais-je à leur parler de notre Dieu quand, indubitablement, nous trahissons nos propres principes. Je ne peux pas comprendre comment nous pouvons les croire aussi dupes. Je songe à Bob, confortablement installé dans sa quiétude, sans le moindre soupçon, qu'il puisse y avoir révoltes comme nous racontait grand-père. Il fronça les sourcils pour faire appel à ses souvenirs. "Quand était-ce? Oui, en 1503 ou 1505. C'étaient d'abord les Indiens puis,... ça me revient. 1520, disait grand-père. De concert, Noirs et Indiens se révoltèrent. Au moment où grand-père me racontait celà, déjà je pensais devenir missionnaire afin d'apporter la paix entre les indigènes et nous. Tout ce rêve est bien loin. Ma seule consolation, je ne suis pas personnellement la cause de l'aliénation de tous ces hommes et femmes. Mieux, l'église est dans le coup. Des congrégations, dans les Antilles françaises, ont des esclaves, et personne ne s'en plaint. Un jour ou l'autre, une révolte éclatera. J'espère que ça sera après moi le déluge". Quoiqu'il en soit, il était honteux pour revenir à cette histoire de messe, surtout que Bob lui en avait donné l'autorisation sans commentaires. Maintenant, il réalisait que c'était idiot.

La grosse noire revint de nouveau.

— Maître, maître!

— Oui, oui.

Dans cette salle à manger, maintenant familière, on retrouva Helen, Peter et, naturellement, Bob. Tous les trois attendaient debout devant le couvert qui était mis depuis une bonne demi-heure.

— Pardonnez-moi, dit Père Andrew, l'air gêné.

Personne ne répondit à l'exception de Helen qui lui adressa un petit sourire. On fit la prière d'usage, avant de s'asseoir. On avait l'impression que les uns et les autres attendaient celui qui trouvera un sujet de conversation. Depuis son arrivée ici, chaque repas se déroulait de la même façon. A présent, il n'était plus étonné que ses hôtes n'aient rien à se dire. Tout ici prenait l'allure de mystère, simplement parce qu'on ne se disait rien, on ne partageait rien. Le repas lui-même était une quasi corvée, tant on avait hâte d'en finir pour se trouver seul. Particulièrement aujourd'hui;

Père Andrew en avait la nette sensation. Puisque personne ne parlait, lui en profitait pour se parler. Mais, Helen toussotta et dit:

—— Oncle Andrew, êtes-vous satisfait de vos fidèles?

Puisque noblesse oblige, Bob et Peter s'arrêtèrent de mâcher, feignant s'intéresser à ce que dira le prêcheur. Celui-ci, ayant la bouche pleine, continuait à mâchonner indéfiniment, alors que Peter et Helen mouraient d'impatience. Bob, de son côté, le nez dans son assiette, était aussi impatient mais ne le montrait pas.

—— Je vais vous faire une confidence à tous. Prêtre que je suis, je ne prétends pas être à l'abri de gestes regrettables.

—— Regrettables?

—— Oui, oui, Bob, tu t'en doutais, car tu connais ton monde, en particulier Loretta et Duke. Honnêtement, je ne sais si je dois avoir ou non mauvaise conscience en revoyant ces visages qui me disaient encore "il se fout de nous...".

—— Andrew, si je t'avais empêché de faire ça, ce matin, qu'aurais-tu pensé?

—— Franchement, je n'en sais trop rien. Tout cela n'a plus d'importance.

Le repas terminé, Bob lui proposa de venir prendre un digestif dans son bureau. Père Andrew était assis faisant dos à la porte. Bob, son verre à la main, alla se vautrer dans son fauteuil préféré.

—— Je suis navré que tu n'aies pas obtenu le résultat escompté avec Duke et son clan ce matin.

—— Pas autant que moi, pas autant que moi.

—— Je ne sais pas, Andrew, si cela peut te consoler, mais tu n'as pas à te culpabiliser outre mesure. J'ai souvent gaffé avec eux. Tiens! l'exemple concret: je t'ai demandé de baptiser le dernier-né de Loretta et Duke. Tu l'as constaté, comme moi; ils ne l'ont pas apprécié. Je ne saurai les en blâmer d'ailleurs. En voulant réparer certaines gaffes, on tombe dans le paradoxe. Depuis de longues années, j'ai essayé d'être un bon maître. Comment peut-on être juste devant des relations maître-esclaves? L'expérience m'a appris que plusieurs esclavagistes n'ont rien compris. Tu vois, cette attitude fataliste qu'ils prennent, n'en est pas une. Ils ont développé un scepticisme tel envers nous, qu'ils se le transmettent de générations en générations, au même titre que le mépris que nous transmettons, à leur endroit, à nos enfants et à nos petits-enfants.

Le prêcheur qui jusqu'ici écoutait attentivement Bob, dit,

— Et cela dure depuis plusieurs siècles.

Toujours debout, il se servit tout en parlant.

— Andrew, ne sois pas déconcerté. Dis-toi bien que nous pouvons nous cacher derrière de fausses excuses. Nous ne sommes pas à l'origine du négoce.

A son tour, Andrew se leva puis sourit timidement en regardant dans le fond de son verre, et fit une petite moue. Bob comprit et vint donc remplir son verre. Il prit une gorgée et se mit à parler.

— Quelle contorsion intellectuelle sommes-nous en train de faire, mon cher Bob? Nous sommes en train de pleurer sur notre sort et je ne peux m'empêcher de penser à Duke. J'ose espérer que je n'en ferai pas une obsession. Mon cher cousin, j'ai la nette impression que nous avons fait, depuis mon séjour sous ton toit, une belle affabulation. Hélas, nous ne serons que deux pour l'apprécier.

Du bureau de Bob Cromwell, on pouvait voir ce qui se passait dans la cour. Ce qui permit au Père Andrew de voir arriver une voiture. Il s'écria, en posant son verre.

— Jones, Jones! Quelle ponctualité! C'est remarquable!

— Jones? questionna Bob.

— Oui, oui, Jones; mon collègue qui m'a conduit ici.

Les deux hommes se précipitèrent dehors, où le Père Andrew, affable, de façon quasi excessive, prit la main de Jones dans les siennes.

— Heureux de vous revoir, mon très cher.

Père Andrew était si débordant qu'il ne laissa même pas au jeune prêtre Jones la moindre chance de réplique.

— Vous avez fait un bon voyage?

Enfin, Jones put ouvrir la bouche. Naturellement, il échangea quelques politesses avec Cromwell.

— Oui, outre, fit Jones, une ou deux mauvaises rencontres.

— Mauvaises rencontres, dites-vous Jones?

— Oui, demandez à Horace.

Son cocher sourit jusqu'aux oreilles et fit un signe affirmatif de la tête. Père Andrew, étonné, attendait d'autres commentaires.

— Racontez, Jones, je vous en prie.

— Un groupe d'Indiens. Il semble que nous ayions eu la vie sauve grâce aux relations d'Horace.

Père Andrew, un peu songeur, regarda Jones puis Horace. Là, il leva les bras au ciel.

— Horace, Horace, mais bien sûr, où avais-je l'esprit. Horace est né dans une réserve d'Indiens. Il est d'une lignée incontestable de marrons. L'ignoriez-vous, mon cher Jones?

Horace, qui ne voulait pas assister à un cours d'histoire sur les Nègres fuyards qui ont précédé 1510, demanda à brûle-pourpoint, s'il pouvait aller soigner les chevaux. Jones, nouvel arrivant, ne connaissait pas toutes les histoires des Nègres, surtout celles de la rébellion où Indiens et Noirs étaient côte à côte pour massacrer des hommes blancs.

— Enfin, c'est une longue histoire, vous êtes jeune et vous avez tout le temps devant vous.

Il n'y avait aucun doute, Père Andrew était heureux de partir.

— Vous pourriez vous rafraîchir à l'intérieur, soyez certain que mon cousin n'y verra aucune objection.

Jones lui signifia qu'il faudra prendre la route, afin d'atteindre un lieu sûr, avant la brunante. Père Andrew donc alla ramasser ses affaires à la hâte. Du bureau de Bob, il traversa un couloir qui le conduisit dans les appartements d'Helen. Il frappa à la porte qui s'ouvrit aussitôt, comme si elle l'attendait et l'accueillit chaleureusement, malgré quelque chose d'indéfinissable, et dans sa voix et dans son regard. Dans l'espace de quelques secondes, Père Andrew arriva à la conclusion que la jeune femme n'était pas aussi éprise de Peter. Ils eurent probablement un moment d'égarement qui a entraîné deux jeunes corps et la conséquence fatale... C'est regrettable, car Bob serait heureux autrement.

Helen, après avoir ouvert la porte, alla au milieu de la pièce, comme si elle ne portait aucune attention aux bras que lui tendait le prêcheur. Brusquement, elle se retourna pour se jeter dans les bras qu'il lui tendait. Etant donné leur différence de taille, elle pouvait aisément poser sa tête sur son épaule pendant que celui-ci lui donnait des petites tapes dans le dos. Sanglotant comme une petite fille qui veut se faire pardonner, elle dit,

—— Père Andrew, vous allez devoir nous quitter m'a dit Bob.

Il acquiesca de la tête, ce qui permit à Helen de continuer à parler.

—— Je connais assez Bob pour être persuadée qu'il ne vous a rien dit. Mais, Père Andrew, vous avez tout deviné, n'est-ce pas?

Continuant sur le même ton monocorde, elle demanda à Peter de sortir de sa cachette lequel était caché derrière la porte. Les bras pendants, il avança lentement, toujours avec son air innocent et de chien battu, malgré son visage d'une beauté quasi angélique.

—— Je vous en conjure, Père Andrew, soyez indulgent, ne soyez pas trop sévère dans votre jugement.

Il la repoussa tranquillement, afin de la regarder dans les yeux. Effectivement, de minces perles de larmes lui coulaient sur les lèvres.

—— Ecoutez mon enfant, personne n'a le droit de juger son prochain. Je ne suis pas sûr de vous dire que toute faute a un châtiment méritoire. Pour ma part, je n'ai pas de jugement à porter, soyez-en certaine.

Bob attendait depuis une dizaine de minutes dans son bureau; aussi, trouvant que les adieux s'éternisaient, il rejoignit le prêcheur. Il surprit les dernières phrases de ce dernier, qui disait à Helen d'être courageuse, que tout ceci était douloureux pour tout le monde, et qu'il ne saurait recommander à tous que d'essayer de vaincre la passion.

—— Croyez, mes chers enfants, que je suis aussi désemparé que vous pouvez l'être.

Bob et le Père Andrew, suivis de Peter et d'Helen, allèrent trouver Jones et Horace qui attendaient patiemment. Etre émotif n'était pas l'apanage des femmes, Bob et Andrew s'embrassèrent chaleureusement sans fausse pudeur. Attendri, Bob venait de réaliser que son cousin s'en allait, sans qu'il ait pu se confier à lui.

Dans l'espace de quelques minutes, les deux hommes furent comme propulsés dans un passé lointain. C'était leur enfance. On se souviendra que les pères des deux hommes étaient inséparables à une certaine époque.

Ainsi partait Andrew, laissant derrière lui un Bob plus solitaire que jamais. Il regardait s'éloigner la voiture qui conduira celui-ci dans un autre univers. Il se surprit à l'idée candide qui lui vint tout à coup: il aurait dû l'aider dans son rêve d'évangélisation. Bob reconnaissait que son cousin avait cet avantage sur lui, avoir un idéal. Lui, Bob, nageait dans sa prospérité, se baignant quotidiennement dans une mer de contradictions, frisant la complaisance.

*

* *

La voiture était hors de sa vue, disparaissant peu à peu dans un nuage de poussière quand il retourna dans son bureau, conscient dès maintenant que le prêcheur le laissait indubitablement dans le vide, vide auquel il devra faire face tout au moins dans les jours à venir. Non pas que le Père Andrew l'ait empêché de voir à ses affaires, mais il s'aperçut qu'il a dû remettre plusieurs choses, entre autres, avoir des entretiens avec Duke et Loretta. Auparavant, il lui faut congédier cet aventurier de contremaître qui se prend trop au sérieux. Comment avait-il pu garder un ignoble individu de cette espèce à son service. Tout cela, parce que Peter, son fils, incarne la nullité. Ce voyou de Perkins, il le congédiera sur le champ. Il se précipita dehors et, au même moment, passait un jeune esclave qu'il arrêta et lui demanda s'il n'était pas le frère de Constance.

—— Oui, monsieur, fit le jeune.

—— Bien! Bien! Et comment se portent ta soeur et son bébé?

—— Son bébé?

—— Bien oui. Tu as bien un petit neveu?

—— Ah! oui, monsieur. Mais, ce n'est plus un bébé. Il va avoir trois ans bientôt.

—— Evidemment, déjà. Trois ans, déjà... Va me chercher Perkins et si tu le trouves, dis-lui qu'il vienne me voir immédiatement.

Le jeune homme poursuivit son chemin, après avoir montré que l'ordre était compris et que ce sera exécuté.

Regagnant son bureau, Cromwell alla se placer à son poste d'observation: cette fenêtre par laquelle il pouvait voir les allées et venues de tout le monde. Il avait donc le dos tourné lorsque Perkins fit son entrée.

—— Ah! Perkins, je n'irai pas par quatre chemins. A compter d'aujourd'hui, tu es congédié. En conséquence, je t'ordonne de quitter mes plantations dans une semaine, jour pour jour. C'est le seul préavis, et je te prie de croire que c'est généreux. Naturellement tu auras quelques gratifications. Ce fut sur ce dernier mot que Cromwell fit face à son contremaître. Me suis-je bien fait comprendre Perkins?

Malgré sa stupéfaction, Perkins continuait à mâchonner son cigare.

—— Tu peux disposer Perkins, fit-il avec fermeté.

On ne saurait dire si Perkins voulut impressionner Bob, par sa stature, ses énormes mains de gorille, sans oublier la dague autour de sa ceinture; il avait toujours pratiqué, d'après lui, un métier passionnant: celui de chasseur d'esclaves. Il regarda Bob de la tête aux pieds, puis cracha dans un coin du bureau.

—— Perkins! Sors immédiatement.

Pour la première fois, celui-ci retira son cigare et, au lieu de sortir, il s'approcha de Bob, tel un fauve en début de furie. Curieusement, il souriait. Visiblement, il se moquait de Cromwell et de nouveau se remit à mâchonner son cigare.

—— Monsieur, vous plaisantiez? (il n'attendit pas de réponse). Non, vous ne pouvez pas me mettre dehors et vous le savez bien.

—— Ah! Vraiment? Tu crois cela?

—— Monsieur, qui donc va dompter votre troupeau de Nègres?

—— Perkins! Ne me pousse pas à bout, je ne suis pas dupe. Aussi, sache que je vois que tu t'amuses à mes dépens. Ma patience s'en va atteindre ses limites.

—— Mais, c'est vrai, monsieur.

—— En voilà assez! Je te conseille de te soucier, dès à présent, de ton avenir. Primo, mon troupeau de Nègres, comme tu dis, n'a pas besoin de dressage. D'ailleurs, c'est pour cette raison que tu as pris la place d'un autre. Avoir su que tu es un bourreau de la pire espèce... Je sais que tu es ignorant, mais souviens-toi, nous sommes ici en territoire canadien. Par conséquent, depuis 1790, aucun esclave n'est plus systématiquement voué à la servitude... A quoi bon perdre mon temps avec un borné comme toi. Tu représentes la plaie, que dis-je? la honte de cette race supérieure...

—— Ecoutez, monsieur, je ne sais toujours pas pourquoi vous me congédiez.

—— Ecoute Perkins, nous avons assez joué. Sors et souviens-toi que ma décision est irrévocable. Du reste, tu t'en doutais un peu, n'est-ce pas? Sinon, tu es le roi des imbéciles.

—— Monsieur, pour Madame Cromwell, je m'excuse, mais, pour la Négresse...

—— Ah, tiens! Explique-moi la différence, je te prie.

—— Eh bien! Votre femme, vous comprenez, et la petite Négresse... il y a tout de même une différence!

—— Est-ce trop te demander d'ôter cet horrible cigare? Je ne vois toujours pas la différence, Perkins.

—— Mais, monsieur. Je ne peux me permettre de vous faire un dessin.

—— Oh, que oui! Cela s'impose. Je veux avoir le coeur net. Qui de nous deux est le plus idiot?

—— Mais enfin, monsieur. Vous n'allez tout de même pas comparer Madame Cromwell à cette petite Négresse? Souriant du coin des lèvres, il ajouta: Il faut dire que ce n'est pas tout à fait une laideur, mais... c'est une Négresse.

—— Alors Perkins, Dieu aurait créé l'organe des deux femmes différemment? A moins que tu n'aies une autre explication. Quoiqu'il en soit, nous allons devoir en rester là. Bonjour, Perkins.

Le contremaître sortit mais, avant d'atteindre la porte, Cromwell dit,

—— Perkins, une dernière chose. Tu as une semaine pour quitter les lieux. D'ici là, je te défends de tourner autour de ma femme et, et surtout, ne pas toucher à Constance. Tu ne sais pas qui est Constance, n'est-ce pas? La "petite Négresse"... Un autre conseil, Perkins: tu as le droit de rêver; mais, bien des rêves ont tourné en cauchemars dans ce pays, ce qui vaut pour toi. Commence à vivre avec l'idée que les fouets ne seront plus ton unique moyen de gagner ta vie. Du moins, je l'espère.

Perkins se rendit compte qu'il n'avait plus rien à perdre; aussi, lui vint l'idée de confondre Bob.

—— Monsieur, vous avez perdu la face et vous vous en prenez à moi. Chose certaine, vous ne pourrez pas m'empêcher de redevenir chasseur d'esclaves. J'irai en Nouvelle-Ecosse, ou encore au Nouveau-Br......

—— Tu peux aller au diable! Mais pour le moment sors!

*

* *

Pendant les jours qui suivirent, Perkins allait et venait, cherchant chicane aux esclaves. Désormais, il n'osait plus tourner autour de Helen. Peter, de son côté, restait toujours le chien fidèle de sa belle-mère.

Quelques jours avant le délai que lui avait fixé Cromwell, Perkins entra dans l'écurie, où se trouvait Duke et Constance. Duke leva un regard d'avertissement vers lui, puis se remit à son ouvrage. Dresseur professionnel qu'il était, il se disait qu'il faut foncer pour neutraliser un animal. Sûr de lui, il avança et, ayant croisé les yeux de Duke, il s'arrêta et alla s'appuyer sur une poutre, à deux ou trois pieds de Constance. La jeune fille, qui s'affairait à brosser un cheval, faisait mine de rien. Par ruse ou nécessité, Duke sortit de l'écurie, pour réapparaître quelques minutes plus tard. Entre-temps, Perkins rejoignit Constance qu'il empoigna brutalement.

—— Viens ici, ma belle.

Duke bondit et dégagea sa fille des bras de Perkins. Des flammes sortaient de ses yeux et il tremblait de rage alors que Perkins se mit à rire à gorge déployée. Il alluma son cigare et revint s'appuyer à la poutre. Constance, qui vaquait à ses occupations, passa à côté de lui. Celui-ci lui prit le bras et l'attira vers lui. A grandes enjambées, Duke arriva à leur hauteur, bouscula Perkins et lui saisit le poignet,

—— Bas les pattes, lança sèchement le contremaître.

—— Si cela te répugne de te faire toucher par les pattes d'un sale Nègre, ne touche jamais, plus jamais à ma fille, je te le conseille.

—— Alors, Duke, depuis quand on dit "tu" à un Blanc?

Duke, qui était fou de rage, secoua la tête, les lèvres serrées et dit:

—— Estime-toi heureux que je ne t'ai pas tué.

Après quoi, il retourna à son travail. Les choses auraient pu en rester là, mais Perkins revint à la charge cette fois avec des mots.

— Hé! Duke. Qu'a-t-il de plus que moi? Hein? (faisant allusion à Peter Cromwell).

Il n'en fallait pas plus pour remettre Duke hors de lui, alors qu'il commençait à se calmer. Il saisit une fourche à trois dents, se précipita sur Perkins. Par quel miracle, on ne le sut jamais, Loretta fit son entrée dans l'écurie. Comme une gazelle, elle sauta à son tour sur son mari, défiant le danger de se faire rentrer cette fourche dans le ventre.

— Duke! Duke! Je t'en prie, Duke!

Constance vint prêter mains fortes à sa mère pour calmer son père. Perkins décontenancé, sortit et grogna en se rendant brutalement compte que le temps était révolu. "Les Nègres ne sont plus ce qu'ils étaient. Bob Cromwell n'a peut-être pas complètement tort quand il dit que des rêves sont devenus des cauchemars". En dépit du Code Noir du 13 novembre 1705, voulant que les esclaves restent des biens meubles, force était donnée à Perkins de réaliser que les choses ne seront plus comme avant. Il lui faudra faire face aussi à une autre réalité brutale: il était sans emploi depuis maintenant cinq jours. "Ouais! C'est tout de même une fatalité curieuse! Comme les temps changent", se disait-il. En même temps, il ralluma son cigare. On ne sut plus ce qu'il fit au juste, jusqu'au jour où...

*

* *

Par un après-midi ensoleillé, Bob Cromwell se rendit dans les plantations de tabac. Non pas pour aller mener les hommes à la baguette, car il ne l'avait jamais fait vraiment sauf, peut-être quand il était jeune, tout au moins avant sa prise de conscience. Duke, sans être le contremaître attitré, était celui qui menait les hommes; à cause du respect qu'on avait pour lui et incontestablement de la bravoure dont il avait fait preuve sans cesse lorsqu'il s'agissait de tenir tête à un contremaître blanc. Sa détermination lui avait valu, aux yeux de Bob Cromwell, plusieurs égards, malgré les barrières dans les relations maîtres-esclaves. Combien de Blancs n'ont pas fait d'enfants à leurs esclaves? On menaçait ces femmes, on les violait, on les frappait; Duke ne comprenait pas cette bestialité de l'homme blanc; encore moins, quel plaisir pouvait-on avoir quand la pauvre femme se débattait comme une folle? Duke, c'était l'esclave qui ne faisait et ne fera jamais de compromis avec les maîtres. Si Duke, théoriquement, restait encore en homme libre chez Cromwell, c'était une sorte de stratégie et aussi une façon de contrer les ruses des esclavagistes. Un moment, il faillit se laisser prendre, lorsqu'on lui disait qu'ici, en Canada, un homme de couleur était tout au plus domestique. Il se disait que Bob Cromwell jouait fort bien ce jeu. "Ses relations avec moi, ma famille, ressemble à l'harmonie d'une grande famille; en tout cas, c'est à s'y méprendre. Il est vrai que Bob Cromwell veut se racheter. Malgré sa façon de nous parler, sans brutalité, ses affirmations sont suspectes".

Duke pensait à tout cela, lorsqu'il sentit une main sur son épaule.

— Duke, peux-tu venir quelques instants avec moi?

Avant de décider à s'entretenir avec Duke, Cromwell s'était dit qu'il essaierait d'affronter son regard froid, que cette fois il ne se laisserait pas désarmer. A vrai dire, ce n'était pas de la haine, mais un atout que possédait Duke; comme une espèce de magnétisme qui vous paralysait et vous obligeait à faire un examen de conscience. Quoiqu'il en soit, se disait Cromwell, si on ne crève pas l'abcès aujourd'hui, ce sera tout de même un commencement. Comme la fois où Cromwell était avec le Père Andrew, Duke marchait à côté de son maître.

— Duke, je sais que depuis longtemps vous avez pris conscience de votre exploitation. Je sais également que vous vous moquez, avec raison, de nos points de vue étriqués. Tout cela est dommage, d'autres l'ont constaté avant moi. Oui, je sais aussi que cela n'a rien changé. Mais, toi, Loretta et vos enfants, ne formons-nous pas une grande famille?

Duke s'arrêta, mordit sa lèvre inférieure et regarda Bob Cromwell fixement.

— Ne me regarde pas ainsi, Duke, ça n'est pas une potion amère que je veux te faire avaler. Je veux te demander de me faire confiance. Te rends-tu compte que cela fait déjà trente années que nous sommes ensemble? Trente années, Duke! dans la vie d'un homme, c'est quelque chose.

— Oh, oui! maître, c'est quelque chose.

— Ecoute-moi bien Duke. Dorénavant, je ne veux plus que tu m'appelles maître. D'accord? C'est nouveau, mais comprends seulement que je n'aime plus ça. Appelle-moi monsieur, ce sera moins conventionnel.

— Conventionnel, maître?

— Cela veut dire moins rigide, moins paternaliste, tu comprends?

— Oui, maître... oui, monsieur.

— C'est déjà mieux. Avec le temps, tu verras, ce sera tout naturel.

Voyant les autres esclaves tous debout, Cromwell en déduisit que c'était la fin de la journée.

— Duke, marchons à présent en direction de la maison.

Ils firent demi-tour, suivis des hommes, des femmes et des enfants, leurs paniers de tabac sur le dos.

— Je sais que tu ne veux pas oublier certaines choses, ne proteste pas, je te comprends. Je veux te parler de ta fille Constance. Je veux essayer de réparer le mal qui est fait, dans la mesure où c'est encore possible. Je veux prendre en charge ta fille et son enfant. Au fait, comment l'avez-vous appelé?

— Henry.

— Henry, Henry, c'est très bien. Je vais, dis-je, prendre soin d'Henry, de son avenir.

— De son avenir, maître?

— Pas maître, fit sèchement Bob Cromwell. Oui, de son avenir.

— Et, comment, monsieur?

— Je ferai son éducation, son instruction, je ferai autre chose de lui qu'un esclave.

— Pourquoi monsieur se sent-il obligé de nous gratifier de la sorte? Des milliers de maîtres ont fait des enfants à leurs esclaves, sans s'en soucier. Ces enfants, de toutes les manières, resteront des Nègres.

— Je sais, Duke, mais dans le cas présent, que cela te plaise ou non, nous sommes liés. Nous sommes deux grands-pères du même petit garçon qui n'a pas demandé à naître.

— Mais, monsieur, ce n'est pas un cas unique, et monsieur le sait bien.

— Duke, sache que les temps changent et heureusement. Il faut, dès maintenant, commencer à faire mentir les prévisions. Tes petits-enfants et mon petit-fils auront d'autres difficultés pour survivre sur ce continent. Bon, cela dit, je veux, dès aujourd'hui, te confier la bonne marche de toutes mes plantations, nous y travaillons depuis trente ans. Cela veut dire qu'il n'y aura plus jamais de contremaître.

—— Pardonnez-moi, monsieur. Je refuse, avec votre permission.

—— Pourquoi?

—— Parce que, monsieur, c'est inattendu.

—— Alors, si c'est trop inattendu, prends le temps d'y penser et de t'y faire.

—— C'est tout pensé. Si monsieur est d'accord, je vais rentrer. Sinon, je peux continuer à écouter monsieur, mais je n'aurai rien à dire.

—— Très bien, Duke; je n'insisterai pas plus pour aujourd'hui. Oui, tu peux aller mais nous en reparlerons.

*

* *

Le soir même de cette conversation, Duke et Loretta, après le repas, les enfants couchés, se retrouvèrent en tête à tête. Malgré les dures journées de travail dans les champs, le couple appréciait ce moment précieux à deux. Duke, sans oublier un mot, fit le compte rendu de son entretien. Après son récit, il n'ajouta pas de commentaires, probablement attendait-il de savoir l'opinion de Loretta. Ils restèrent silencieux quelques instants puis, Loretta disparut et revint avec deux bols dans les mains. Juste à côté de Duke, plus exactement derrière lui, un placard. Elle posa la main sur son épaule, s'étira légèrement et saisit un pot, puis revint à sa place; regarda son mari, lui adressa un sourire plein de tendresse.

—— Veux-tu un peu de miel?

—— Hein? Hein? Excuse-moi.

Loretta sourit encore plus largement. Enfin, Duke rendit le sourire à sa femme avant de saisir son bol. Il buvait à petites gorgées, le regard lointain. Sa femme, quant à elle, avait les yeux rivés dans le fond de son bol. Ça se passait presque toujours ainsi lorsque Duke et Loretta avaient une grande décision à prendre. Chacun pesait le pour et le contre, avant d'aborder la question. Ils avaient vécu des situations plus pénibles dans leur existence. On s'en tenait à l'essentiel, pourvu qu'on arrive à une compréhension, puis à un accord...

—— Est-ce que tu es prêt à me dire ce que tu penses?

Pour la première fois depuis cette soirée, Duke sourit largement.

— J'allais te poser la même question.

— Je crois que Cromwell est sincère mais, jusqu'à quel point? C'est un homme seul, qui cherche des alliés. Parce que son fils... Surtout, depuis que sa femme lui a été enlevée. Je ne sais pas exactement ton idée, je crois qu'il veut se racheter en voulant offrir un avenir meilleur à Henry.

Duke avala sa dernière gorgée, s'essuya la bouche du revers de la main.

— Je crois comprendre que tu veux qu'on lui donne l'occasion de se racheter, comme tu dis. Loretta acquiesca de la tête. Dans ce cas, si tu penses que c'est la meilleure chose à faire, c'est à toi que je vais faire confiance. Soyons d'accord. S'il ne m'en reparle pas, je ferai semblant d'oublier.

— Oui, nous sommes d'accord. Pouvons-nous être d'accord sur un autre point? Elle s'approcha de lui, le prit par la taille. Allons nous coucher.

— C'est une bonne idée.

*

* *

Trois jours après l'entretien avec Duke, on retrouva Bob Cromwell dans la chambre d'Helen. Il était habillé, son chapeau sur la tête.

— Ma chère Helen, je dois m'absenter pour deux ou trois jours, rien de précis.

— Puis-je me permettre de vous demander votre destination?

— Bien entendu. Je vais chez Tom Burnett.

— Tom Burnett, s'écria la jeune femme.

— Avez-vous une objection, ma chère?

— Non, pas vraiment, mais je ne peux comprendre ce que vous pouvez avoir en commun avec cet homme d'une vulgarité inqualifiable.

— Ma chère, on est comme on est, ne croyez-vous pas?

— Vos insinuations sont insupportables, Bob. Cessez cette torture à la fin! Ne trouvez-vous pas que je me meurs sous le poids de mon désarroi?

— Ma chère amie, je n'avais nullement l'intention de vous offenser. Toutefois, avouez que, de nous deux, c'est moi le plus désabusé. Nous pouvons éviter ce type d'affrontement inutile à l'avenir. Pour le moment, il me faut partir.

Pardonnez, ma chère, ma candeur, je ne vois pas ce que vous pourriez faire de plus grave pour ternir mon honneur. Portez-vous bien et faites tout de même attention durant ma courte absence.

Sur ce, il sortit. Ses chevaux l'attendaient juste devant la porte et, comme il allait prendre place dans la voiture, il vit Constance qui tenait son petit garçon par la main.

— Constance, viens ici.

En même temps, Bob alla à sa rencontre. On savait déjà que Bob était désarmé devant cette adolescente qu'était Constance. Honnêtement, il ne s'expliquait pas comment une petite fille d'une quinzaine d'années pouvait avoir tant de force pour le mettre si mal à l'aise. Constance n'était pourtant pas effrontée, ni mal élevée. En tout cas, cette fois-ci, Bob Cromwell affronta son regard.

— Peux-tu aller dire à ton père que je l'attends ici?

Sans se presser, elle tourna le dos à Cromwell. Duke secoua la tête, sourit à sa fille, puis s'en alla trouver son maître qui attendait patiemment.

— Eh bien! Duke. Tu as pensé à notre conversation?

— Non, maître.

Un peu agacé, Cromwell lança un regard de reproche à Duke.

— Tu es têtu comme une mule, appelle-moi monsieur. Combien de fois devrais-je te le dire? Je ne veux plus avoir à te le redire.

— Oui, monsieur.

— Bien. A présent, je pars pour deux jours et je te confie le domaine. Cette fois, c'est un ordre. Occupe-toi de tout le monde, sans oublier les animaux. Dès mon retour, nous verrons pour le reste. J'ai ta confiance, tu ne le sais que trop. Tant pis! si ce n'est pas réciproque.

*

* *

A deux milles de chez lui, Cromwell aperçut un cavalier qui venait dans le sens inverse. Il écarquilla les yeux. C'était bel et bien Perkins.

— Hoo! Hoo! fit Cromwell lorsque son ex-contremaître arriva à sa hauteur.

— Eh bien, Perkins?

— Bonjour, monsieur, lança-t-il, les dents serrés sur son cigare.

— Qu'est-ce que diable fais-tu encore ici?

— Mais, monsieur, le délai que vous m'avez donné n'est pas écoulé.

— Soit! Je ne veux pas te voir à mon retour, n'est-ce pas?

— Oui, monsieur. Bonjour, monsieur.

Chacun continua son chemin.

Peter, sachant son père parti, sortit de la maison. Il regarda autour de lui, puis se dirigea vers la cabane de Duke. Derrière, Constance amusait son fils. Peter, après un autre coup d'oeil, se dirigea vers celle-ci. Dès qu'elle le vit, elle prit son fils et se mit à courir. Le pauvre petit garçon de trois ans avait toutes les peines à suivre les enjambées de sa mère. Peter, s'arrêta quelques secondes, après quoi il décida de la rattraper. Elle accéléra et le petit garçon, probablement essoufflé commença à pleurer.

— Arrête, arrête, Constance. Je ne vais pas te manger à la fin!

Loretta, qui était à l'intérieur, se précipita à la porte. Peter avait rejoint Constance qu'il prit par les épaules;

— Voyons, Constance, je te fais peur à ce point?

La jeune fille, sans crier, tremblait en se débattant. Loretta continuant à s'essuyer les mains sur son tablier, vint les rejoindre.

— Monsieur Peter, laissez ma fille tranquille.

Candidement, Peter leva les yeux.

— Loretta! Est-ce que tu perds la tête? Sais-tu à qui tu parles?

Il n'en fallait pas plus pour que Loretta se mette plus en colère. Elle rentra dans la maison en courant, déchaînée, elle revint un long couteau à la main.

— Monsieur Peter, si vous ne lâchez pas ma fille, je vais vous tuer.

Conscient de sa force, il se moqua de Loretta, se baissa, prit le menton du petit Henry et sourit.

— Loretta, tu ne peux tuer le père de ton petit-fils, n'est-ce pas?

Duke, qui revenait porter des charges sur une charrette, se demandait qui étaient là. Si c'était ce chien de Perkins, il le tuerait; oui, il le tuerait. Plus il s'approchait, plus les silhouettes se précisaient: Loretta, Constance, Peter était de dos. Loretta, toujours folle de rage, brandissait son couteau. Peter se leva et saisit le poignet de la femme. Duke arriva en courant, bondit sur Peter, lui arracha le couteau mais ne le frappa pas. Il se baissa et prit le petit Henry.

— Est-ce qu'on peut m'expliquer ce qui se passe ici? Tour à tour, il regarda sa femme, sa fille et Peter mais personne ne répondit. Est-ce que je peux savoir ce qui se passe?

— Demande à notre cher maître Peter, bafouilla Loretta, tremblant de tout son corps.

Duke bombarda Peter des yeux.

— Ecoute, Duke, dit Peter. Je ne voulais aucun mal à Constance, elle me fuit comme la peste.

— Alors, vous n'êtes pas une peste, monsieur?

Se faire parler ainsi, Peter considéra cela pire que des coups de fouet.

— Tu oses me parler sur ce ton Duke. Nous en reparlerons dès que père sera de retour.

— Oui, maître Peter, nous en reparlerons. Pour le moment, disparaissez pendant que je peux encore me contrôler.

Peter, par gêne, restait planté là, ne sachant pas quelle attitude prendre pour sauver la face. Duke s'approcha de sa femme, lui donna une petite tape sur la joue et tourna le dos à Peter.

— Venez, rentrons.

De nouveau, Duke prit son petit-fils dans ses bras et tous rentrèrent dans leur maison.

*

* *

Cela faisait donc deux jours que Bob Cromwell était parti. On ne revit pas Perkins avant ce matin-là, et tout semblait calme sur le domaine. Constance bénéficiait-elle d'une faveur spéciale? Toujours est-il que, pendant que les autres étaient aux champs, elle promenait son fils dans le quartier quand elle n'aidait pas sa mère à s'occuper des travaux ménagers. C'était à Loretta qu'incombait la tâche de distribuer les provisions aux autres esclaves...

Ce matin-là, comme les autres, Constance promenait son fils Henry. Depuis son congédiement, on ne savait pas vraiment à quoi Perkins occupait ses journées. Il allait et venait, provoquait et apostrophait les esclaves; sans doute frustré parce que personne ne prêtait attention à lui. Voyant arriver Perkins, Constance se sauva, mais elle fut vite rattrapée.

— Hé! beauté. C'est à cause de toi que je reste encore dans ce foutu patelin.

— Laissez-moi tranquille, je veux rentrer.

— Allons petite, je ne te veux aucun mal, je te demande simplement de venir avec moi. Nous irons à New Glasgow. Tu sais, c'est l'autre côté, en Nouvelle-Ecosse. Les Noirs ne sont pas trop mal traités là-bas. Et puis, moi, je serai là pour te protéger.

On sait que, de son bureau, Bob Cromwell pouvait voir tout ce qui se passait dehors. Etant absent, Peter passait le clair de son temps dans le bureau de son père. Ce garçon, qui n'avait pour lui que sa beauté physique dont la nature lui avait si généreusement fait don, ne faisait rien de ses dix doigts. En fait, on ne savait rien de lui, personne ne pouvait connaître ses sentiments. Quelques fois, on a pu déceler une impulsivité, d'ailleurs sans raison. De la fenêtre, il vit Perkins prendre la main à Constance. Comme un fou, il sortit et courut à toutes jambes. Perkins n'eut guère le temps de réaliser que Peter avait une arme. Il se demandait pourquoi Peter Cromwell, qui était toujours amorphe, courait si vite. Il ne put aller au bout de sa pensée, quand Peter déjà tira sur lui, à bout portant. Il essaya en vain de sortir sa dague de sa ceinture mais s'écroula et son cigare tomba à terre, à côté de sa bouche grande ouverte. Affolée, Constance se mit à hurler, la tête dans les deux mains. Helen, qui avait entendu les coups de feu, sortit de la maison, alors que comme un éclair, Constance disparut laissant là son petit garçon. Les bras pendants, Peter restait là, debout, les yeux fixés sur le corps de Perkins. Helen s'approcha et, voyant que Perkins ne bougeait plus, comme Constance, elle prit panique, poussa un cri hystérique, leva le pan de sa robe puis courut dans la maison. Peter, de toute évidence, n'avait pas prémédité son geste. Figé, on ne savait pas à quoi il pensait. Duke, qui déchargeait des balles de tabac avec deux hommes, n'était pas certain d'avoir entendu des coups de feu et sortit de la grange. A trois cents pieds de là, il pouvait distinguer un homme debout puis, de façon imprécise, quelque chose par terre. Jusque là, Duke n'était pas intrigué et s'apprêtait même à tourner les talons pour rejoindre les hommes. C'est alors qu'il vit Loretta courir dans sa direction. Il recula de quelques pas pour crier aux hommes de continuer à décharger, qu'il allait revenir.

—— Mais, enfin, qu'est-ce qu'il y a Loretta, qu'est-ce qu'il y a?

Haletante, le souffle coupé, Loretta parlait mais aucun son ne sortait.

—— Il, il, il l'a tué.

—— Parle, parle Loretta! Qui a tué qui?

—— Peter... Monsieur Peter.

Il lâcha les épaules de sa femme, lui prit la main et ils se dirigèrent à pas de course vers Peter qui ressemblait à une statue. Le petit Henry pleurait, mais adoucit ses cris à la vue de ses grands-parents. Sur les lieux, Duke se baissa sur le cadavre de Perkins, lui ferma les paupières, se leva et regardant fixement Peter dit avec la plus grande ironie:

—— Monsieur, vous ne l'avez pas manqué, cette fois-ci vous vous êtes surpassé; permettez-moi de vous féliciter. Loretta, ramène le petit à la maison et essaie de t'occuper de Constance. Je rentrerai au quartier aussitôt la journée terminée.

Il lui prit le menton et lui donna une petite tape sur le dos. Il retournait à son travail quand Peter, comme sorti d'une longue léthargie, l'appela.

—— Duke, tu ne vas pas me laisser Perkins sur les bras? Tu vois bien qu'il est mort.

—— Oui, monsieur, pour être mort, il est mort.

—— Alors? Nous n'allons pas le laisser là?

—— Nous? Monsieur?

—— Tu ne vas pas tout de même me laisser tomber, n'est-ce pas?

—— Pardonnez-moi, monsieur, tant que vous vous entretuez, monsieur, je n'ai pas d'objection. Mais, je veux rester en dehors.

Duke n'ajouta rien et alla rejoindre ses hommes dans la grange. A un des hommes qui lui demanda ce qui s'était passé, il ne répondit pas immédiatement. L'autre qui était perché en haut en train de placer les balles de tabac, cria:

—— Je n'ai pas entendu.

—— Ecoute, garçon, il n'y avait rien à entendre, simplement parce que je n'ai rien dit, et qu'il n'y a rien à dire. Travaillons!

Peter avait sans doute pris une décision puisqu'il rentra dans la chambre de Helen. Celle-ci, étendue, sanglotait. Il alla s'asseoir sur le lit et fixait la nuque de la jeune femme qui lui dit, sans lever la tête:

— Peter, jusqu'ici, je n'ai pas voulu, je me suis refusée d'accorder quelque importance à ta maladie. Sans le vouloir vraiment, je suis devenue ta complice. Peter, je n'en peux plus, je n'ai plus la force de te suivre. Laisse-moi, je t'en supplie, laisse-moi seule. Le prix de toutes ces erreurs est trop cher. Laisse-moi, Peter, je t'en prie.

Pour la première fois de sa vie sans doute, Peter Cromwell se sentit seul.

*

* *

Bientôt, ce sera le crépuscule, les esclaves allaient rentrer des champs. Que faire? Demander l'aide de Duke? Le supplier? Jamais de la vie! Après tout, Duke n'est rien. Péniblement, il voulut mettre le corps sur le cheval, afin de ne pas attirer l'attention des esclaves. Il courut à la grange où travaillaient Duke et ses deux hommes et, d'une voix autoritaire, appela Duke. Ce dernier n'était pas un esclave comme les autres, ne se pressait jamais, même quand c'était Bob Cromwell en personne qui l'appelait.

— Duke, tu vas m'aider à transporter Perkins au ruisseau.

— Au ruisseau, Monsieur Peter?

— Oui, au ruisseau et tout de suite.

— Je crois, Monsieur Peter, que vous allez devoir faire face seul à vos problèmes. Je vous ai dit tantôt que vous pouvez vous entretuer c'est votre droit...

— Je t'ordonne, Duke. Viens m'aider à me débarrasser de Perkins.

Il avait encore son arme, Duke y jeta un coup d'oeil, mais ne fut pas impressionné.

— Pour la dernière fois, Duke...

— Monsieur Peter, vous venez de tuer un homme; faites attention, après un premier meurtre, on ne peut plus s'arrêter. Permettez-moi, Monsieur Peter, de vous donner ce précieux conseil...

Furieux, Peter s'en alla. Duke le regarda s'éloigner et eut envie de pleurer sur lui car, ce pauvre garçon n'était pas responsable de ses actes. Il se souvenait encore du temps ou Peter était jeune, huit ou dix ans, il se disait que cet enfant finirait mal...

*

* *

Tout à fait sur la fin de l'après-midi, on vit arriver une voiture. Le maître était de retour, pensait tout le monde. Non, grande surprise: c'étaient deux religieuses qui venaient conduire Jessica, la soeur cadette de Peter. Bob Cromwell avait souvent craint l'influence que pourrait avoir Peter sur elle, aussi l'avait-il envoyée au couvent. A dix-sept ans, elle avait donc le temps de décider de son avenir, au moins, elle était à l'abri.

Les deux religieuses se rendirent jusqu'à la porte, où une esclave noire vint les accueillir.

— Le maître de maison est-il là? demanda l'une d'elle.

— Non, mesdames, Monsieur Cromwell est parti depuis deux jours.

— Parti depuis deux jours? s'exclama Jessica.

— Oui, Mademoiselle Jessica, monsieur est parti, il doit rentrer demain peut-être.

La religieuse qui avait parlé, consulta sa consoeur puis revint à Jessica.

— Mon enfant, puisque monsieur votre père est absent, nous vous chargeons de lui expliquer la situation. La Mère Supérieure communiquera avec monsieur votre père. Faites attention à vous, mon enfant. Nous allons toutes prier pour vous.

— Merci, mes soeurs, fit timidement Jessica.

Pendant que leur cocher venait les aider à remonter dans la voiture, Jessica rentra dans la maison, accompagnée de l'esclave noire, qui avait pris la valise de la jeune fille. Comme si elle était étrangère dans cette maison, elle suivit la domestique qui la conduisit à sa chambre. Alors que Jessica inspectait la chambre, la servante ouvrit les fenêtres.

— Mademoiselle Jessica a fait un bon voyage?

— Oui, merci, Mary, un bon voyage.

— Mademoiselle doit être fatiguée.

— Non, non ça va très bien. Père est-il parti avec Peter?

— Non. Monsieur Peter a passé la journée ici. Il m'a fait dire à madame qu'il sera de retour pour le repas.

— Ah! Helen est dans la maison?

— Oui, mademoiselle, madame est dans sa chambre.

Jessica allait se diriger dans le couloir qui menait à la chambre d'Helen, mais Mary l'arrêta.

— Madame est couchée.

— Comment? Madame est couchée à cette heure-ci? Est-elle souffrante?

Mary regarda Jessica sans répondre. La jeune fille, intriguée la regardait avec insistance.

— Tu me caches quelque chose, Mary. Père n'est pas là, Peter non plus, et madame est couchée.

— C'est la vérité, Mademoiselle Jessica, c'est la vérité. Je vais retourner à la cuisine, mademoiselle.

Mary sortit de la chambre et Jessica se mit à défaire sa valise tout en se demandant ce que pouvait signifier l'atmosphère étrange qui régnait dans cette maison. Peter, a-t-elle cru comprendre, n'était pas loin; elle mourait d'impatience. Ce n'était un secret pour personne que ça ne marchait pas entre Helen et son père. "Y aurait-il une autre femme dans sa vie? Ça ne fait que trois mois que j'ai quitté la maison. C'est vrai trois mois, c'est assez. Mais père, père, pas tout à fait son genre...".

Jessica ne pouvait dire exactement depuis combien de temps elle était arrivée, cependant, elle avait l'impression que cela faisait une éternité. Elle sortit de sa chambre, traversa un couloir, celui qui conduisait dans le bureau de Bob Cromwell. Elle feuilletait dans les papiers qui étaient en pile, sans lire vraiment. Dans ce tas, il y avait des journaux, des papiers officiels. Elle tomba comme par hasard, sur le traité de Paris de 1763, et d'autres documents relatifs à l'abolition de l'esclavage. Distraitement, elle feuilletait les papiers, lorsque ses yeux s'arrêtèrent sur le nom de James Finlay. La relation, en fait, pour elle, était sans importance, sinon que c'était le nom du père d'une de ses camarades. Plus loin, elle lut dans la Gazette de Québec du 18 mars 1784:

> A VENDRE: Une négresse qui est présentement
> en ville. L'on pourra s'adresser à Madame Perreault
> pour le prix.

Jessica feuilletait ces papiers, lorsque son frère entra dans le bureau. Elle laissa tout en désordre pour sauter au cou de Peter qui avait l'air abattu, les yeux creux, les cheveux ébouriffés. Il était si absent, qu'on avait l'impression qu'il allait repousser sa soeur.

— Bonjour Peter, je suis contente de te revoir.

— Moi aussi, Jessica, moi aussi, répondit-il froidement.

— Tu es pâle, es-tu souffrant? Dis-moi quelque chose à la fin!

D'un geste quasi maternel, elle le prit par le bras, l'attira vers le fauteuil où elle était assise avant son arrivée.

— Peter, je sens un malheur transpirer ici. Père est absent, m'a-t-on dit. Helen n'est visible nulle part. Toi, tu as une mine d'enterrement...

— Enterrement? Pourquoi enterrement? Qu'est-ce qui te fait penser à un enterrement?

— Mais, enfin, écoute Peter, tout a l'air si étrange depuis que je suis arrivée.

Sur ce, Mary fit son entrée pour annoncer que Mademoiselle Jessica pourra être servie quand elle le désirerait. Elle sursauta en apercevant Peter.

— Je ne savais pas que Monsieur Peter était rentré.

— Madame est-elle levée? demanda Jessica.

— Non, madame fait dire de passer à table sans elle.

— Comment? Passer à table sans elle? Ne lui as-tu donc pas dit que je suis ici?

— Oui Mademoiselle Jessica, je lui ai dit.

— Alors, je ne me trompe pas, il se passe quelque chose de mystérieux. Helen ne veut pas me voir, père a disparu dans la nature, mon frère est devenu muet...

La servante revint encore pour dire que, si mademoiselle et Monsieur Peter ne venaient pas, la soupe sera froide. Jessica ne se fit pas prier car, malgré ses inquiétudes, le trajet lui avait creusé l'estomac.

Ils s'installèrent devant une table trop grande, plus grande encore à cause du vide que laissaient Bob et Helen. Comme un garçonnet qui boude, Peter jouait avec son assiette de soupe. Jessica, elle, mangeait mais ne quittait pas son frère des yeux. Plus elle regardait Peter, plus elle se pensait devant un étranger. Oui, Peter avait toujours été étrange, mais, cette fois, il lui faisait peur, sans pouvoir discerner vraiment ce qu'il y avait de curieux derrière ce personnage qui était pourtant son frère aîné. De nouveau, la servante fit son apparition, apportant la suite du repas. Peter, du revers de la main, refusa. Piqué, on ne sut par quelle mouche, il se leva et dans sa brusquerie accrocha la nappe; résultat: l'assiette de soupe à terre. Il sortit sans regarder Jessica et la servante, qui était là debout, prit la jeune fille à témoin, avant de se baisser pour ramasser les dégâts.

La nuit allait tomber sur le domaine Cromwell. Duke, par acquit de conscience, était dehors faisant sa ronde, voir à ce que les entrepôts de tabac soient fermés. Il l'avait toujours fait, avant même que Cromwell lui confia la tâche de contremaître. Constance était avec lui comme lorsqu'elle avait six ou sept ans; c'était une joie qu'elle s'accordait de moins en moins fréquemment parce que les concours de circonstances avaient voulu qu'elle devienne une femme, en brûlant l'étape de l'adolescence.

Ce soir-là donc, quelque peu remise des émotions des derniers jours, elle demanda à Duke d'aller l'aider dans ses rondes. Duke et sa fille bavardaient et riaient de petites plaisanteries quand, tout à coup, Jessica arriva. Les deux tournèrent la tête vers elle et, presqu'en choeur:

— Bonjour Mademoiselle Jessica.

— Bonjour Constance, bonjour Duke. Alors, Constance que fais-tu de tes journées?

— Je fais de l'apprentissage, mademoiselle.

— De l'apprentissage... Quelle sorte d'apprentissage?

— Pour élever votre neveu, mademoiselle.

— Constance! fit Duke, lui écrasant les orteils avec son talon. Jessica sourit pudiquement.

— Ce n'est rien Duke. De toutes façons, j'avais compris.

Constance fixa son père, voulant dire, n'est-ce pas vrai? en ajoutant:

— Est-ce que je peux partir, père?

— Oui, oui, tu peux partir, lui prenant le menton.

— Est-ce que mademoiselle a fait un bon voyage?

— Oui, merci Duke.

—— Peux-tu me dire où est allé mon père?

—— Oui, mademoiselle. Monsieur est parti depuis trois jours chez Monsieur Burnett.

—— Monsieur Burnett? s'étonna Jessica.

—— Oui, mademoiselle. Mais, monsieur doit rentrer ce soir ou dans la journée de demain.

—— Ce soir ou demain? Merci Duke.

Sur ce, elle quitta l'esclave-contremaître et regagna sa chambre. Assise sur son lit, elle se posait mille et une questions. Il était assez difficile, dans une situation comme celle-ci, de ne pas divaguer. Jessica alla jusqu'à imaginer que Peter, avec la complicité d'Helen, auraient pu tuer son père et comme un animal en cage, elle tournait en rond. Elle ouvrait, refermait, claquait des portes et finalement, retourna dans le bureau de son père. Debout, elle regardait les papiers qu'elle même avait éparpillés. Avant que Peter ne fasse son entrée, elle allait se plonger dans la lecture de différents documents qui étaient tous là, à portée de sa main. Entre autres, elle lisait dans un journal de l'année 1795 relatant l'affaire d'une Négresse nommée Jude ayant appartenue à un certain Elias Smith. Jessica ne comprenait pas pourquoi il avait fallu quatre ans, soit en 1799, pour que le Juge Robert Prescott ordonna la requête. La jeune fille ne s'était auparavant pas préoccupée de toutes ces histoires d'hommes. Mais, au couvent, on parlait d'asservissement, de péché... Elle avait sous les yeux des lois, des décrets, des hommes, des femmes et des enfants asservis et au service ou, pour être plus juste, la propriété de son propre père. Pendant qu'elle ramassait une pile de ces papiers, avec l'intention de les lire à tête reposée dans sa chambre, elle entendit des pas, c'était encore Mary.

—— Si mademoiselle n'a besoin de rien, je vais aller au quartier.

—— Non merci, tu peux partir. Oh! un instant. Dis à Constance de venir me voir.

—— Constance, mademoiselle?

—— Oui, Constance.

—— Bien, Mademoiselle Jessica.

—— Tout compte fait, n'en fais rien.

—— Bonsoir, Mademoiselle Jessica, dit Mary, déjà le dos tourné.

Elle ramassa donc tout ce qu'elle put car, de toutes façons, elle n'était plus particulièrement en état de lire, et encore moins, de voir clair ou de faire la part des choses entre les leçons de morale des religieuses et de son père; un homme intègre mais qui, indubitablement, serait ruiné si Duke et les autres esclaves se révoltaient demain matin. Elle regagna sa chambre, assommée par l'émotion et son voyage et s'endormit, laissant tout pêle-mêle sur son grand lit.

*

* *

Cela faisait deux nuits et trois jours que Bob Cromwell avait quitté son domaine. Par un après-midi splendide du mois d'octobre, il arriva chez Tom Burnett qui était là, dans la cour, en compagnie de deux Noirs. Tous les trois discutaient, on ne pouvait savoir de quoi, mais tout laissait prétendre que chacun avait le droit de donner des opinions. Etaient-ce des relations entre hommes libres, ou alors un maître qui sortait de l'ordinaire, discutant ainsi avec ses esclaves... De toute évidence, le sujet devait avoir une importance certaine, car personne n'a entendu arriver les chevaux avant le Hoo! Hoo! de Bob Cromwell. Les trois hommes levèrent la tête dans la direction du visiteur et Tom Burnett s'approchant d'un de ses hommes en disant:

— James! pince-moi, je crois que je rêve.

— Pincer monsieur?

Burnett ne fit pas attention à l'étonnement de James et alla à la rencontre de Bob. James et l'autre gars se regardèrent en hochant la tête. Tom Burnett était déjà à environ quinze pieds d'eux, quand ils décidèrent de le suivre. Les chevaux de Cromwell étaient maintenant arrêtés et Tom Burnett avança de quelques pas.

— Cromwell, vous pouvez dire que vous ne manquez pas de front. Puis-je savoir ce que vous venez faire chez moi, s'il vous plaît? Réalisez-vous que vous êtes sur ma propriété?

Cromwell, tenant toujours les guides, regardait le crâne de Burnett sans répondre.

James et l'autre homme se regardèrent, se demandant ce qui allait se passer. Calmement, Bob Cromwell répondit enfin.

— Tom, mon cher, je réalise fort bien être chez vous. Non pour violation de domicile, mais pour...

— Mais, pourquoi?

— Ecoutez, Tom. Je ne suis pas venu pour un duel. Je suis sur vos terres, soit! Mais, si vous voulez tirer sur moi, allez-y, qu'on en finisse. Tirez sur moi, Tom, si cela vous chante, peu m'en chaud.

Ce fut de cette façon que Bob Cromwell désarma son hôte. En réalité, Burnett était un bon diable; Bob le savait sinon, il est certain qu'il n'aurait pas fait cette démarche.

— Bob, vous ne manquez pas d'audace. Qu'est-ce que, diable, venez vous faire ici? Vous informer de ma petite santé ou de ma prospérité qui n'égale pas la vôtre?

— Ça suffit! Cessez cette comédie ridicule, essayez d'être vous-même. Tuez-moi, si vous le voulez mais, de grâce, finissons-en. Ou, alors, invitez-moi à mettre pieds à terre.

Tom, qui ne s'attendait pas à ce ton plein d'assurance, fixa Cromwell quelques instants.

— Mettez pieds à terre, homme du monde, et dites-moi ce que vous voulez.

Cromwell ne se le fit pas dire deux fois, descendit puis se frotta les reins, tout en regardant autour de lui.

— Mon cher, jouer les juges et vouloir pratiquer la loi de talion, cela ne vous va guère. Burnett, désarçonné, finit par sourire. Bonjour. Je viens prendre de vos nouvelles.

Tom ne répondit pas et appela un de ses hommes.

James ne faisait pas la sourde oreille, mais il palabrait avec son compagnon.

— James! cria Brunett.

— Oui monsieur?

— Occupe-toi des chevaux de Monsieur Cromwell. Après tu prendras les décisions qui s'imposent pour l'expédition.

— Mais, monsieur, le prix, vous ne m'avez pas dit.

Burnett, qui marchait déjà à côté de Cromwell, se retourna.

— Les prix, les prix, James? Fais le prix. Tu sais ce que cela nous coûte.

— Oui, monsieur. Je ferai pour le mieux.

— Tom, je souhaite que nous devenions des amis. Nous nous connaissons depuis de longues dates, depuis, si je ne m'abuse, l'époque où mes parents avaient déménagé vers le Bas-Canada.

— Oui, mes frères et moi, vous trouvions déjà snobs.

— Ah! c'est le passé, c'est le passé.

— Voulez-vous entrer prendre un verre?

— Volontiers, volontiers.

Tom et Bob entrèrent dans une pièce, traversèrent une autre, pour arriver dans un salon meublé modestement, mais avec raffinement. Bob fut un peu surpris, car Burnett n'offrait pas une apparence particulièrement recherchée. Tom sortit une bouteille et deux verres, qu'il remplit. Il en tendit un à son hôte puis, de la main gauche, allait porter le sien à ses lèvres, quand Bob l'arrêta.

—— Attendez! Nous devrions boire à notre réconciliation, et à une amitié franche.

—— A une amitié franche, fit Tom.

Ne sachant comment entamer une conversation, ils restèrent silencieux quelques instants. Cromwell but une gorgée et reposa son verre.

—— Je réitère combien je suis navré pour l'incident qui s'est produit chez moi. Au fait, votre cocher est-il remis de ses blessures?

—— Mon cocher? Ah! oui, mon cocher... Billy se meurt.

—— Ah oui! c'est ça, Billy.

—— Pauvre Billy! Il s'éteint lentement et sûrement.

—— Vous plaisantez Tom, n'est-ce pas?

—— Je ne plaisante pas, ses jours sont comptés.

—— Je suis infiniment désolé, dit-il en se levant, attristé.

—— Ne le soyez pas Bob, c'est le poids des années.

—— Vous voulez dire...

—— Oui, je veux dire que ce ne sont pas les balles qu'avait tirées votre fils.

Cromwell, soulagé, reprit son fauteuil, puis son verre.

—— Dieu soit loué!

—— Je vous demande pardon?

—— Je dis: Dieu soit loué.

—— C'est cela que je trouve extraordinaire dans vos raisonnements, vous autres, hommes d'honneur, élevés dans les meilleurs principes; votre honneur s'en trouve sauf parce que votre fils n'est pas responsable. Mais, avez-vous songé une seule seconde qu'il n'y a pas de différence? Je ne suis pas certain que vous puissiez comprendre. Billy est pour moi un second père. Certes, je vous l'accorde, le même sort nous est réservé à tous: vous, moi, serons appelés à disparaître. Qu'importe comment... Je l'ai dit, je doute que vous puissiez comprendre. Lorsque j'ai vu le jour, mon père frisait, avait, devrais-je dire, carrément cinquante ans. Je n'en suis pas certain, mais c'était à l'époque où on avait donné des terres à tout le monde au Nouveau-

Brunswick, même aux Noirs; m'entendez-vous? même aux Noirs! Seulement, le père de Billy trouvait cela douteux. C'était en 1759, quatre ans après la déportation des Acadiens. "Mon père, me disait Billy, mon père disait que c'était une affaire entre Blancs". Il s'est donc vendu à mon père, femme et enfants. Peu de temps après, il mourut, écrasé par un arbre, ici même. Billy avait alors pris la place de son père. Tom se leva, remplit le verre de Bob et le sien, puis revint à sa place. Je ne me souviens pas vous l'avoir dit: Père a vendu les enfants de Billy et cela, Billy ne l'oubliera pas, même dans sa tombe. Pardonnez-moi de vous ennuyer mais, Billy... Il y eut plusieurs révoltes, comme vous savez, et il aurait suffit que Billy leva le petit doigt pour déclencher un soulèvement ici même. Croyez-moi, nous aurions été tous égorgés, comme des porcelets. Sans le dévouement de Billy, je ne sais pas où je serais. Dès lors, toutes les barrières établies par nous, nos théories sur l'infériorité s'effondrèrent pour moi.

Bob Cromwell avait le regard lointain, cependant, il écoutait attentivement son hôte.

— Par analogie, voyez-vous, il suffirait que Duke lève le petit doigt, comme vous le disiez bien, pour que tout l'univers de ma prospérité s'écroule, tel un château de cartes. Je ne veux pas jouer les prophètes, mais il arrivera (nous n'y serons plus) une évolution industrielle. Cela bouleversera tout le monde. A partir de ce moment, ce sera invivable pour nous tous, y compris nos esclaves, parce qu'ils voudront une place au soleil, chose qui leur a été refusée jusqu'ici. Ce crétin de Louis XIV, qui souhaitait la race pure en Nouvelle-France, se retournera dans sa tombe pour voir la mosaïque qui va irrémédiablement s'installer.

Tom et Bob spéculaient sur l'avenir depuis déjà quelque temps, lorsqu'une femme noire dans la quarantaine fit son entrée. Les deux hommes la regardèrent avancer sans un mot. Tom se leva et fit deux ou trois pas vers elle.

— Oui? l'interrogea-t-il.

— Je voulais demander à monsieur, si monsieur (en regardant Cromwell) va souper avec monsieur?

Tom se trouva quelque peu gêné, car il n'y avait pas songé.

— Oui, naturellement, naturellement. Bob, vous allez rester, n'est-ce pas?

— Je vous avoue que j'ignore si je dois. Il y a déjà trois jours que je suis parti.

— J'insiste. Une journée de plus, vous savez, la terre ne s'arrêtera pas.

— Soit! Je repartirai au lever du jour.

— A la bonne heure, dit Tom en poursuivant. Dis-moi, il n'y a donc personne pour te remplacer à la cuisine? Ne t'ai-je pas dit de rester auprès de Billy?

— Mais, monsieur...

— Ne proteste pas, trouve quelqu'un pour te remplacer à la cuisine.

— Bien monsieur.

Les deux hommes, seuls, ne savaient plus où ils en étaient.

— Que disions-nous, Bob? Ah, oui! Que notre égoïsme en prendra un coup lorsque tous les esclaves auront conscience de leur exploitation.

— C'est inévitable, d'autant plus que cela arrivera plus tôt qu'on le pense. Saviez-vous qu'un esclave a tué son maître à Montréal, ces derniers temps? Plus de deux siècles de servitude, entre vous et moi...

Tom et Bob avaient bavardé longuement, passant d'un sujet à l'autre, du prix des denrées et autres. Ils finirent par conclure que "les temps changent et qu'il faudra, avant longtemps, s'ajuster".

Sur ce, Tom alla retrouver ses hommes après avoir proposé à son visiteur d'aller se reposer avant le souper.

* *

Ils finissaient leur repas lorsque la cuisinière revint de nouveau.

— Qu'y a-t-il?

— Mon père est très mal. Je crois que...

— Veuillez m'excuser Bob, ça ne sera pas long.

Faites comme chez vous, je vous en prie.

La cuisinière, suivie de son maître, allèrent au quartier. Dans la cabane, était étendu Billy. Il parlait, mais on ne pouvait comprendre clairement ce qu'il racontait. Il avait l'air d'avoir affreusement chaud. Son front était plein de sueur et ses profondes rides emprisonnaient ces gouttes d'eau. Tom se baissa, prit un tabouret qui était juste à côté de ce qui tenait lieu de lit au vieil homme et prit sa main, une main amorphe, quasi sans vie.

— Ecoute, Billy. Tu en as vu d'autres, je suis sûr que tu seras encore là, pour nous enterrer tous.

Billy, à qui il manquait une bonne dizaine de dents, montra sa gencive dégarnie.

— Oui, on dit ça, on dit ça...

— Tu verras, très bientôt, tu seras sur pieds.

— Vous ne le croyez pas, mais ça n'a pas d'importance. Nous avons quand même fait un bon bout de chemin ensemble, Monsieur Thomassss...

— Oui, je m'en souviendrai.

— Oui, Monsieur Tom.

Sur ce, Billy rendit l'âme. La cuisinière approcha et ferma les paupières de son père. Burnett se leva, pressa les épaules de celle-ci, lui sourit affectueusement, puis sortit de la cabane et avant de franchir la porte, se retourna.

— Avise les hommes de s'occuper du corps. Personne ne travaille demain, nous irons tous conduire Billy à sa dernière demeure. Je reviendrai tout à l'heure.

Burnett alla rejoindre Bob, qui attendait impatiemment. En rentrant dans le salon, il passa les mains dans ses cheveux, soupira, saisit la bouteille de liqueur, en versa et but d'un trait. Cromwell le regarda sans trop savoir quoi dire. Tom se versa un autre verre et l'avala de la même façon.

— C'est idiot de boire de la sorte. Enfin! Billy vient de s'éteindre. Vous allez peut-être vous moquer de moi mais Billy sera presqu'un homme légendaire. Aussi loin que je remonte dans mes souvenirs, je revois encore son visage, visage non rongé par la vie. Il était mon esclave et m'a montré à être un homme.

Bob avança, posa une main sur l'épaule de son hôte.

— Je suis navré, mon cher. C'est drôle, mais je ne peux m'empêcher de dire que je comprends votre douleur. Si Duke venait à mourir demain matin... Cela ne vous console pas, je sais.

— Voyez-vous, Bob, plus que jamais, je réalise la bêtise humaine. Billy, sa vie durant, a vécu une existence proche de celle d'un animal domestique; sans savoir ce que signifie liberté. Lui est parti, nous laissant avec nos interrogations, nos valeurs. Qui de nous est à plaindre, je vous le demande?

Cromwell se contenta de dire, visiblement compatissant:

— Ainsi va la vie!

— Oui, ainsi va la vie! A présent que Billy est passé dans l'autre monde, je crois qu'il me tiendra rigueur de le pleurer. Je dois lui rendre hommage et c'est le moins que je puisse faire. Lui rendre hommage de m'avoir appris à aimer, à ne pas haïr ceux qui nous persécutent. Je le lui dois. Bob, buvons à Billy, je veux dire au repos de son âme. Après quoi ils retournèrent au quartier. Tom appela la cuisinière.

— Ecoutez tous! Ecoutez-moi, vous tous. Billy vient de nous quitter, je vois parmi vous ceux qui pleurent. Mais, ne pleurez pas Billy. Nous allons tous mourir, un jour ou l'autre. Qui, ici, ne l'a pas vu au travail? A qui, ici, il n'a pas soigné une blessure? Qui a oublié, ici, toutes les histoires que nous racontait Billy? Qui de vous a oublié l'histoire d'Olivier Lejeune qui, peut-être un jour, deviendra un personnage légendaire? Il nous a tous guéris, consolés. Il est mort, en apportant avec lui, le rêve de voir la terre de ses ancêtres d'Afrique. Cette nuit, buvez, dansez, priez, réjouissez-vous surtout, comme dans l'ancien temps, lorsque disparaissait un homme sage. Demain, nous irons l'enterrer mais nous ne pourrons l'oublier de si tôt.

Bob s'approcha de Burnett et lui dit,

— Je vous envie.

— Mon cher, il n'y a pas de quoi, car je suis sincère.

— Je n'en doute pas une seconde, mais, dites-moi où avez-vous pris cette histoire de réjouissance de l'ancien temps?

— C'est une tradition africaine.

— Ah! vraiment?

— Oui, mon cher. Billy n'a pas vu le jour en Afrique, ni son père d'ailleurs. Toutefois, son grand-père, semble-t-il, y a vu le jour. Il est arrivé en Canada vers 1630-1635 mais, vous savez, les registres... Quoiqu'il en soit, il tenait de son père, lequel tenait du sien que, lorsqu'un vieil homme mourait, c'était la venue d'un nouveau-né. Qui dit que les Nègres n'ont pas de traditions?

Bob sourit légèrement.

—— Nous... pour notre conscience.

—— Je ne vous le fais pas dire, mon cher ami.

Dehors, hommes, femmes et enfants pleuraient, riaient, s'amusaient. On passa la nuit blanche, non pas uniquement à la beuverie; on ramassa de vieilles planches, de vieux clous, tous les moyens de fortune également pour fabriquer un cercueil. Au début de l'après-midi, la cuisinière en tête, tous les esclaves étaient réunis. Le prêtre, étant à une centaine de milles, ce fut Burnett qui dit le requiem, assisté de Cromwell.

Pour la saison de l'année, il brillait un soleil de plomb. A la file indienne, on suivait les quatre hommes croque-morts et tout le monde dans le cortège gardait un silence effrayant. Dans ce cimetière, reposaient tous les esclaves de Burnett père. Plus loin, les membres de la famille Burnett, proches ou lointains. Parce que les morts, blancs ou nègres, chacun avait sa place..., même si ce n'était pas la conception de Tom Burnett dans les circonstances. Toute cette cérémonie se déroula dans une solennité peu commune, pour enterrer un "négro".

Après quatre jours d'absence, Bob Cromwell reprit le chemin du retour et, pendant ce temps, Jessica était dans le bureau de son père en compagnie de Constance.

— Ah! bonjour Constance. Je t'ai fait venir pour bavarder un peu.

Elle était joyeuse, à l'idée qu'enfin, elle pourra parler avec quelqu'un.

— Bonjour mademoiselle.

Etonnée, Jessica fronça les sourcils.

— Tu peux venir t'asseoir; tiens, prends le fauteuil qui est là.

— Non, merci, mademoiselle. Si vous permettez, je vais rester debout.

— Mais, enfin! Qu'est-ce que cela signifie, Constance? Et d'ailleurs, pourquoi m'appelles-tu mademoiselle, et depuis quand tu me vouvoies?

Constance ne répondit rien.

— Tu ne veux pas me parler, dis-le.

— Je n'ai rien à dire à mademoiselle.

— Mais, enfin, il n'y a pas si longtemps, nous jouions ensemble, nous étions encore petites filles.

— Oui, mademoiselle. Mais, à présent, je suis une femme. J'ai sauté de l'enfance à la femme, mère d'un garçon de deux ans et demi.

— C'est précoce, je l'admets, mais cela ne nous empêche pas d'être des amies, comme avant?

— Vous savez que ce ne sera jamais possible, mademoiselle.

— Pour l'amour du ciel, Constance, cesse de m'appeler mademoiselle.

Constance restant toujours muette, Jessica fit le tour de la table et saisit un tas de documents.

— Je sais à quoi tu songes mais regarde. Regarde, Constance, les choses vont changer. "Le vendredi 19 avril 1793, Monsieur Papineau a présenté une requête pour l'abolition de l'esclavage en Canada". C'est vrai que ce Bill traînait depuis 1793... "En 1799, dis-je, Monsieur Papineau, à la demande des citoyens du district de Montréal, a déposé ladite requête". Tu verras, les choses vont changer.

Jessica, ulcérée, comme si elle déchargeait la conscience de son père, poursuivit, essayant d'apprendre à son interlocutrice une sorte de chant d'espérance.

Outrée, parce que incrédule, Constance se mit à parler vite, vite, sans toutefois élever la voix.

— Je demande pardon à mademoiselle, je ne suis pas très instruite. Je ne connais pas Monsieur Papineau ni les autres dont mademoiselle parle. Mais, mon père m'a appris à compter les années.

— Je ne comprends pas; peux-tu être plus claire?

— Mademoiselle m'a parlé de 1799 concernant l'abolition. C'était deux ans après ma naissance. Est-ce vrai, mademoiselle, que nous sommes en 1812?

— Bien entendu, nous sommes en 1812.

— Alors, cela veut dire, mademoiselle, que j'ai quinze années presque et demi. Vous comprenez, à présent, mademoiselle?

Jessica, qui avait écouté attentivement, continuait à la regarder, comme si elle était confuse. C'était une réalité indéniable, elle le concevait fort bien. Elle était aussi obligée de reconnaître que, même au couvent, il y avait des esclaves des deux sexes. Là-bas, on leur parlait de fraternité dans le Seigneur, on leur disait aussi de penser à la foi qui devait unir les hommes en Jésus-Christ Fils de Dieu, notre Père à tous. Ainsi plongée dans ses pensées, Constance en conclua qu'elles n'avaient plus rien à se dire.

— Si mademoiselle le permet, je vais partir, mon fils doit pleurer à l'heure qu'il est.

— Naturellement, tu peux partir. Mais, n'hésite pas à venir me voir chaque fois que tu le désireras. Tu me feras un immense plaisir en cessant de m'appeler mademoiselle et de me dire vous.

Constance se contenta de sourire, puis sortit de la pièce sans se retourner.

*

* *

Bob Cromwell revint chez lui sans la moindre appréhension ni regret car, dorénavant, il pouvait s'assurer d'une sorte d'alliance avec Tom Burnett. Une amitié restait possible entre eux. Jessica, depuis ses vacances forcées, était là, seule; ni Peter ni Helen ne se montraient. Du reste, Jessica et Helen n'avaient jamais vraiment entretenu de vraies relations. D'une part, le peu de différence d'âge créait une situation fausse. Elle se souvenait qu'au début du mariage de son père, elle se demandait comment appeler sa belle-mère. Mère? Helen? ou grande soeur? La décision ne fut pas facile. Père était parti, sans qu'on sache vraiment où. Tel un oiseau apprivoisé, elle avait pour espaces libres, sa chambre et le bureau de son père.

De là, elle le vit arriver. Sans se soucier de sa longue robe, elle courut comme une fillette, alors que Cromwell approchait. Qui ça pouvait bien être. Ca ne pouvait être évidemment pas Helen qui lui manifesterait un tel accueil... Les chevaux étaient à peine arrêtés que Cromwell sauta à terre.

— Jessica, mon enfant. Bonté divine, que fais-tu ici?

Souriante, haletante,

— Je vous expliquerai, père. Je commençais à devenir folle, je suis heureuse de vous revoir.

Duke, qui était devant la porte de l'écurie, vint rejoindre Cromwell et sa fille.

— Bonjour, monsieur. Monsieur a fait un bon voyage?

— Merci Duke, excellent.

— Je vais ramener les chevaux, monsieur.

Cromwell approuva de la tête, puis entraîna Jessica dans la maison. Celle-ci raconta à son père, son état d'âme.

— J'avais l'impression que vous ne viendriez jamais.
J'ai eu une peur inouïe qu'il soit arrivé un malheur.

— Quelle idée! J'avais une envie folle de m'évader, c'est sans regret, je dois avouer.

— Tant mieux, père. L'essentiel, c'est votre retour car je vivais dans une sorte de tunnel.

En entrant dans le bureau, Cromwell remarqua un grand désordre sur la table et sa fille s'empressa de dire:

—— Oh! pardonnez-moi, père, j'ai pris la liberté de fouiller dans vos documents. Je vous en prie, ne me grondez pas. J'ai pris connaissance de certaines choses qui m'ont ouvert les yeux.

Il se contenta de sourire, sans le moindre reproche. Jessica était sa seule fille, de là, son affection parfois excessive pour elle.

—— Tu ne m'as toujours pas dit la raison de ton retour.

—— C'est vrai. Il semble que j'aie la tuberculose aussi la Mère Supérieure m'a fait accompagner par soeur St-Justin et soeur St-Jérôme. Elle m'a d'ailleurs remis un message pour vous.

—— Et, comment te sens-tu?

—— De temps à autre, je ressens une grande fatigue, voilà tout.

—— Bien. Sois sans crainte, je vais contacter Docteur Campbell sans tarder. Outre ta santé, comment se passe ta vie au couvent?

—— Très bien. Hormis certains enseignements contradictoires auxquels je n'entends rien.

Comme si Cromwell venait juste de réaliser l'existence de sa femme et de Peter,

—— Quels ont été les comportements de Helen?

—— Je ne l'ai guère vue depuis mon retour. J'ai cru comprendre qu'elle se fait porter ses repas dans sa chambre. Peter, quant à lui, je l'ai aperçu le premier soir. Il a quitté précipitamment la table sans que j'en sache la raison.

—— Etrange!

—— En effet, père, c'est le moins.

*

* *

Deux jours passèrent depuis le retour de Cromwell, sans qu'il chercha à savoir une quelconque explication, pas plus de Peter que de Helen. Peter, qui avait fait disparaître mystérieusement le cadavre de Perkins, ne résolut pas le problème du cheval du défunt. Duke, en plus de ses travaux dans les champs, avait la tâche de s'occuper des chevaux. Ce matin-là, il nettoyait l'écurie, lorsque Peter vint l'y trouver. Duke, ayant entendu des pas, leva la tête.

—— Bonjour, monsieur.

Peter ne daigna même pas répondre et se tenait debout à côté de Duke lequel continuait sa besogne.

— Duke, qu'as-tu dit à père, à propos de Perkins?
— Rien, monsieur, rien du tout.
— Tu n'en souffleras pas mot, n'est-ce pas?
— J'ai dit à monsieur l'autre jour que, si vous vous entretuez, cela ne regarde pas les miens et moi-même. Si l'on ne m'interroge pas, monsieur pourra être tranquille. Dans le cas contraire, je crois que monsieur ne doit pas compter sur mon silence. Mais, monsieur a encore un cheval sur les bras...
— Arrange-toi pour faire disparaître cet animal sans délai.
— Je crois que monsieur plaisante.
— Non. J'ai dit sans délai!
— Est-ce que monsieur peut me dire de quelle façon?
— C'est une tâche que je te confie; à toi de trouver les moyens qui s'imposent.
— Que fera monsieur, si je refuse?
— Mais, tu ne refuseras pas, car c'est un ordre.
— Je pense que monsieur n'a pas très bien compris. Cette affaire, je n'ai rien vu, rien entendu si on ne me demande rien.
— Loretta et Constance n'en parlerons pas à père, non plus n'est-ce pas?

Duke ne répondit pas, se contentant de regarder Peter, lui signifiant qu'il doit continuer son travail. Furieux, il quitta l'écurie sans qu'on sache son intention. Duke le regarda sortir et secoua la tête.

*

* *

Le soir même, on retrouva dans la salle à manger, la famille Cromwell au complet. Personne n'a dit un mot depuis le début du repas, et on en était rendu au milieu. Jessica, qui terminait à peine son adolescence, mangeait toujours avec appétit et Cromwell la regardait avec un air amusé. Helen, quant à elle, fixait le fond de son assiette et mâchait chaque bouchée durant une éternité. Tout à coup, elle se mit à hurler, un hurlement qui faisait penser à une crise d'épilepsie. Mais, il n'en était rien... Pris de panique, tout le monde se leva, à l'exception de Jessica, pétrifiée. Cromwell se précipita et prit Helen par les épaules.

— Grand Dieu! qu'avez-vous donc? Parlez, je vous en prie. En sanglots, elle avait toutes les peines du monde à émettre le moindre son. Calmez-vous Helen, calmez-vous. Dites-nous ce qui vous arrive.

Effrayé, Peter, ne savait trop quoi faire et regardait sa soeur qui ne bronchait toujours pas.

— Je suis navrée, Peter, mais c'est au-dessus de mes forces.

— Allez-vous à la fin parler?

— Peter... Peter... continua Helen.

Sans rien comprendre, Jessica regarda tour à tour son père et Peter.

— Il l'a tué, tué, tué!

— Mais, enfin, qui a tué qui?

— Peter, je ne pourrai avaliser ce crime inutile, totalement inutile.

Cromwell qui, de toute évidence, avait perdu son appétit, retourna s'asseoir.

— Nous avons tout le temps. Toutefois, croyez que je brûle d'impatience.

Fuyant le regard de tous, Helen finit par dire:

— Peter a tué Perkins.

Cromwell faillit tomber en essayant de se lever.

— Vous plaisantez, n'est-ce pas? Dites-moi que vous plaisantez et je vous jure de rire.

— Hélas! c'est vrai.

— Vous rendez-vous compte de ce que vous êtes en train de me dire? Peter, c'est inexact?

Peter battit les paupières pour son aveu.

— Croyez-moi, je vous en conjure, je n'y suis pour rien. Je suis absolument incapable de vous dire ce qui a poussé Peter à cette folie.

— Folie? Ma foi, vous êtes généreuse. Ne voyez-vous pas que c'est de la démence pure? C'est inqualifiable! Peut-on savoir ce qu'est advenu du corps de ce pauvre homme? Perkins était une crapule, soit! mais, l'abattre... Peter, tu n'as toujours pas répondu: où est le cadavre? Peut-être auriez-vous la bonté, Helen, de me répondre.

— Je l'ignore, je l'ignore, c'est cela que je trouve le plus terrible.

Jessica se leva, fixa longuement son frère, puis gagna sa

chambre. Quelques minutes après, Helen l'imita et Cromwell restait là, avec son fils.

— Naturellement, Peter tu n'as rien pour justifier ce geste abominable?

— Je vous demande pardon, père je ne sais ce qui m'a pris, mais je vous jure, je ne voulais pas le tuer.

— Ah! vraiment? Alors, dis-moi où est la différence? De toutes manières, il ne m'appartient pas de t'accorder ou non pardon. Cela, tu en conviens?

— Oui, père.

— Je veux avoir ta parole d'honneur, si toutefois il t'en reste... Je veux, dis-je, que tu me promettes de ne pas quitter cette maison, sous aucun prétexte. Nous en reparlerons demain.

La servante fit son entrée, pour constater que les plats qu'elle avait préparés durant des heures avaient à peine été touchés et fut indignée du gaspillage. Cromwell et Peter étaient là, debout, la servante allait et venait sans faire attention à eux.

Quelques minutes plus tard, Cromwell était devant la porte de Jessica et avant même de frapper elle ouvrit.

— Entrez père, je vous attendais.

Cromwell entra et alla directement s'asseoir sur le lit de la jeune fille. La tête baissée, les mains entre les jambes, il ne bougeait pas. Jessica restait debout à quelques pas de lui et le regardait avec une affection mêlée de pitié. Rapidement, elle pensa à son enfance, lorsque Peter et elle jouaient. C'est son frère aîné, mais elle en a eu souvent peur. Il ne disait jamais rien, même lorsqu'il faisait les pires bêtises. Souvent, père s'était mis en colère sans lui infliger une punition. Peter, on dirait, a oublié de mûrir. Il n'était pas impulsif à proprement parler, il avait le comportement d'un enfant de sept ou huit ans. A-t-il jamais été conscient? Jessica ne saurait le dire. Elle s'approcha de son père et, comme lorsqu'elle était petite fille, elle alla s'asseoir sur ses genoux.

— Je vous comprends père, mais je suis navrée d'être aussi impuissante. Qu'allez-vous faire?

— Ce que j'aurais dû faire il y a de longues années. Car, je me demande si je ne suis pas aussi coupable que ton frère.

— Ne dites pas cela, père. Vous avez fait tout ce qui était humainement possible pour nous.

— Merci, mon enfant, merci. Il déposa un baiser sur son front. Que vais-je faire m'as tu demandé? Eh bien! J'ai horreur des mélodrames, aussi, ne vais-je pas obstinément continuer à le protéger, tant et aussi longtemps que je serai incapable de le protéger contre lui-même. A ma connaissance, il n'existe aucun asile dans la région. Ton frère aura besoin de sérieux soins, si toutefois il n'est pas trop tard. Docteur Campbell sera certainement en mesure de me faire des recommandations. Le cas échéant, je me verrai dans l'obligation de l'envoyer en Europe.

— Je suis certaine que vous prendrez la meilleure décision.

— A présent, je vais te laisser. Tâche de passer une bonne nuit.

*

* *

Le lendemain matin, Duke, comme d'habitude, se rendit à l'écurie avant de rejoindre les autres esclaves dans les plantations. Cromwell, pour sa part, faisait toujours ou presque une petite promenade après chaque repas, même celui du matin. En passant, il aperçut Duke qui avait une botte de foin dans les bras.

— Bonjour, maître... monsieur.

Cromwell entra dans l'écurie, inspecta les chevaux lorsque le cheval de Perkins attira son attention.

— A qui est cette bête?

Duke ne répondit pas.

— A qui est cette bête?

— Je ne sais pas, monsieur.

— Bon! Bon! Maintenant, sais-tu ce qu'on appelle complicité?

— Complicité? oui, monsieur.

— Dans ce cas, si tu refuses de répondre, tu es complice. Le châtiment est aussi conséquent pour le criminel que pour son complice. Est-ce que je me fais comprendre, Duke?

— Je ne sais pas de quoi monsieur veut parler.

— Allons! Duke. Cesse cette comédie. Je suis au courant de tout ce qui s'est passé; ta discrétion te perdra.

Après quoi il s'éloigna. Duke, lui, savait que c'était de l'indifférence. Il poussa un soupir moqueur à l'endroit de son maître, secoua la tête et dit à haute voix,

— Discrétion! Discrétion!

Une demi-heure plus tard, Duke s'en alla rejoindre ses

hommes. Cromwell, lui, revenait de sa promenade. Ils se croisèrent sans se regarder. Après quelques pas, le maître se retourna et s'adressa à Duke.

— Je suppose que tu n'es pas en mesure de me dire ce qui a été fait du cadavre de Perkins?

— Non, monsieur. Je ne sais pas. Monsieur Peter doit pouvoir vous le dire.

— Parfait, n'en parlons plus. J'ose espérer percer ce mystère avant longtemps.

Il poursuivit sa promenade et brusquement changea d'idée pour se diriger dans son bureau. Jessica, qui l'avait vu revenir, l'y rejoignit.

— Bonjour, père. Je ne vous dérange pas?

— Non, non, entre.

— Pardonnez-moi, je venais ranger vos papiers que j'avais laissés en désordre.

— Ne te justifie pas. Du reste, j'avais l'intention de te faire venir. Viens t'asseoir, viens.

— Je vous vois occupé, je pourrai revenir si vous préférez.

— Je continuerai cette lettre plus tard. Au fait, j'ai envoyé Timothy chez le Docteur Campbell. Ils devraient être ici dans le courant de la journée. D'autre part, je veux m'entretenir avec toi au sujet de ton frère. Il se leva, prit un cigare qu'il alluma distraitement. Tu connais bien ton frère. Chaque fois qu'il commet un forfait, il devient muet et impénétrable. C'est à propos de ce pauvre Perkins. Tu comprends, nous devrons à tout prix retrouver son corps sinon, nous passerions tous pour des monstres dans ce domaine. En l'occurence, je te charge de cette délicate mission de nous faire découvrir ce cadavre au plus tôt.

— Comptez sur moi, père.

Sur ce, elle allait sortir, lorsque Helen fit son entrée et les deux femmes échangèrent un sourire.

— Ah! bonjour Helen, dit Cromwell. Je tiens à vous faire part de ma décision. Eh bien! de mon mieux, j'ai essayé de donner une éducation à Peter; j'en ai fait un parfait ignoble. Je me dois, en toute honnêteté de plaider pour mon échec. Quoiqu'il en soit, après ce geste ignominieux, ajouté à tous ses forfaits, je n'ai pas d'autres alternatives: j'écris aux autorités compétentes; elles seront en mesure d'agir en conséquence. Pour ma part, je reste convaincu que Peter est sérieusement malade. N'ayez pas de peine, souhaitons seulement que l'avenir lui réserve une porte de sortie.

Les gestes affectueux étaient fort rares entre Cromwell et sa femme mais, cette fois, elle s'approcha de lui et posa sa tête sur sa poitrine.

— Puis-je un jour me faire pardonner?

— Nous avons, ma chère, tous et chacun quelque chose à nous faire pardonner. Dans le cas qui nous occupe, j'ai moi-même une place sur le banc des accusés.

Le soir même, on assista au souper de famille chez Duke et à leur table, un ami. Constance, la première, se leva et commença à débarrasser la table. L'invité, finissant sa dernière bouchée, s'essuya la bouche du revers de la main.

— Loretta, c'est le meilleur repas que je n'ai pas pris depuis très très longtemps. C'était vraiment bon. Cette sauce... (il fit claquer sa langue).

— Merci, Ed. Tu es gentil.

— Le maître ne t'a pas reparlé de ses promesses, Duke?

— Non. Je pense que Monsieur Cromwell a d'autres préoccupations plus sérieuses. Son fils lui donne assez de soucis, sans parler de Mademoiselle Jessica qui est revenue sans qu'on sache pourquoi.

Ni Timothy, ni Constance ne disaient un mot, mais ils n'en pensaient pas moins. Du petit coin qui tenait lieu de cuisine, Loretta, les bras chargés vint vers la table. Elle y posa cinq bols et retourna pour revenir deux minutes après, avec à la main, une sorte de cafetière en terre cuite. Du goulot, sortait une vapeur de liquide chaud. Timothy était assis juste à côté de son père et jouait avec un ustensile alors que Constance leur tournait le dos. Les hommes, quant à eux, parlaient des récoltes de tabac. Comme si Ed n'était pas entièrement satisfait de la réponse de Duke, il revint à la charge.

— Si le maître maintient sa promesse et si Duke devient le contremaître, tout ira mieux... C'est alors que Constance arriva près de la table pour ramasser les assiettes. Ah! oui. Les choses iront mieux, poursuivit Ed.

Presqu'en colère, Constance interrompit le visiteur.

— Oncle Ed, mieux pour qui? Tu veux dire que les hommes, les femmes aussi auront plus le coeur à l'ouvrage? Que Monsieur Cromwell fera plus d'argent, encore, encore, sur notre dos à tous? Tu ne crois pas sérieusement que notre vie va changer ici parce que mon père sera l'homme de confiance de Monsieur Cromwell?

Sauf Timothy, tous étaient surpris par le ton passionné de Constance.

— Est-ce que tu crois que nous cesserons d'être esclaves? Papa, est-ce que tu as oublié ce que tu m'as raconté? L'affaire Charlotte! Cette esclave qui appartenait à Mademoiselle Cook. Tu me l'as racontée, il y a environ deux ans; tu m'as dit que c'était en 1798, cela veut dire que j'avais un an. Mademoiselle Jessica m'a parlé, l'autre jour, de Monsieur Papineau. Papa, et toi aussi maman, qu'est-ce que cela a changé? et qu'est-ce que cela changera?

— Constance, ne parle pas si fort, on pourrait t'entendre, fit sa mère.

— Maman, il faut voir clair; Constance a raison. As-tu oublié, il y a deux ans, Monsieur Cromwell m'a prêté à un de ses amis en Nouvelle-Ecosse, tu te souviens?

Loretta acquiesça de la tête.

— Monsieur Cromwell, pour aider son ami, m'avait envoyé là-bas, parce que son ami était au bord de la ruine et qu'il ne pouvait acheter de jeunes esclaves forts et vigoureux... Heureusement qu'il m'ait repris, sinon je ne serais pas parmi vous ce soir.

Duke leva les yeux sur ses enfants, puis sur sa femme.

— Je sais, les enfants, mais...

— Pardon, papa, je vais répéter ce que Jessica m'a souvent dit: Faire face à son destin. Je ne savais pas ce que cela voulait dire, mais aujourd'hui, je peux lutter avec mon destin au lieu de m'abandonner à lui. Elle m'a parlé aussi de loi, hier. Je crois que ces lois vont simplement nous changer d'esclaves en domestiques. Oncle Ed, papa, si vous voyez une différence entre ces deux conditions, je serai heureuse de l'apprendre. Pour le moment, Timothy a appris qu'ailleurs comme au Nouveau-Brunswick, il y a des esclaves libres.

Timothy hocha la tête.

— Libres...

— Oui, je sais, c'est une illusion qui vaut la peine d'être connue. Tout ce que nous devons à Monsieur Cromwell, c'est de nous avoir permis d'apprendre un peu à écrire et à lire. Pourquoi l'a-t-il fait? On ne le saura jamais... Surtout, de ne nous avoir pas vendus séparément jusqu'ici. Il pourra le faire demain matin, après demain, qui de vous, ici, pourra me prouver le contraire?

— Peut-être pas maman, ni papa, ni Oncle Ed... répondit Tim.

— Oui, Tim, à cause de leur âge. Et toi? et moi? et mon fils?

Duke, qui était resté songeur depuis, se leva, prit la cafetière et tout en versant dans son bol,

— Les enfants, si j'étais jeune, je ne sais pas ce que je ferais, je ne sais pas, je ne sais vraiment pas.

Ed se leva à son tour, n'ayant ou ne voulant faire aucun commentaire sur les propos des jeunes gens et se contenta d'une politesse.

— Loretta, merci encore, c'était vraiment très bon.

— Il ne tient qu'à toi, tu peux venir plus souvent. Pour nous, ce sera toujours une joie de partager le peu que la vie nous donne.

Il donna une petite tape amicale sur l'épaule de Duke.

— Merci à toi aussi. Il se fait tard, je vais rejoindre ma cabane.

— Attends, Ed, je vais te raccompagner jusque dehors.

— C'est une bonne idée.

Il se pencha vers l'oreille de son ami et lui chuchota,

— J'ai une bouteille de rhum que je garde depuis plus de cinq ans. Que dirais-tu?

Des yeux, Duke consulta Loretta qui riait de bon coeur.

— Attention! les garçons. Ne prolongez pas jusqu'à l'aube!

Juste comme les deux hommes allaient franchir la porte, Constance revint du coin-cuisine.

— Oncle Ed, j'espère que je ne t'ai pas manqué de respect. Mais, c'est ma pensée. Je pense aussi que l'abolition de l'esclavage en Canada fera de nous des chiens en lesse. Je refuse l'une ou l'autre.

Il n'en a pas fallu plus pour que Ed ait la larme à l'oeil. Emu, il revint sur ses pas, serra Constance très fort dans ses bras, sans un mot. A Duke qui l'attendait, il dit,

— Viens, allons, viens!

Aussitôt, Ed et Duke le dos tourné, Constance se précipita vers son frère assis face à leur mère.

— Alors, Tim, le cheval, crois-tu qu'il est en état?

— Oui, pas de problème tout ira bien.

— Et, la charrette? lança Constance, excitée.

— Ne t'en fais pas, tout ira très bien.

Leur mère, les larmes aux yeux, réalisa que sa fille n'était plus une adolescente, malgré son âge. La douleur qu'elle ressentait à ce moment précis, était la même que si on venait lui apprendre la mort de Constance. L'empêcher de partir, c'était pouvoir lui offrir autre chose en échange. Et le petit Henry... Tim vint près de sa mère, mit ses mains sur ses épaules.

— Maman, tu ne devrais pas pleurer. Constance est très courageuse, tu dois en être fière. Si moi je partais, ce sera une main-d'oeuvre de moins pour Monsieur Cromwell, sa réaction ne sera pas la même. Laisse Constance tenter cette chance. Je l'envie, mais je dois vous épargner d'autres problèmes. Comme elle disait plus tôt, Monsieur Cromwell peut décider de nous vendre séparément, les uns en Canada, les autres aux Etats-Unis. Les résultats seront les mêmes, maman. Il se pencha sur sa mère et lui prit le visage dans les mains. Cesse de pleurer, papa peut revenir d'une minute à l'autre.

— Je sais, je sais les enfants. Ecoutez-moi quand même. L'affaire Perkins n'est pas terminée; à part Peter, personne ne sait rien. Je crois qu'il vaut mieux attendre, attendre un jour ou deux.

Son intuition lui donna raison, car on entendit frapper à la porte de la cabane, juste à côté. C'était celle de Timothy, que tout le monde appelait ici le "messager du roi". Une voix de femme qui disait,

— Messager du roi?

Tim sortit et se trouva nez à nez avec la servante, bonne à tout faire de Cromwell. Loretta s'approcha pour inviter Mary à entrer.

— Que se passe-t-il? Entre.

— Je cherchais le "messager du roi". Je vois qu'il est ici. Le maître m'envoie te dire d'aller le voir demain matin à l'aube, dès le premier chant du coq. Tu iras porter un message à Montréal, si j'ai bien compris. N'oublie pas, mon garçon, que je t'ai fait la commission.

Elle quitta la pièce, sans rien ajouter. Constance, son frère et Loretta se regardèrent.

— Je suis désolé, Constance, nous n'avons pas le choix, il faut environ deux jours aller-retour.

Furieuse, Constance s'adressa à sa mère.

— Tu vois, maman, nous n'avons, et n'aurons jamais le choix. Quand je pense au prêcheur Andrew Cromwell...

Loretta serra sa fille dans ses bras,

— Ne t'en fais pas, si tu as vraiment décidé, ça va se réaliser. A présent, allez-vous coucher, votre père ne tardera pas. Si vous ne voulez pas qu'il ait des soupçons, disparaissez.

Tim et Constance entourèrent leur mère affectueusement, avant de sortir pour rejoindre leur cabane.

*

*   *

Quatre jours venaient de s'écouler, sans qu'il ne se passa vraiment rien de significatif, sinon que Tim était allé porter à Montréal le message en question. Depuis son retour, Constance et lui mettaient leur plan au point et cela se faisait avec une prudence, car il ne fallait surtout pas éveiller des soupçons. Duke lui-même ne se doutait de rien, parce que la détermination de Constance était telle, que Loretta, malgré sa désapprobation du début, souhaitait que se réalise le rêve de sa fille. Le risque coûtera ce qu'il coûtera.

Chez le maître, il ne se passait pas grand chose non plus. Sauf que, entre-temps, le Docteur Campbell était venu voir Jessica, à qui il recommanda un repos absolu et une alimentation saine. Aussi, ces derniers jours avaient permis à Jessica d'arracher l'aveu à son frère.

C'est ainsi qu'on vit arriver trois hommes, en ce début de journée. Après avoir discuté dans le bureau de Cromwell, puis devant la maison, on obligea Peter à les accompagner suivis de Cromwell en personne. Ce dernier refusa à Jessica de venir assister à une telle scène. Si, pour Peter, ça ne sera pas une découverte macabre, pour les autres, un cadavre qui baignait dans le ruisseau depuis plusieurs jours... On envoya chercher quatre esclaves costauds, dont Tim. Des hommes qui étaient venus du district de Montréal, il y en avait un moustachu, grand, avec un air autoritaire, qui ne pouvait être que le supérieur des autres. Alors qu'ils suivaient la charrette, l'homme en question, à brûle-pourpoint, demanda à Cromwell,

— Votre Perkins, lui connaît-on de la famille?
— Non, monsieur. J'avoue sincèrement ne rien savoir de lui.
— Curieux!
— Pardon?
— Cet homme était à votre service, et vous ignoriez tout de lui?
— Mais, monsieur?
— Officier John Elliott.
— Monsieur Elliott, lorsqu'on engage un contremaître, on n'a pas coutume de chercher à savoir s'il descend de bonne famille.
— Oui, je comprends. Surtout ce type d'homme dont on a besoin pour fouetter ses esclaves...
— Ils ont tout de même d'autres tâches que celle-là.

Elliott fit une grimace, mais ne commenta pas. Ils se rendirent au bord de l'eau, et Peter n'avait sans doute jamais entendu parler du vieil adage voulant qu'un assassin revienne sur les lieux de son crime... Point n'était besoin d'avoir une paire de jumelles pour voir le chapeau de Perkins qui flottait. "Voilà un garçon curieux, à qui on ne pouvait, de façon formelle, prêter des intentions, bonnes ou mauvaises," réfléchit Elliott en pensant à Peter. Les trois hommes parlaient entre eux, les quatre esclaves, eux, appréhendaient l'horreur qui s'offrira à leurs yeux. Bob, quant à lui, demeurait muet comme une carpe. On fit signe aux esclaves de s'approcher pour sortir Perkins de l'eau. Peter, le regard lointain, ne bougeait pas. On ne saurait quoi faire pour l'horrifier, même à la vue de cette chose disloquée qu'était devenue Perkins. Un des esclaves pris on ne sut trop de quel malaise, s'écroula, les yeux tournés, la langue sortie, et essayait péniblement de respirer. Se tenant la gorge, il cherchait désespérément à vomir, ce qui sûrement le soulagerait. Tout le monde était consterné et on se regardait en se demandant que faire de l'esclave au coeur sensible...

— Ecoutez! lança John Elliott, nous n'allons tout de même pas passer la journée ici.

Tim, qui était le plus jeune des esclaves, vint porter secours à son frère de sang. Notre homme pris de malaise ne semblait pas pouvoir se contrôler. Aussi, Tim suggéra aux deux autres de se passer de lui; personne, même lui, ne pourrait supporter longtemps la vue de ce corps à demi pourri. En effet, de ce qu'on pouvait voir, ce n'était pas une peau blanche, mais plutôt verdâtre. John Elliott, horripilé par cette impassibilité de Peter Cromwell, s'approcha de lui et, sans ménagement,

— Jeune Cromwell, le moins que vous puissiez faire, n'est-ce pas, serait d'aider ces hommes, pour qu'on en finisse.

Peter regarda l'officier, comme s'il n'avait pas entendu. Bob, envahi par une immense tristesse, non pas à cause de la mort de Perkins, mais de se trouver acculé devant des tiers, et s'adressant à Elliott, d'une voix à peine perceptible, dit,

— Je vous en prie, Elliott, n'insistez pas, c'est une faveur que je vous demande.

Tim, qui avait hâte d'en finir avec cette scène horrible, jouait les gladiateurs. Même si Perkins était gonflé, que de son vivant il pesait environ deux cents livres, trois hommes suffiraient tout de même pour le sortir. Mais, la crainte était que des bouts de chair nous restent dans les mains, se disait Tim. Retirer un cadavre humain, n'aurait pas été une aussi terrible péripétie, si on ne craignait pas que celui-ci sorte en lambeaux. Tim qui, tout le long avait forcé pour trois hommes, était épuisé. Il n'en pouvait plus lorsqu'arriva le moment de poser le corps sur la charrette. Suffoqué par cette odeur de porc pourri, il faillit perdre connaissance. Elliott s'approcha de lui pour l'avoir observé depuis une heure.

— Alors, jeune homme, cela n'a pas été trop difficile?

Tim le regarda droit dans les yeux et dit,

— Oh, non, monsieur, c'était un jeu d'enfants...

Etonné, John Elliott regarda tour à tour ses subalternes et Bob Cromwell.

— Monsieur Cromwell, je ne vois d'autres solutions que d'enterrer cet homme ici même; je ferai mention de tous les détails dans mon rapport. Toutefois, je suis dans l'obligation d'emmener votre fils, Monsieur Cromwell.

— Très bien, monsieur, je reste à votre disposition. Timothy, dis aux autres de t'aider à faire le nécessaire.

Elliott, ses hommes, Peter et Bob Cromwell étaient devant la maison où attendaient deux cochers. Cromwell prit son fils par les épaules, le regarda fixement.

— As-tu besoin de quelque chose? Je veux dire quelques effets personnels?

— A quoi me serviraient-ils père?

— Comme tu voudras. De toutes manières, je ne serai pas surpris que l'on me convoque incessamment à Montréal.

— C'est cela, père, je vous demande pardon. Promettez-moi de faire mes adieux à Jessica et à Helen.

Cromwell ferma les yeux pour acquiescer. On fit monter Peter, encadré des deux hommes de John Elliott. Une fois encore, Bob Cromwell regardera partir quelqu'un, tandis que lui, restera avec sa solitude. Peut-être que, dorénavant, Helen et lui... Mais, non, c'est trop tard. On ne peut recommencer ce qui n'a jamais été commencé.

*

* *

A peine remis de ses émotions de la journée, Tim entra dans la cabane de ses parents, contrairement à ses habitudes. Généralement, après les journées de labeur, il entrait dans sa cabane se reposer avant d'aller partager le repas du soir, en compagnie de Constance et de leurs parents. Il manifestait une très grande affection pour sa soeur et était fier de son neveu Henry, qu'il affectionnait également. Lorsqu'il jouait avec lui et ce, fréquemment, il lui disait: mon petit, tu seras quelqu'un, parce que ton oncle Tim et ton père ne feront qu'un. Evidemment, l'enfant riait sans comprendre le sens des propos de Tim.

Ce soir, il ne va pas se lester comme les autres soirs. Les choses ne seront plus comme avant parce que Constance et Henry laisseront un tel vide. Sans cesse, on redoutait les réactions de Cromwell lorsqu'il sera informé de la disparition de Constance.

Pendant ce temps, Loretta et Constance préparaient le repas, en attendant le retour de Duke, qui était à l'écurie. Constance, nerveuse, anxieuse, les traits tirés, avait des gestes brusques. Tim se leva pour aller rejoindre sa mère qui était dans le coin-cuisine.

— Maman, je sais que ça ne te sera pas facile, mais tâche de garder ton air le plus naturel possible quand papa rentrera. Dès qu'il commencera à faire noir, j'irai mener le cheval et la charrette au bord du lac. Je reviendrai à pieds, et m'arrangerai pour attirer ton attention. Alors, tu vas raconter quelque chose à papa, dans le genre: le petit Henry est malade et que tu dois aller voir si Constance lui a donné tous les soins nécessaires. Il ne faut surtout pas que papa vienne avec toi. Loretta écoutait attentivement, sans bouger aucun muscle de son visage. Tu comprends, maman? Tu donneras à Constance tout ce que tu auras de disponible comme couverture. Ah! n'oublie pas de lui donner ma veste de castor que j'avais quand j'étais petit. Henry en aura besoin. Maintenant, pour les adieux, garde-toi d'en faire après le souper, papa pourrait se douter de quelque chose. Si j'oublie d'autres détails, je trouverai le moyen de revenir quand papa, j'espère, ira faire son dernier tour à l'écurie avant de se coucher.

Naturellement, Constance les avait rejoints et avait suivi toutes les recommandations de son frère. Celui-ci, presque brutalement, prit sa mère par les épaules et colla son front sur le sien.

— Mam, je ne le crois pas moi, mais si vous pensez que c'est nécessaire de pleurer, alors pleurez maintenant, versez toutes les deux, autant de larmes que vous voudrez. Papa va rentrer d'une minute à l'autre, ce ne sera plus le moment.

Constance, à son tour, vint se coller à Loretta.

— Tim a raison, maman. Je voulais te dire aussi que je t'aime, que je vous aimerai toujours. Plus tard, si nous devenons des êtres libres, vraiment libres, je viendrai chercher Baley. Son vrai nom sera Baley, non pas Joseph.

Tim qui, entre-temps, était allé près de la porte pour faire le guet, se retourna brusquement.

— Attention! papa arrive.

Constance et Loretta se précipitèrent dans le coin-cuisine et Tim, de son côté, s'était empressé de tirer une chaise. Chaque fois que Duke rentrait, il y avait une cuvette d'eau qui l'attendait pour se laver les mains. Ce soir, rien. Loretta a dû oublier mais ce n'était pas plus grave que ça, car il se dirigeait déjà vers le coin-cuisine, lorsque Loretta réalisa son oubli.

— Constance, va vite remplir la cuvette pour ton père, je ne sais pas où j'avais la tête.

— Ce n'est pas grave, je peux faire ça moi-même, dit Duke. Tu fais assez durant tes journées.

Constance, Tim et Loretta échangèrent de larges sourires, heureux de constater que Duke ne se doutait de rien, que le souper se déroulera comme tous les soirs. Loretta, durant toute la journée avait préparé des provisions: poissons fumés, viandes séchées, pois secs et tout, et tout. Une fois le repas terminé, Constance, comme d'habitude, ramassa les assiettes, les lava et aida sa mère à ranger tout ce qui traînait parce qu'on était à l'étroit dans cette cabane. Duke, qui amusait son petit-fils tous les soirs lorsque sa femme et Constance mettaient de l'ordre dans la maison, était un peu étonné de constater son absence.

— Le petit est malade, j'ai dit à Constance de le coucher, mentit Loretta maladroitement.

— Malade?

— Oui, mais ça ne peut pas être très grave. C'est de son âge, il doit percer d'autres dents.

Tim se retira dans sa cabane pour continuer ses préparatifs et se disait qu'il aimerait pouvoir dormir quelques instants mais, avec les nerfs aussi tendus... Le ménage terminé, Constance demanda à sa mère si elle avait encore besoin d'elle.

— Non, tu peux partir, j'irai plus tard voir si le petit ne fait pas de fièvre.

— Oui, maman. Bonsoir papa.

— Bonsoir, ma petite fille.

*

* *

Au quartier des esclaves, tout le monde dormait lorsque Tim sortit de sa cabane et regarda autour de lui; tout semblait calme. Il entra dans l'écurie, attira le cheval de feu Perkins, passa un moment à parler à l'animal, puis contourna le quartier pour se rendre au lieu du rendez-vous. Il aura fallu environ une heure pour le trajet, aller et retour. Le plus difficile étant fait, assis sur le bord de son lit, il attendit que son père sorte pour sa dernière ronde. Un moment donné, il entendit des pas qui s'approchaient de plus en plus. Il se coucha feignant de dormir en souhaitant de tout son coeur que ce ne soit personne d'autre que sa mère ou Constance. Même si l'heure était tardive, cela n'empêchait nullement un maître de faire réveiller un esclave pour quelque tâche... Il fut soulagé en reconnaissant la voix de sa mère.

— Tim! Tim!

— Oui, maman.

Loretta avait soigneusement enveloppé le petit Henry, qu'elle déposa délicatement sur le lit.

— Ta soeur ne tardera pas.

Pendant ce temps, dans l'obscurité, il s'assura de n'avoir rien oublié. Constance arriva sur la pointe des pieds. Contrairement à son courage en début de soirée, leur mère n'en pouvait plus: elle aurait voulu crier sa douleur. Sa fille, plus courageuse, parvint fort bien à cacher ses émotions. Etant très liés aussi n'était-il pas facile d'oublier que, désormais, ils seront divisés, que seul l'avenir pourra dire ce qu'il réserve à chacun d'eux. Tendrement, ils s'embrassèrent.

Ce fut donc, par une de ces nuits fraîches, que Tim et Constance, avec son petit garçon, prirent le chemin de l'aventure. Il fallait environ une demi-heure pour atteindre le cheval et la voiture. Ils marchaient depuis quinze minutes déjà, lorsque Tim s'arrêta brusquement.

—— Que se passe-t-il?

—— Je ne suis pas fier de moi, je suis le roi des imbéciles.

—— Mais enfin, qu'est-ce qu'il y a?

—— Imagine-toi que j'ai oublié le sac d'avoine pour le cheval. Nous n'irons pas loin si elle ne mange pas, la pauvre bête. Je n'ai pas le choix, il faut absolument que je retourne. Sois sans crainte, je vais faire le plus vite possible. Tiens, viens. Il l'attira derrière un petit buisson. Je préfère que tu m'attendes ici et, pendant ce temps, tu vas prier l'esprit de nos ancêtres.

Il retourna sur ses pas avec beaucoup d'appréhension car le ciel, cette nuit-là, était sans nuages et la lune pointait tranquillement à l'horizon. Plus il courait, plus il avait l'impression que son but s'éloignait. De plus, il commençait à avoir mal aux orteils, parce qu'il n'était pas question de courir comme on le ferait en temps normal. Enfin, il atteignit l'écurie, regarda autour de lui et tout à coup aperçut une lumière qui venait du bureau de Monsieur Cromwell. Ca ne ressemblait pas à une torche, heureusement. Il se colla à la porte pour s'assurer qu'aucune silhouette ne bougeait. Il faut faire vite, Constance va mourir d'impatience et de peur. Il entra, trébucha, tâtonna avant de réussir à mettre la main sur ce qu'il cherchait. Dans sa hâte, il referma mal la porte, contourna la cabane de ses parents et regagna le sentier. Le souffle coupé, il respirait la bouche grande ouverte.

Constance se leva, dissimulant tant bien que mal sa peur.

— C'est toi, Tim? Tu n'as pas perdu de temps, personne ne t'a vu?

— Non, je ne crois pas. Se baissant, il prit son neveu avec soin, posa sa tête sur son épaule puis, à moitié courbé, saisit la provision du cheval. Viens, dépêchons-nous. Par ma faute, nous avons perdu assez de temps. Allez, viens!

Comme si elle venait de réaliser toutes les embûches qui seront parsemées sur son chemin, Constance ne réagit pas, alors que Tim marchait déjà devant elle.

— Allons! viens, Constance. Viens et ne regarde plus derrière, le temps presse.

Arrivés à la voiture, Tim installa le petit Henry délicatement sur la paille qu'il avait pris soin de mettre en abondance.

— Tu as assez de place pour t'allonger, couvre bien les oreilles du petit, colle-le pour vous tenir chaud. Pour le moment, il n'y a pas de vent, nous n'aurons pas trop froid. Tu peux essayer de dormir et fais-moi confiance, je connais le chemin.

Depuis qu'elle était venue rejoindre son mari dans leur lit, Loretta n'avait pas fermé les yeux. Couchée sur le dos, les yeux rivés au plafond, elle entendait à peine ronfler Duke. Cent fois, depuis qu'ils sont partis, elle se demandait ce qu'elle aurait dû faire. Avait-elle eu raison de croire qu'elle avait fait réellement ce que lui dictait le coeur d'une mère? Duke et elle n'avaient-ils pas cédé au désespoir, il y a vingt ou vingt-cinq ans? Constance, ma petite fille, où la conduira ce périlleux trajet? Quelque chose lui disait que Constance fera tout de même son chemin. Mais, jusqu'où peut aller la tendresse d'une mère? L'idée qui lui était la plus insupportable était celle de ne plus jamais revoir sa fille. Et, le petit, dans quel monde vivra-t-il? Elle finit pas s'assoupir.

*

* *

Cela faisait maintenant près de six heures que Tim et sa soeur avaient quitté le domaine Cromwell. Le bois n'avait pas de secret pour lui qui, avant l'âge de dix ans, suivait son père pour accomplir des tâches réservées aux hommes. De bonne heure, il avait appris ce que faisaient les esclaves fugitifs pour survivre, quand faire une halte, et surtout quand faire du feu. Dès qu'un enfant, quel que soit son sexe, avait l'âge de comprendre, on lui apprenait les dangers de la vie. Le premier, étant l'homme blanc, le maître. La première attitude: être soupçonneux, car le maître ne disait presque jamais le sort qu'il réservait à son esclave; cela se passait au gré de ses caprices ou des fantaisies du moment.

Alors qu'il pensait à toutes ces choses, il réalisa qu'il commençait à faire jour. Il quitta le chemin pour s'enfoncer à environ un mille dans le bois. Il savait que l'automne était la période de l'année où il fallait être prudent avec le feu. Prenant les précautions nécessaires, il fit un beau feu d'où sortaient de minuscules crépitations et contempla son oeuvre avec fierté. Heureux de constater que Constance et le petit dormaient, il se frotta les mains au-dessus de la braise qui se formait en pensant à la maison, à leurs parents qui devaient être probablement déjà debout. Cette nuit, il avait dit à Constance de le suivre sans regarder derrière: voilà que lui-même sombrait dans la faiblesse. Satisfait de la belle braise devant laquelle il était accroupi, il se disait que c'était le temps de manger. Constance ayant les pieds sur leur panier de provision, il était donc difficile de ne pas la réveiller. Il aurait aimé réchauffer les haricots au porc salé et faire un bon café. La surprise sera pour une autre fois, car Constance avait sursauté.

— Tim! Tim! Où sommes-nous?

— N'aie pas peur, petite soeur. Comme dit maman, l'esprit des ancêtres guide nos pas. Depuis notre départ, le vent souffle du bon côté et nous n'avons fait aucune mauvaise rencontre.

Quelques minutes après, ils mangeaient en silence, regardant le café qui chauffait.

— Viens voir ton oncle Tim.

Il prit Henry, qu'il fit asseoir entre ses jambes. Le petit se sentant en sécurité restait dans son monde merveilleux, entouré de sa mère et de son oncle; pour lui, il ne s'agissait que d'une promenade. Ils ne jugèrent pas nécessaire, pour le moment, de fournir des explications à l'enfant. Tim alla chercher le café, servit sa soeur, puis reprit sa place en serrant encore plus près son neveu. Constance les regardait tendrement, en buvant à petites gorgées dans le bol qu'elle avait entre les mains.

— Tim, tu ne regrettes pas d'être entraîné dans ma folie? Je ne sais pas si j'ai le droit, mais tu comprends, je n'ai que toi...

— Ta folie, petite soeur, c'est de parler comme tu le fais. Dès que nous sommes sortis du sein de notre mère, moi, toi, tout enfant d'esclave, notre chemin de perdition est le même. Perdition pour perdition, tu vois, il n'y a pas de différence. Regarde, montrant du doigt, là nous avons laissé Beauharnois derrière nous. Finissons de manger. Si c'est nécessaire, nous allons nous reposer un peu avant de continuer. Continuer! Je veux que tu aies ce mot à la bouche tout le temps. Continuer!

Constance fit bouger les muscles de son visage, traduisant ainsi ce qui aurait pu être un grand sourire dans d'autres circonstances.

— Merci. Je veux que tu saches que je suis heureuse.

— Bon, très bien. N'oublie pas le mot: continuer! Puis, il sourit très franchement et ajouta: Pour continuer, nous allons simplement longer le lac St-Louis. Monsieur Cromwell m'a souvent envoyé à Montréal comme tu sais. Sauf que, dans ces cas, je prenais d'autres chemins, parce que j'avais un papier du maître dans ma poche.

*

* *

Pendant ce temps, le jour se levait sur le domaine Cromwell, plusieurs esclaves vaquaient déjà à leurs occupations. Loretta, aussi bouleversée que la veille, était dans son coin-cuisine pour préparer le déjeuner. Mais, pour combien? Heureusement, Duke, en se levant ne fit que se précipiter à l'écurie parce que justement la veille, il ne l'avait pas fait. Même lorsque vivait Perkins, cela faisait partie de ses activités régulières. Provisoirement soulagée, Loretta mit deux bols, deux assiettes. Elle réfléchit un moment, puis se ravisa. Elle alla donc mettre le couvert, comme si de rien n'était. Ce sera préférable d'entamer des discussions ce soir, et puis d'ailleurs, elle aura le temps de trouver des arguments plausibles pour justifier sa complicité, si besoin était.

En arrivant devant la porte de l'écurie, Duke remarqua qu'elle était mal fermée. Faisant appel à sa mémoire, il se souvint qu'hier après-midi, il avait bien refermé cette porte. A moins que cette nuit... Pourtant, d'habitude, quand il ventait fort, une fenêtre de sa cabane claquait et le réveillait... Intrigué, mais pas outre mesure, il fit son travail avant d'aller retrouver sa femme qui l'attendait. Il l'enlaça de dos et s'informa si elle avait passé une bonne nuit.

— Loretta, cette nuit, j'ai dormi comme un bébé, le ciel aurait pu nous tomber sur la tête...

Elle le regarda et sourit.

— Laisse-moi te servir.

— Tu es épuisée. Tu as peut-être mal dormi à cause du petit qui a mal aux dents. Excuse-moi, hier soir je voulais m'assoupir juste un peu et aller voir le petit après. Je dois vieillir, je ne comprends pas pourquoi je suis si fatigué depuis que les récoltes sont terminées.

— Mange et arrête de parler. Ca va être froid.

Un peu étonné, il regarda sa femme qui, elle, évita son regard.

— Mais, où est Tim ce matin?

— Je ne sais pas. Le maître ne l'a pas fait demander, hier? mentit Loretta.

— Hier? hier? mais, avant que je ne m'endorme?

— Je ne sais pas, peut-être quand je suis allée voir Constance et le petit.

Quand Duke était contrarié, ou ne voulait contrarier, il faisait un grognement.

— Bien je vais aller voir les hommes. Je ne sais plus trop tout ce qui nous reste à faire avant l'hiver.

— Mais, Duke, tu n'as pas assez mangé.

— Oui, oui, merci. Tu diras à Tim de déjeuner en vitesse et de venir me rejoindre le plus tôt possible. Je ne veux pas qu'il arrive après les autres, pour éviter de leur faire dire que je fais des faveurs à mon fils. Laissons le monopole de l'oppression aux maîtres...

Il sortit sans attendre un mot de Loretta.

*

*　　　*

Vers le milieu de l'après-midi, un jeune esclave vint frapper à la porte.

— Bonjour, Mam Loretta. Oncle Duke m'envoie dire qu'il attend Tim.

— Tu diras à Oncle Duke que Tim n'est pas là. Il ne sera pas ici avant ce soir.

Le jeune homme n'ajouta rien à son message, sinon,

— Bonjour, Mam Loretta.

Loretta passa le restant de cet après-midi à tourner en rond. Finalement, elle se disait prête pour affronter son mari. Bien sûr, ce ne seront pas des querelles. Comme elle, Duke adorait ses enfants qui venaient de laisser un grand vide que, elle seule, pourra difficilement combler. Il n'y avait aucun doute, Tim reviendra; il faut qu'il revienne. Oui, elle avait hâte à ce soir, parce qu'ils pourront partager leurs angoisses. Sans empressement, elle commença à préparer le repas du soir. Il ne sera plus question de jouer la comédie des quatre couverts, comme ce matin. D'ailleurs, elle n'avait jamais su mentir, encore moins dans ce cas précis; Duke n'étant pas dupe.

Enfin, la fin de la journée. Duke, écrasé par la fatigue et soucieux par l'absence de Tim, rentra et se dirigea dans le coin-cuisine pour retrouver la cuvette que lui avait laissée Loretta. Il se lava les mains, enlaça sa femme, puis alla s'asseoir. Elle le regardait du coin de l'oeil, comme si elle fuyait ses yeux. La vérité était qu'elle ne savait par où commencer. Duke attendait patiemment, car il savait fort bien que sa femme finirait par lui dire quelque chose. Le vide, les deux couverts, ses paupières gonflées traduisaient l'atmosphère. Ce lourd silence, Duke décida de le rompre. Il se leva, prit sa femme dans ses bras.

— Ecoute, je sais qu'il se passe quelque chose; je sais aussi que tu finiras par me donner des détails, mais pourquoi ne pas commencer?

Elle laissa tomber sa tête sur son épaule. Il ne la repoussa pas mais lui donna des petites tapes dans le dos.

— Ca doit faire longtemps que tu pleures; je t'en prie, cesse maintenant.

Ce fut elle qui se dégagea, s'efforçant de sourire, tout en essuyant ses larmes.

— Viens t'asseoir, nous allons manger.

Elle le servit, puis vint s'asseoir en face de lui à la place de Constance.

— Mais, tu ne manges pas?

— Je n'ai pas faim, je ne suis pas certaine de pouvoir avaler.

— Allons fais un effort. Quel que soit ce qui arrive, il faut manger; sans manger, on n'a pas de force, c'est ce que tu m'as toujours dit, et aux enfants.

— Les enfants sont partis. Est-ce que tu as entendu? Ils sont partis la nuit dernière.

Elle se leva et lui tourna le dos.

— Pourquoi ne m'as-tu rien dit de leurs intentions? Pourquoi ne me l'as-tu pas dit depuis que tu as su leurs plans?

— Je ne t'ai rien dit, mais si comme moi, tu avais été dans leurs secrets, qu'aurais-tu fait? Je ne sais pas si je dois te demander pardon mais, qu'aurais-tu fait?

Il ne répondit pas immédiatement et la regarda comme si elle n'était pas dans son champ de vision.

— Je ne te fais pas de reproche. Et puis, je ne sais pas ce que j'aurais fait. Vraiment. Je ne sais pas ce que j'aurais fait. Peut-être rien, rien du tout. Enfin, tu sais quelle direction ils ont prise?

— Oui, tu t'en doutes, à Sorel. J'espère, qu'à l'heure qu'il est, ils sont près du but.

— Je le souhaite, moi aussi. Reste maintenant comment Monsieur Cromwell va le prendre...

Il se leva et, comme quelque temps auparavant, il prit sa femme dans ses bras.

— Si nous avions eu un destin autre que celui d'esclave, quoi de plus normal de voir nos enfants partir selon leurs propres choix. Si, de deux maux, ils ont choisi le moindre, tant mieux.

— Je te dois une explication; Tim est allé conduire Constance. C'est un bon garçon, tu le sais. Il m'a promis de revenir pour nous. Il a ajouté: maman si je ne reviens pas, cela voudra dire que je vous abandonne à Cromwell, qui vous vendra à perte s'il le faut. Cela voudra dire aussi que nous ne nous reverrons jamais. Il a conclu, les larmes aux yeux, dis tout ça à papa.

Tout en écoutant sa femme, Duke lui prit le visage dans ses mains et lui dit,

— Je sais, Tim est un bon garçon. S'ils ne sont pas pris à l'aller, il reviendra.

Loretta s'aperçut que Duke avait à peine mangé et le repoussa.

— Viens manger. Ça ne doit plus être mangeable, c'est froid comme le nez d'un chien.

— Je n'ai plus faim, je mangerai demain. Ce qui me préoccupe c'est de devoir ramper devant Cromwell, pour lui dire que

Tim et Constance sont partis. A vrai dire, je ne le crains pas tant. Je lui demanderai, si telle est son intention, de nous vendre, mais pas séparément.

— Tu me pardonnes, Duke? Mon silence m'a été dicté par le coeur d'une mère.

— J'ignore ce qu'aurait dicté le coeur d'un père, mais le coeur d'un mari me dicte que, pour ce soir, nous devrions vivre à deux, essayer de ne pas penser aux malheurs qui pourraient leur arriver. Demain matin, peut-être demain soir, j'irai voir le maître.

Ce soir-là, le couple, pour la première fois depuis assez longtemps, fit la vaisselle ensemble, rangea tout ce qu'il y avait à ranger avant d'aller se coucher.

*

* *

Tim et Constance allaient passer leur deuxième nuit à la belle étoile. Il y a deux heures environ, ils avaient laissé derrière eux la petite localité de Verchères; entre St-Roch et Varenne, ils firent une halte et Tim en profita pour attraper un lièvre. Le petit en fut émerveillé; il courait en trébuchant avant d'atteindre son oncle et saisit la proie par une oreille. Il était si fou, que Tim et Constance ne purent s'empêcher d'entrer dans son monde naïf. A genoux, il dit à son neveu:

— Oncle Tim a décidé de changer le menu ce soir. Maman nous a préparé de succulentes choses mais, ce soir, nous aurons un souper salé à notre goût.

— Tim, tu as l'air heureux. Tu es sûr de vouloir retourner? Nous avons eu l'exceptionnelle chance de grandir ensemble, d'être une famille unie. J'aime papa et maman, mais j'ai peur qu'ils aient cédé au désespoir.

— Ecoute, petite soeur, je suis d'accord avec toi. Où veux-tu que papa et maman aillent à leur âge. Je crois qu'ils ont le même raisonnement que toi. Ou tu restes à Beauharnois et, tôt ou tard tu restes la chose à Peter Cromwell, ou tu te sauves et tu deviens la chose d'un autre. C'est la même chose pour papa et maman. Rester esclaves de Cromwell, ce qui dure depuis trente ans, ou appartenir à un autre maître...

Constance avait son fils entre ses jambes, sa main gauche le retenant et, le menton dans sa main droite, elle écoutait son frère.

— Tu as raison, tu as raison.

— Oui, je le pense.

Il enleva sa veste et attira Henry vers lui.

— C'est trop tôt pour faire du feu. Si tu as froid, prends ma veste en peau de castor.

— Non, ça va. J'ai surtout faim.

— Je regrette, mais il te faudra être patiente car ce serait dommage de nous faire prendre, maintenant que nous sommes presqu'arrivés. En attendant, je vais donner de l'avoine au cheval.

Quelques instants plus tard, Tim, avec son savoir-faire, tenait au-dessus du feu, leur souper. A la vue de ce lièvre à la broche, il n'en fallait pas plus pour faire palpiter les papilles.

— Est-ce que maman nous a donné du sel?

— Avec ou sans sel, Constance, ça c'est délicieux. Tiens le petit éveillé, ça ne sera pas long. Il faut qu'il se souvienne que son oncle est un grand cuisinier.

Ils retrouvèrent leur bonne humeur, ce qui n'empêcha pas Constance d'avoir faim; elle grignota donc un morceau de pain.

— Je sais que tu manges pour deux; je te préviens, tu n'auras plus de place, ce sera tant pis pour toi.

— Ne t'inquiète pas pour moi.

Le pauvre petit Henry, mort de fatigue, ne partageait guère le plaisir de son oncle. Tim le prit en le secouant.

— Regarde ce que Oncle Tim a préparé pour le souper.

Depuis leur départ, il se chargeait de faire manger son neveu à chaque repas. Constance, sans cérémonie, mordait déjà une cuisse de lièvre. Juste comme Tim allait avaler sa première bouchée, ils entendirent une voix derrière eux.

— Pas si vite, pas si vite! Ne bougez surtout pas négro, sinon je tire.

Tim, serrant son neveu contre sa poitrine et le tenant fortement de sa main gauche, fut debout comme un éclair et avait encore la bouche pleine.

Devant eux, deux jeunes Noirs: celui qui paraissait le plus vieux avait son chapeau enfoncé jusqu'aux oreilles et ne disait rien, se contentant de dévisager Constance qui, entre-temps, s'était levée.

— Des fugitifs, hein? Hein, négro? continua l'autre.

Constance, à peine craintive, était plutôt étonnée, car elle trouvait curieux que ce jeune homme les appelle négro. Il était, on ne pouvait plus nègre lui-même...

— Eh! toi, petite Négresse, pourquoi tu me regardes comme ça? Tu te demandes si je reconnais ce cheval volé? Alors, sales Nègres, vous avez mangé votre langue?

C'en était trop. Constance se baissa avec une rapidité incroyable, saisit un tison et le pointa à la gorge du beau parleur.

— Dis-nous vite ce que tu veux avant que je te l'enfonce dans ta sale gueule de Nègre.

Perplexe, le jeune recula de quelques pas et tomba dans les bras de Tim. Celui-ci sortit son couteau qu'il portait toujours à sa ceinture et Constance, avec ses yeux vifs, surveillait le compagnon.

— D'accord! d'accord!, on va s'expliquer. Tu as toute une femme! mon frère. Avec elle, tu iras loin, c'est vrai, mon frère.

Encore furieux, Tim les yeux mauvais, menaçait le jeune avec son couteau.

— Je ne suis pas ton frère, pour commencer. Si c'est tout ce que tu as à dire, fiche le camp.

Constance, qui avait toujours son tison à la main, dit:

— Tu n'as pas bien entendu ce que Tim t'as dit? Fiche le camp avec ton idiot de compagnon.

— Bon d'accord. Je ne vous appelle plus ma soeur, ni mon frère. Mais, donnez-moi la chance de m'expliquer.

— Alors, fais vite, lui lança Tim.

— Mais, avant, est-ce que je peux te demander d'enlever ton couteau de mes reins, et à ta femme de laisser tomber...

Conscients qu'ils contrôlaient la situation, ils se détendirent mais restaient sur leurs gardes.

— Moi, on m'appelle James. Lui, c'est mon frère, il s'appelle Louis. Si vous voulez continuer votre repas, nous allons vous laisser tranquilles et poursuivre notre route. C'est la vérité, nous ne vous embêterons plus.

Tim et Constance se regardèrent, ils avaient l'appétit coupé. Le petit Henry, qui ne comprenait rien à tout cela, avait gardé un calme étonnant. James, s'adressant à son frère, lui dit,

— Viens Lou, nous irons chercher refuge ailleurs pour la nuit, et déjà il empoigna les guides de son cheval. Je ne sais qui vous êtes, mais, croyez-moi, vous êtes un couple qui fera son chemin, si nous nous en sortons jamais...

James et Louis allaient monter sur leur cheval, quand Tim, après avoir fixé sa soeur quelques secondes, fit,

— Hé! les gars, attendez. Si vous n'avez rien mis sous la dent depuis assez longtemps, venez partager ce que nous avons.

— Non, non, c'est très gentil, merci à vous, dit Louis ouvrant la bouche pour la première fois.

— Allez ne faites pas de manières, si vous avez faim. Tim vous l'offre de bon coeur.

Les deux frères se fixèrent avant de décider d'accepter et se mirent à table, si on peut dire. Tim ranima le feu, vint s'asseoir et couvrit son neveu qui venait de s'endormir.

— C'est à présent un repas froid, ce n'est pas de ma faute.

— Ce n'est pas grave, l'intention..., sourit Louis sans pudeur.

Tout à coup, James sans raison se mit à rire et Louis d'abord un peu gêné, regarda Tim et Constance et imita finalement son frère. Irrité, Tim, se demandait quels énergumènes étaient ces deux...

— Est-ce qu'on peut savoir pourquoi vous riez?

— Ce n'est rien, ha! ha! ha! ha!, ce n'est rien.

Après un court moment de silence, Louis fit une blague que seul James et lui avaient comprise et ils se remirent à rire, mais moins bruyamment. Intriguée par les deux étranges garçons qui s'offraient en spectacle, Constance, les regardait manger avec tant d'avidité et, s'adressa à James:

— Mais, dites-moi vous deux, qu'est-ce qui vous rend si joyeux?

— La vie, madame, la vie, rien que la vie.

— Je ne comprends pas. Tu veux dire que la vie est si drôle?

— Non, non, justement, c'est parce qu'elle n'est pas drôle qu'elle fait rire (il rit).

— Ce que James veut dire c'est que, quand on a trop pleuré, on finit par confondre les malheurs et les joies par ironie. Lorsque mon frère et moi, surtout mon frère rit, les deux sentiments sont inséparables.

Tim, qui avait écouté jusque là, secoua la tête avant de s'adresser aux deux frères.

— Ma foi, si vous êtes tous comme ça dans votre famille...

James, à chaudes larmes et presqu'à s'étouffer, se mit à rire de plus belle.

— Ha! ha! ha! ha!, famille... qu'est-ce que c'est que ça? Famille?

Constance et Tim étaient obligés de reconnaître que c'était drôle et triste à la fois. Tout à coup, James prit un air sérieux et, d'un ton grave,

— Toi dont j'ignore même le nom, tu peux parler... Tu as une belle femme intelligente, tu as un garçon qui, je suis sûr sera aussi courageux que vous deux. Tu peux parler de famille. Famille! hein? Lou, nous, on connaît pas ça.

— Je ne voulais pas te vexer; seulement, je dois avouer que je vous trouve curieux.

— Ha! ha! ha!, curieux, mais on a toujours été curieux, nous. Lou, enlève ton chapeau, et si tu n'as pas trop froid, montre leur ton dos, après, nous parlerons de famille. Mais, avant tout, mon frère et moi, nous vous devons des excuses. J'espère que vous n'êtes pas trop fâchés. Notre comédie, en arrivant ici, était inutile; je suis sûr que Lou le regrette autant que moi.

Constance se leva, pour aller vers Tim.

— Je vais installer le petit pour la nuit.

— Mais, il n'a rien mangé, presque.

— Oui, je sais, mais c'est trop tard.

Lou était debout, pendant que James s'occupait du feu et s'adressant à Constance:

— Est-ce que je peux faire quelque chose pour être utile?

— Non, non ça va, et elle alla enfouir le petit Henry dans la paille, à l'intérieur de la voiture.

— Bien, maintenant, dit James, nous allons vous laisser en paix.

— Si votre route n'est pas trop longue, vous pouvez rester encore. Est-ce que tu es d'accord, Tim?

Tous les quatre étaient autour du feu, fascinés par les crépitements qui s'y dégageaient et personne ne disait mot lorsque James, qui était maintenant très sérieux, d'une voix calme et posée, s'adressa à Tim.

— Est-ce que vous êtes encore fâchés? Je ne sais pas ton nom et tu n'es pas obligé de me le dire.

— Je m'appelle Timothy, mais à la maison, tout le monde m'appelle Tim. Elle, c'est ma... c'est Constance.

Et James adressa un sourire poli à l'endroit de celle-ci.

— Alors, Tim, permets-moi de te donner un conseil: si tu veux garder ta petite femme et avoir une grosse famille un jour, ne te hasarde pas trop souvent par ici. Ce chemin est infesté de chasseurs d'esclaves depuis quelques temps. Depuis 1795, on nous dit que l'esclavage est aboli dans cette contrée, mais rien n'a changé. Tim et Constance étaient intéressés par les propos de James, qu'ils écoutaient avec attention. Si vous êtes fugitifs, soyez très prudents. Au nom de la guerre qui se prépare, on attrape tous les Nègres affranchis ou non pour aller se battre pour le pays, contre les Américains. Il se fait tard, je n'ai pas le temps de vous raconter notre vie.

Constance qui commençait à trouver James sympathique lui dit:

— Vous avez encore un maître? Après un long soupir, James secoua négativement la tête, ce qui permit à Constance de poursuivre sa curiosité. Dis-moi, d'où venez-vous et où allez-vous?

— Constance, ne sois pas si curieuse.

— Non, Tim, ce n'est pas un secret. Nous venons de Vaudreuil, j'accompagne mon frère aux Trois-Rivières.

— Trois-Rivières? questionna Tim.

— Trois-Rivières, c'est un peu loin, mais le temps ne compte pas.

— Alors, vous êtes fugitifs?

Louis qui somnolait répondit.

— Pas exactement, nous sommes affranchis depuis trois mois. Moi, je vais travailler aux Forges de St-Maurice. Je sais lire et écrire un peu mais, là-bas, ils ont plus besoin de bras que de cervelles de Nègres. Je peux espérer garder la seule oreille qu'il me reste.

— Qu'est-il arrivé à ton oreille?

— Ah! cela fait des années, mais je revois encore mon oreille sur le sol.

— Tu peux leur dire comment c'est arrivé, appuya James.

— Oui, James et moi appartenions à un maître qui avait pour nom Jacques Dubois. Un beau jour, il nous a vendus. Plus tard, nous avons appris que c'était parce qu'il était ruiné. Nous, nous étions jeunes, donc pas rentables. Notre nouveau maître trouvait que Dubois était un nom barbare aussi, il nous appelait Wood Brothers. Au bout de trois mois, nous avons fuit et cette fuite ratée m'a coûté une oreille. C'est ce que James voulait vous expliquer, et pourquoi il rit et confond joies et peines.

—— Vous avez l'air triste intervint James, ne vous apitoyez pas parce que, je suis sûr que vous en aurez à nous raconter. Tout ce que je veux vous demander, à tous les deux, c'est d'oublier la première impression que nous vous avons faite. Essayez quand même de garder un bon souvenir de notre rencontre. Qui sait, nos chemins pourront se croiser...

Tim se leva et ajusta sa veste.

—— Bien, nous allons dormir un peu avant de rependre la route.

Après quelques mots de remerciements, James s'adressa à son frère.

—— Nous devrions laisser nos amis. Croyez-moi, je suis sincère, je souhaiterais que nos chemins se croisent un jour. Si vous voulez, nous pourrons forcer le hasard, pour qu'il arrange les choses.

—— Attendez, les gars. J'étais méfiant, mais maintenant j'accepte votre amitié. Vous ne savez presque rien de nous. Je peux vous dire que Constance est ma soeur, je vais l'accompagner à Sorel, et dans deux jours au plus tard, il me faudra être de retour à Beauharnois, nos parents sont encore là-bas.

—— Ta soeur, tu as dit?

—— Oui, Constance est ma petite soeur. Nous avons moins de chance que vous, nous ne sommes pas affranchis. Constance a décidé de suivre son chemin seule. Nos parents ignorent où nous sommes et, s'il ne m'arrive pas de malheur, je serai à la maison pour les rassurer.

—— Lou, qu'est-ce que tu penses, si on les accompagnait? Excusez-moi, je ne veux pas vous obliger, seulement nous avons le temps. Si Constance n'a pas d'objection.

Constance qui était fatiguée, se leva à son tour.

— Vous savez, nous méfier de vous ou de tout ce qui peut nous attendre, il n'y a pas grande différence...

*

* *

Deux heures à peine de sommeil et Tim réveilla sa soeur et les deux frères. En début de soirée, ils étaient arrivés à Sorel. Il ne restait plus qu'une heure à faire pour atteindre la réserve où habitait la grand-mère de Tim et Constance.

— Hoo! Hoo! hurla Tim et descendit pour aller dire quelques mots à sa soeur.

— Tim! cria James. Quelque chose ne va pas?

— Non, non tout va bien mais je préfère que nous nous fassions nos adieux ici.

— Tu te méfies encore de nous, avoue le..., fit Lou.

— Non, non la question n'est pas là du tout.

Entre-temps, Constance était descendue et tenait Henry dans les bras.

— Finalement, j'ai été heureuse de vous avoir rencontrés. Comme nous disions, je souhaite moi aussi que nos chemins se rencontrent un jour.

— Mais, alors, comment pourrons-nous nous retrouver? Je ne vous l'ai pas dit mais, quand j'aurai accompagné Lou aux Trois-Rivières, j'irai à la guerre.

— A la guerre? s'exclama Constance.

— Oui, je sais, vous allez me dire avec raison que c'est de la pure folie. Pour le moment, je n'ai pas le choix. On dit que esclaves et blancs auront des terres; on dit aussi qu'il y aura égalité. Rassurez-vous, je n'y crois pas plus que vous, à cette égalité. Je recommence à vous ennuyer, comme si vous n'avez pas assez de vos problèmes... Alors, au revoir et soyez heureux.

— Tu nous a dit qu'il te faut retourner aussitôt que tu auras mis Constance entre bonnes mains? demanda Lou.

— Oui.

— Bon, nous allons t'attendre ici. A ton retour, nous ferons un bout de chemin avec toi. Nous nous connaîtrons mieux. Hein, James?

— Bien sûr.

— Tout ça est d'accord! Maintenant, sauvez-vous.

— Tim tu nous trouveras pas très loin du chemin.

Constance et Tim partis, les deux frères quittèrent le chemin; on n'était jamais trop prudent...

*

* *

Plus tard, Constance et son frère étaient à l'intérieur d'un wigwam en compagnie d'une vieille femme sans âge, laquelle avait le jeune Henry sur ses genoux. Cette vieille femme était de la lignée directe de marrons; ces Nègres pourchassés par des esclavagistes depuis le désert de l'Oklahoma et celui de l'aride Névada, ces Nègres marrons qui trouvèrent refuge dans plusieurs réserves indiennes, ici même au Canada, d'où des mariages mixtes fort nombreux. La grand-mère de Tim et Constance descendait d'un père noir et d'une mère indienne de la tribu iroquoise.

— Grand-mère, Constance restera ici jusqu'à ce qu'elle trouve le chemin à suivre. Tu l'aideras? Moi, je dois retourner auprès de nos parents.

— Evidemment, il n'y a pas de problème et même si l'hiver approche à grands pas... Elle fit toutes les recommandations d'une grand-mère, puis ajouta: Si le maître avait un coeur, il permettrait à Loretta et Duke de venir me voir avant la fin de mes jours. Il y a déjà plus de six ans que je ne les ai pas vus.

Tim promit d'en parler à son père qui se chargerait de faire les démarches auprès de Cromwell. Il se leva et s'approcha de sa grand-mère qu'il embrassa affectueusement, et prit son petit neveu qu'il souleva jusqu'à la hauteur de son visage.

— Petit! Oncle Tim va te laisser ici avec ta maman et grand-mère. Je reviendrai, je reviendrai peut-être... un jour, je te promets. Les larmes aux yeux, il poursuivit: Pour ça, je souhaite vivre assez longtemps.

De toute évidence, le petit ne réalisait pas ce qui se passait pas plus que le voyage qui avait duré deux jours et presque trois nuits. Constance suivit son frère hors du wigwam pour lui dire adieu. Cette séparation, ils le savaient ne différait guère de celle que nous impose la mort d'un être cher. Pleurant à chaudes larmes, elle dit:

— Tim, sauve-toi, sauve-toi, et en disant cela, elle le retenait encore dans ses bras. N'oublie pas, dis à maman et à papa que je les aimerai toujours et que si, de notre vivant, l'esclavage venait à être aboli, je reviendrai, je serai près d'eux.

— Entendu, Constance, je n'oublierai rien. Toi non plus, n'oublie pas, tu m'as toujours dit que tu veux t'instruire; prends tous les moyens pour réaliser ton idéal. Tu peux compter sur moi, je servirai de pont entre toi et nous. Au revoir, Constance. Survie!

Il se dégagea et courut à son cheval. C'est alors que Henry réalisa que son oncle les laissait là et se mit à hurler de tous ses poumons. Constance s'agenouilla, le serra très fort contre elle en regardant Tim s'éloigner en se demandant si elle le voyait pour la dernière fois.

— Ne pleure pas, mon petit, ne pleure pas, notre aventure à nous deux commence. Je te promets que rien ne nous séparera, sauf la mort. Pour le moment, tu ne comprends pas, tant mieux; tant mieux parce que, tu vois, moi aussi, j'ai une foule de choses à apprendre.

La nuit étant déjà tombée, elle distinguait à peine la silhouette de Tim. C'est ainsi que Tim et Constance se quittèrent en ce milieu d'octobre 1812.

Quelque deux heures plus tard, Tim retrouvait ses nouveaux amis qui l'accueillirent comme s'ils s'agissaient de retrouvailles.

— Contents de te revoir, vieux frère. Cette fois, je te défends de protester parce que nous avons décidé que, désormais, nous sommes frères; tu verras, nous serons plus forts.

Louis, qui tenait une sorte de volaille au-dessus du feu, dit à Tim,

— Ce soir, c'est moi qui reçois. Bien sûr, c'est pas du lièvre, mais ça se mange.

— Qu'est-ce que c'est? demanda Tim.

— Une perdrix, mon frère.

Ils étaient accroupis tous les trois, prêts à manger. James observait leur compagnon et sourit en disant:

— Tim, essuie tes larmes.

— Comment ça, essuyer mes larmes?

— Allons, demande un peu à Lou, nous avons tellement pleuré dans notre longue vie.

— Longue vie! Tu n'exagères pas?

— De toutes façons, depuis que je suis né, j'ai vu tant de gens pleurer autour de moi. Ce qui est drôle, c'est rarement à cause d'une douleur physique. Tiens, regarde, j'avais onze ans quand ils ont coupé l'oreille à Lou devant moi. Je voulais me baisser pour la ramasser, lorsqu'un gros type m'écrasa le poignet avec ses grosses bottes. Crois-moi, Tim, ce n'était pas mon poignet qui m'a fait pleurer. Enfin, laissons ces choses... Mangeons et oublions un instant.

— Je crois, dit Tim, que vous êtes deux bons petits diables.

— Ha! ha! ha!, rit Louis. Ca tu peux le dire. Je crois que notre ancien maître, même dans sa tombe, se souviendra de nous. Ce petit diable de James que tu as devant les yeux lui en a fait voir de toutes les couleurs. Enfin c'est une vieille histoire que nous aimerions oublier.

— Depuis trois mois, nous avons eu le temps de faire des projets. Lou, comme je t'ai dit, va travailler aux Forges de St-Maurice. Il sera payé à bas salaire, parce que ce n'est qu'un Nègre. Tant pis! il veut absolument s'instruire, pas juste savoir signer son nom. Nous espérons qu'il y aura toujours, là-bas, un Blanc qui l'aidera, moyennant finance évidemment. Quant à moi, je vais joindre les rangs du

Capitaine Richard Runchey, qui est à la tête de plusieurs troupes composées de Noirs. Si je reviens sain et sauf de la guerre, nous nous installerons sur une terre. Tu pourras t'associer avec nous.

Tim se mit à rire, d'un rire nerveux.

—— Non, excusez-moi, les gars, je vous trouve très optimistes, votre idée n'est pas farfelue, mais vous oubliez que moi, je suis encore l'esclave de Monsieur Cromwell à Beauharnois; que tout projet d'avenir comme homme libre m'est interdit.

—— Allons, voyons, ne te décourage pas, les choses peuvent changer avant longtemps, dit Lou.

—— Oui, il faut que je parte. Souhaitez-moi bonne chance. N'oubliez pas, faisons le même souhait que cet après-midi que nos chemins se croisent de nouveau.

—— Tu vas devoir nous supporter, dit James, parce que nous sommes obligés de faire un bout de chemin avec toi, avant de nous séparer.

—— Alors, faites vite.

Au bout de quatre heures environ, James devança son frère pour aller à Tim.

—— C'est ici que nous devons nous séparer. C'est ici également à ce croisement que notre alliance va se signer. Mettons pieds à terre, et s'entrelaçant les mains nous allons dire ensemble: unité fraternelle à jamais. En choeur, unité fraternelle à jamais...

Une seconde séparation dans la même journée pour Tim... A présent, il avait hâte de retrouver ses parents. S'il n'était pas obligé de laisser souffler le cheval, il continuerait toute la nuit. Que le temps a passé vite! Il espérait être de retour le troisième jour. Rarement, Tim s'était senti aussi seul; ses pensées allaient de Constance au petit. James et Louis sont braves, dommage qu'ils n'aient pas trouvé un moyen de rester toujours ensemble. La guerre... la guerre.

*

* *

Loretta et Duke commençaient à s'habituer à leur nouvelle façon de vie. Ce matin-là, après le déjeuner, Duke sortit de la cabane et avant de refermer la porte, il dit à sa femme qu'il irait voir le maître.

— Entendu, mais sois calme, tâche de te contrôler.

Dès que Duke fit son entrée dans le bureau de Monsieur Cromwell, il se trouva nez à nez avec Jessica.

— Ah! bonjour Duke, s'écria la jeune fille. Où donc est passée Constance? Je voulais lui parler, mais elle n'est visible nulle part depuis des jours.

— Justement, Mademoiselle Jessica, je viens voir monsieur pour lui dire que... pour lui dire que mes enfants sont partis.

Bob Cromwell, qui était derrière son bureau, se leva.

— Que dis-tu, Duke?

— Tim et Constance sont partis depuis trois jours. Je vous jure, monsieur, que je ne savais rien. Je ne savais pas ce qu'ils avaient derrière la tête, pourtant, ils ne m'avaient jamais rien caché...

— Et, où sont-ils allés? demanda Jessica. Constance se moquait donc à ce point de moi et de mes confidences?

Cromwell s'approcha et posa une main sur l'épaule de sa fille.

— Du calme, du calme. Je me chargerai de cette affaire, je te pris de nous laisser.

Elle se retira sans protester.

— Ainsi donc, tes enfants sont partis et tu ignores absolument leur destination?

— Oui, monsieur.

— Je te crois, Duke. Toutefois, tu dois te rendre compte qu'une sanction s'impose.

— Une sanction, monsieur?

— Oui, une punition. Tu réalises la perte que cela représente, n'est-ce pas?

Duke, même s'il venait de recevoir un coup droit au coeur, ne réagit pas.

— Pendant que j'y pense, ta fille vous a laissé le petit garçon?

— Non, monsieur.

— Alors, tu comprends que je ne puis tolérer cette trahison.

— Mais, monsieur, je n'ai pas trahi monsieur.

— Cela revient au même. Je prendrai la décision qui s'impose en temps et lieu. Pour le moment, tu peux retourner à tes occupations.

— Oui, monsieur.

Duke s'en alla faire son travail, sans aller rendre compte à sa femme de son entretien.

Sur le coup de quatre heures de l'après-midi, Tim arriva au domaine. Sa première idée fut d'attendre la tombée de la nuit, mais à présent, qu'importe: son absence ne pouvait être ignorée. Aussi n'avait-il pas jugé bon de faire un détour. Franchement, il arriva par la cour d'où tout le monde, y compris le maître, ne pouvaient ne pas le voir. Tout naturellement, il se dirigea à l'écurie et remercia le cheval qui s'était comporté de façon admirable durant toute cette épopée. Ensuite, il alla directement chez sa mère.

Il la fit sursauter car, le soleil étant encore haut, Duke ne devrait pas être de retour. Lorsqu'elle se retourna, Tim se précipita dans ses bras.

— Tim, Tim, Tim, mon enfant. Tu as tenu parole, je suis fière de toi. L'esprit de mes ancêtres ont entendu mes prières, ils ont guidé vos pas. Viens, viens t'asseoir.

Elle était si émue, au point de ne pas sentir perler des larmes de joie sur ses joues.

— Constance et le petit, étaient-ils bien quand tu les as quittés?

— Oui, maman. Tout s'est très bien passé à l'aller comme au retour.

— Je suis heureuse, tu ne peux pas savoir, mon petit, combien je suis heureuse. Tu es fatigué, tu dois mourir de faim. Elle alla dans sa cuisine et revint aussitôt.

— Tiens, mange ça en attendant le souper. Je connais un homme qui sera heureux de te voir.

— Comment a-t-il pris notre départ?

— Tu connais ton père... Le premier soir, nous en avons parlé un peu mais, par la suite, étant donné que nous pensons la même chose, c'était inutile d'y revenir.

— Et, le maître?

— Ton père n'a pas voulu lui en parler avant plusieur jours. Il ne me l'a pas dit mais, je suis sûre que Monsieur Cromwell n'aurait pas mis des chasseurs à vos trousses. Enfin, pour terminer, ton père est allé seulement ce matin, avant d'aller au champ. Nous le saurons bien assez vite.

Tim se leva pour aller porter son assiette.

—— Non, non, laisse, reste assis, tu as besoin de te reposer.

—— Me reposer, maman? Monsieur Cromwell n'aimerait pas t'entendre.

—— Je sais, mais pour le moment, Monsieur Cromwell est dans son palais.

Il alla s'asseoir sur le bord du lit de ses parents. Loretta lui raconta comment ils avaient été inquiets et qu'elle avait passé plusieurs nuits blanches. Tim s'était endormi, alors que sa mère continuait à parler. Ayant le dos tourné, elle ne savait pas qu'il dormait. C'est en se retournant qu'elle le vit, couché sur le dos, une jambe sur le lit et l'autre pendante. Elle s'essuya les mains sur son tablier puis, se baissa et mit la jambe à côté de l'autre. Elle l'observa quelques secondes, sourit et secoua la tête. Il dormait encore lorsque Duke rentra.

—— Mais, mais, mais, c'est Tim!

—— Oui, Duke, c'est notre fils.

—— Ca alors, ça alors... un homme de parole, et prit sa femme dans ses bras. Je ne trouve rien à dire, rien à dire, en haussant les épaules.

Tim s'étira et ouvrit un oeil.

—— Mais, que faites-vous là James, Lou, vous n'êtes pas aux Trois-Rivières?

Le couple se regarda, intrigué par les propos de leur fils. Celui-ci se leva péniblement, tint sa tête dans les mains.

—— Oh! papa, bonjour papa.

—— Bonjour, mon garçon, dit Duke tout souriant.

—— Excusez-moi mais, je crois que j'ai rêvé, dit-il en embrassant son père.

—— Oui, Tim, tu as rêvé. Qui sont James et Lou.

—— Oh! James et Louis... ce sera trop long, je vous expliquerai plus tard.

Réunis dans cet espace qu'on pouvait appeler salle à manger, Tim était heureux de partager le souper avec ses parents.

*

* *

Le lendemain matin, le père et le fils étaient dans l'écurie, une page venait d'être tournée. On ne pourra pas s'empêcher de penser à Constance, mais ici, la vie continuera. Un moment donné Duke leva la tête et dit à son fils,

—— Je vais voir le maître, il fera ce qu'il voudra.

Dix minutes après, Duke et Cromwell discutaient devant la maison.

— Tu as compris tout ce que je viens de te dire?

— Oui, monsieur.

— Parfait. Ton fils est revenu, tant mieux pour toi, car tu viens de payer une partie de ta dette. Reste ta fille et son fils. Pour cela, je t'accorde un certain délai. Ou tu la ramène, ou...

— Monsieur, si monsieur vous me permettez, j'attendrai les premières gelées.

— Arrange-toi comme tu voudras Duke, mais ramène-moi ta fille. De plus, n'oublie pas que son fils fait partie de ma propriété. D'autant plus que mon sang coule dans ses veines, à ce petit...

— Oui, monsieur.

Les choses en restèrent là au domaine Cromwell et entretemps, Jessica retourna au couvent, Peter fut envoyé aux Etats-Unis, puis en Europe pour se faire soigner.

Cela faisait plus d'un an que Constance vivait avec sa grand-mère, au bord du Richelieu, où on voulait à tout prix conserver la coutume iroquoise. C'était entendu qu'à la première occasion, Constance quitterait la réserve pour aller vivre une autre existence que celle des sauvages dont elle était pourtant si fière d'être issue. Etrangement, elle trouvait que cette vie de nomade comportait moins de risques que l'asservissement pur et simple dans les plantations. Ici, malgré ce qu'en disaient les Blancs, les Indiens n'étaient pas toujours en guerre entre tribus. Devant l'ennemi commun, l'homme blanc, on a vu différentes tribus d'Indiens, de Noirs esclaves fugitifs, se battre côte à côte. Depuis qu'elle était chez sa grand-mère, celle-ci lui avait raconté ses souvenirs. Elle, Constance, était déterminée. Son arme: l'instruction; cette arme si redoutable, elle voulait la posséder et s'en servir.

L'hiver fut dur et long mais à présent, tout fleurissait et on pensait déjà où s'établir pour la belle saison. Grand-mère avait tout organisé: deux jeunes gens iraient conduire Constance chez les religieuses à Montréal. Henry, comme tous les enfants, sut s'adapter; il restera donc ici quelque temps.

Par une journée de printemps, Constance arriva devant le portail d'un couvent du district de Montréal, accueillie par une novice qui, apparemment, ne comprenait pas très bien le langage de la jeune Négresse qui ne parlait qu'Anglais. Cette jeune Négresse à l'allure curieuse, aux yeux vifs et expressifs qui dégageaient une vive intelligence... On la fit attendre longuement pour enfin trouver une religieuse bilingue. Ce qui parut une éternité à Constance, n'était que trois heures de formalités! Enfin, elle était debout devant la Mère supérieure. De sa voix mielleuse, la Supérieure la rassura qu'ici elle n'avait rien à craindre, que "toutes ici, appartenaient à Jésus-Christ et que même les novices aspiraient à cela: donner leur vie à Jésus-Christ Notre Seigneur". Constance avait déjà entendu ce genre de paroles et, notamment, lors du passage du Père Andrew. Pour elle, écouter faisait partie de son éducation. La Supérieure, confortablement assise, allait lui faire subir un interrogatoire devant trois autres religieuses, à part l'interprète, Soeur Ignace. Très peu impressionnée par ces dames vêtues jusqu'aux chevilles, Constance pensait à James et à Louis. Elle se disait que leur méthode d'affronter un maître était la meilleure malgré le danger. Après avoir dévisagé ces femmes, elle s'adressa à l'interprète:

— Je veux parler à la maîtresse, je veux lui dem.....

— Ici, nous n'avons pas de maîtresse. Seul Dieu est notre Maître et Seigneur. Maintenant, parlez. Alors, dites-nous à qui vous appartenez et pourquoi avez vous fui.

— Je sais, maîtresse que vous ne pouvez aider une esclave, mais je veux travailler pour vous, je veux... je veux avoir mon...

— Parlez, n'ayez pas peur, vous n'avez rien à craindre dans cette maison.

Après une traduction, l'interprète ajouta:

— Ma Mère, cette enfant, malgré sa connaissance rudimentaire de la langue anglaise, s'exprime fort bien. Si vous me permettez, Ma Mère, elle mériterait qu'on lui donne une chance.

— Si vous le croyez, mon enfant. Mais, je ne saurais trop vous recommander la plus grande discrétion. Il ne faudra surtout pas vendre la mèche lorsque les Anglais viendront inspecter. Allez, mes enfants. Vous, Soeur Ignace, restez. Prenez soin d'elle, nous verrons plus tard.

— Bien, Ma Mère.

Constance qui n'avait rien compris, interrogea Soeur Ignace des yeux.

— Ma Mère accepte de vous garder avec nous ici. Toutes les soeurs vous aideront à trouver votre chemin, par la grâce de Dieu.

— Merci, madame, mais je dois dire toute la vérité à la maîtresse. C'est vrai, j'ai quitté le domaine de mon maître, mes parents et mon frère y sont encore. Ne me demandez pas le nom de mon maître, je ne vous le dirai pas, en tout cas, pas pour le moment. Autre chose: j'ai un enfant.

— Un enfant? Ai-je bien compris?

— Oui, madame. J'ai un enfant du fils de mon maître. Je ne peux pas vous en dire plus.

Soeur Ignace fit signe à Constance, pour lui permettre de traduire. Alors que la religieuse faisait le résumé, elle observait très attentivement la Supérieure. Cette dernière écarquilla les yeux et leva les bras.

— Dieu du ciel! Ce n'est qu'une enfant! Mais, comment est-ce arrivé?

— Comment est-ce arrivé, Ma Mère?

— Non, non, enfin, bref... Lui avez-vous demandé où est cet enfant?

— Non, Ma Mère.

Soeur Ignace s'adressa à Constance.

— Il est à Sorel, c'est tout ce que je peux dire pour l'instant.

Quand Soeur Ignace vint poser sa main sur son épaule, elle comprit qu'une nouvelle aventure commençait.

— Eh bien! Soeur Ignace, tâchez de lui rendre la vie agréable parmi nous, en attendant de voir.

— Madame, je dois vous dire autre chose. Mon frère Tim, je veux dire Timothy, est encore avec mes parents. Peut-être qu'un jour il saura où je suis. Ici, devant votre maison, m'attendent deux frères. Permettez-moi d'aller les remercier.

Après la traduction, Soeur Ignace poussa gentiment Constance devant elle. Rendues devant le portail, les deux jeunes Indiens qui attendaient depuis des heures, vinrent à leur rencontre. Constance leur dit quelques phrases, puis se tourna vers la religieuse.

— Pourquoi m'avez-vous dit que ce sont vos frères? Ce sont deux sauvages.

— Pourquoi, madame, m'avez-vous dit que toutes ces dames étaient vos soeurs?

Soeur Ignace ne répliqua pas.

A compter de ce jour-là, Soeur Ignace avait la charge d'instruire son élève qui, ne sachant que l'Anglais, ne lui rendait pas toujours la tâche facile.

*

* *

Au bout de six mois, elle réussissait à se faire comprendre sans difficulté, ce qui fit dire à la Mère supérieure que, si les maudits Anglais n'étaient pas des fils de démon, l'Eglise catholique romaine, ici en Canada, aurait plus de fidèles! C'était aussi durant l'enseignement religieux que Soeur Ignace appelait le Seigneur à son secours car Constance restait imperméable sur ce chapitre. Très souvent, la nuit, elle pensait longuement à ses parents, à Tim, et elle se surprenait à penser à James et à Louis. qu'elle connut pourtant à peine. Quant à Henry, elle ne s'inquiétait pas; elle savait où et quand le trouver, d'autant plus que, sa seule raison d'être, restait son fils.

"L'été a passé si vite, c'est incroyable! Il faut absolument que je parle à la Supérieure. Pourvu que Soeur Ignace me le permette. Le temps presse, grand-mère est âgée, Henry est trop petit pour affronter un autre hiver comme l'année dernière. Il faut que la Mère supérieure comprenne."

-- Oui, mon enfant, nous te permettons d'aller chercher ton fils. A quelque chose malheur est bon car depuis la guerre avec les Américains, il y a non loin de notre couvent, un foyer pour les orphelins.

-- Mais, Ma Mère, mon enfant n'est pas un orphelin, je vis encore et son père, c'est Tim, c'est mon frère. J'espère qu'il est encore vivant...

-- Reste calme, reste calme, tout va s'arranger.

Munie d'un laissez-passer, accompagnée de deux esclaves-domestiques appartenant au couvent, Constance alla chercher son fils chez sa grand-mère à Sorel, pour le placer dans ce foyer.

Pendant la première année, on lui permit deux visites mensuelles mais, jugeant cette fréquence insuffisante, elle en demanda davantage, ce qu'on lui accorda. Cela faisait presque quatre ans que Constance avait quitté ses parents et depuis, personne ne savait où elle était ni ce qu'elle était devenue avec le petit Henry.

*

* *

La guerre de 1812-14 avait changé beaucoup d'hommes, même pour Bob Cromwell, car on sut plus tard que durant cette fameuse guerre, il s'absentait souvent de son domaine pour aller à Québec où il allait voir des amis influents. Il avait choisi un jeune esclave pour remplacer Tim dans ses voyages. Il durcit sa position envers Duke et Loretta et ceux-ci en étaient conscients.

Un matin, on vit arriver une belle voiture et deux hommes en descendirent, avant d'ordonner au cocher noir de les imiter. Comme par hasard, Bob Cromwell était devant la maison et les deux hommes se dirigèrent vers lui. Ils parlèrent à peine trois minutes et, comme s'il y eut une hésitation, regagnèrent leur voiture et Cromwell les suivit.

Du coin de l'oeil, Duke suivait la scène pendant que le cocher des visiteurs faisait avancer ses chevaux. La voiture arrivée à sa hauteur, Cromwell a dû dire quelque chose car presque mécaniquement les deux hommes tournèrent la tête vers lui. Tout cela ressemblait à s'y méprendre à un tour du propriétaire. On sut, dans le milieu de l'après-midi, dans le bureau de Cromwell, que la transaction fut faite. En effet, Cromwell avait décidé d'aller s'établir dans la ville de Québec, parmi ses amis qui baignaient dans l'opulence que leur procurait la pratique de la corruption sans vergogne. Que certains de ces hommes, Sewell, Goodrich, et autres, étaient plus ou moins jeunes que Cromwell, cela n'empêchait guère ce dernier d'adhérer à ce club prestigieux d'une sorte de société secrète au sein duquel on pouvait enfreindre toutes les lois.

Les visiteurs-acheteurs partis, Cromwell fit venir Duke et Loretta.

— Votre fille est partie depuis longtemps. Duke, je t'ai donné la chance de la retrouver, tu n'as pas réussi. Ma femme est partie; cela, tu n'y es pour rien. Ma fille Jessica est maintenant religieuse. Moi... Il me fallait choisir entre ma solitude de toujours ou vendre mon domaine. J'ai choisi la deuxième solution.

— Monsieur veut dire?

— Oui, Loretta, je veux dire que tout est vendu.

— Mais, monsieur, protesta Duke.

— Je n'entrerai pas dans les détails, tu n'y comprendrais rien. Souviens-toi des noms, tu en es capable. Par l'ordonnance de Jacques Raudot, du 13 avril 1709, j'ai le droit de te vendre, de vendre ta femme et tous tes enfants.

— Mais, monsieur, ce n'est pas ce que monsieur veut faire?

— Parfaitement. Je suis même au regret de t'annoncer que ces messieurs, qui viennent de partir, ont tout acheté. Sauf vous...

— Mais, comment, monsieur, sauf nous deux? questionna Duke, accablé et toujours tremblant.

— Ecoutez, si vous voulez tout savoir, mes acheteurs vous trouvent un peu vieux.

— Mais, monsieur, et Tim et mon dernier?

— Tim prendra, j'en suis persuadé, soin de son petit frère. Du reste, il pourrait être son père.

Loretta, qui n'avait pas pleuré devant témoin depuis quatre ans, se mit à genoux devant Bob Cromwell.

— Monsieur, monsieur, monsieur, c'est toute une vie, monsieur. Est-ce que monsieur comprend?

— Allons! Loretta, relève-toi, les larmes ne servent plus à rien. D'ailleurs, estimez-vous heureux, vous pourrez probablement finir vos jours ensemble...

Duke fit deux pas et prit sa femme par les bras.

— Lève-toi, lève-toi, Loretta. Et, en regardant Cromwell droit dans les yeux, poursuivit. Pourquoi, monsieur, pendant tant d'années, vous nous avez fait croire que vous étiez différent? Pourquoi, monsieur? ce n'était pas nécessaire de nous saigner au delà de notre corps. Pourquoi, monsieur? Viens Loretta, viens. On se disait des esclaves privilégiés... Tu vois, tu vois, les enfants avaient raison.

Une semaine après cet incident, arriva un jeune Noir, assez bien habillé, belle apparence, à la démarche sûre. Il se dirigea directement aux quartiers où, devant une cabane, se trouvait un petit garçon.

— Dis-moi, petit frère, quel âge as-tu?

— Cinq ans.

— Ah! C'est très bien ça, tu es un grand garçon. Est-ce que tu connais Oncle Timothy, je veux dire, Oncle Tim?

Le jeune garçon pointa son petit index en direction de la cabane. James lui prit le menton puis lui pinça le nez.

— Tu es très gentil. Au fait, comment t'appelles-tu?

— Baley.

— Baley? mais, c'est très bien ça. A tout à l'heure, Baley.

James se dirigea à la porte de la cabane indiquée et timidement, frappa. L'attente ne fut pas longue, Loretta entrouvrit.

— Bonjour, Mam.

— Bonjour, répondit aimablement Loretta.

— Excusez-moi, Mam, mais je cherche un ami.

— Un ami? s'étonna Loretta.

— Oui, Mam. A vrai dire, nous n'avons pas eu le temps de nous connaître vraiment, c'est pourquoi je suis ici.

— Et ton ami, est-ce qu'il a un nom?

— Oui, Mam. Tim, et sa soeur Constance.

— Esprit des ancêtres! Entre, entre.

En fermant la porte derrière eux, elle jeta un coup d'oeil dehors.

— Tu peux t'asseoir, mon garçon.

— Merci, Mam.
— Tu nous apportes des nouvelles de Constance?
— Non, Mam, je regrette, j'aimerais la retrouver.
— Ca ne fait rien, ça ne fait rien.
— Je ne vous ai pas dit mon nom, Mam. Je m'appelle James Dubois-Wood.
— James, James, oui, oui, oui. Tim nous a parlé de toi.
— Je suis heureux, Mam, qu'il vous ait parler de moi. Où est-il?
— Il est au champ avec son père. Ils rentreront pour le souper.
— Je suis heureux, très heureux de retrouver Tim. Je vais me promener un peu et si vous me permettez Mam, je vais revenir plus tard.
— Bien sûr, bien sûr. Mon mari sera heureux de te voir et je ne parle pas de Tim, il sera fou de joie.

*

* *

Le repas était terminé depuis longtemps, mais on restait encore à table. On dégustait de la tisane que Loretta elle-même ramassait au printemps. Apparemment, on avait parlé beaucoup de la vie, de l'avenir, sans oublier Constance.

— Tim, dit James, si tu savais combien Lou et moi t'avions envié quand tu nous parlais de tes parents.
— Oui, jusqu'à il y a une semaine, je me disais aussi comblé mais, maintenant, Cromwell a pris la décision de nous décimer, et rien ne peut l'empêcher.
— Ecoutez, mes enfants. J'ai vécu dans un monde d'illusion, c'est cela qui me fait mal. Qui aurait pensé ça de Cromwell. Vous les jeunes, le monde vous appartient, je veux dire que vous avez une arme: votre jeunesse. Ai-je raison, Loretta?
— Bien oui, je suis attristée parce que j'ai espéré que Cromwell aurait fini par nous affranchir. Comme dit Duke, nous, nous avons été brutalisés, traqués, violés, mais vous, vous saurez vous défendre.

Tim se leva et se mit à débarrasser la table.

— Tu vois, James, pourquoi je ne pouvais partager votre optimisme, ton frère et toi?

— Si tu avais suivi ta soeur, qu'aurait-il fait, cet animal de...
— Cromwell. Oui, qu'aurait-il fait?
— Mam Loretta, j'ai vingt-six années et, croyez-moi, c'est la première fois de ma vie que je ressens une chaleur familiale. Je m'en souviendrai durant tout le temps qu'il me reste à vivre.

On continua à discuter longuement, avant que Tim ne propose à James de venir passer la nuit dans la chambre de Constance et celui-ci ne protesta pas.

*

* *

Le lendemain matin, James se présenta devant la porte de Monsieur Cromwell. Ce dernier d'ailleurs, de son poste d'observation, l'avait vu arriver se demandant qui il était. Il vint lui ouvrir et, avant même de l'inviter à entrer,

— Qui es-tu? Que veux-tu?
— Je m'appelle James Dubois-Wood, monsieur. J'aimerais vous parler. Si vous n'avez pas le temps de m'écouter maintenant, je reviendrai.
— Non, non, entre. Quel est ton nom déjà?
— James Dubois-Wood, monsieur.
— James Dubois-Wood? Curieux!
— Pardon, monsieur?
— Non, rien. Alors? Que veux-tu?

En même temps, il contourna son bureau, saisit une bouteille de whisky, se servit puis, après une gorgée, prit une boîte de cigares d'un tiroir. James suivait chacun de ses gestes et se disait: cet homme est hypocrite.

— Eh bien! Dubois-Wood?

James s'était préparé à toute éventualité en se disant qu'il ne se laisserait pas impressionner par cet homme qu'il avait devant lui et qui cachait fort mal ses angoisses.

— Avant tout, je veux demander à monsieur de croire que je ne suis pas naïf. Voilà, je viens voir monsieur pour savoir quel prix faudra-t-il pour acheter la liberté de Duke et sa famille.

Comme si Cromwell n'avait pas entendu, il lui envoya un nuage de fumée au visage.

— Mais, dis-moi, cela fait beaucoup de libertés à acheter, tu ne crois pas?

—— Oui, monsieur.

—— Duke, Loretta, Timothy... le petit; cela peut représenter quinze, vingt mille livres, peut-être plus.

En portant son verre à ses lèvres, il regardait James d'un air cynique, en surveillant sa réaction.

—— Monsieur, n'est-ce pas là un piège que vous me tendez, pour me faire dire le coût de la vie d'un Nègre?

—— Avant de poursuivre cet entretien, Dubois-Wood, je dois te féliciter pour ta maîtrise de notre langue et de ton audace.

—— Merci, monsieur. Croyez que je n'en tire aucun orgueil. Quant à la maîtrise de la langue, comme dit monsieur...

—— Maintenant, dis-moi, où tu comptes trouver l'argent nécessaire.

—— Je suis un ancien combattant, j'ai quelques économies, mon frère travaille depuis plusieurs années. Ce sont là les sources de mes revenus.

Cromwell se leva, se versa du whisky et James était toujours debout.

—— Ainsi, tu veux investir tout cela pour Tim et ses parents?

—— Oui, monsieur.

—— Et que feras-tu pour sa fille qui est partie?

—— Personne ne sait où elle est, mais je ferai tout pour la retrouver.

—— Advenant que tu la retrouves, réalises-tu qu'elle reste ma propriété?

—— Oui, monsieur. Mais, pour cela, je prie monsieur de me dire un prix raisonnable et de m'accorder un délai.

—— Disons, James Dubois-Wood, un mois? Cela te suffit-il?

—— Merci, monsieur. Je tenterai l'impossible pour respecter ce délai.

—— Parfait.

James se dirigea vers la porte et, avant de l'ouvrir, se retourna.

—— Puis-je considérer que j'ai la parole d'honneur de monsieur?

Cromwell se contenta de secouer la tête affirmativement.

*

*   *

Il quitta le domaine Cromwell pour entreprendre ses péripéties. Le troisième jour, on le retrouva en compagnie de son frère, aux Forges de St-Maurice où il passa deux jours. Puis, il prit le même chemin que quatre ans auparavant lorsque Tim alla conduire Constance à Sorel. Il fit une halte d'une demi-heure pour se rappeler tous les détails que lui avait donnés Tim pour retrouver la grand-mère. D'une réserve à l'autre, il finit par trouver ceux du clan de la grand-mère de Tim. On lui apprit que cette dernière était décédée de vieillesse au milieu de l'hiver. Malgré qu'en principe, il ne devait pas être affecté par cette disparition, James était tout de même attristé à l'idée que Tim et ses parents l'ignoraient. Constance n'était sûrement pas restée ici durant ces années; si tel était le cas, elle devait ignorer aussi la mort de sa grand-mère. Les deux jeunes Amérindiens qui, trois ans plut tôt étaient allés conduire Constance au couvent, étaient à la chasse et James se trouva contraint de passer une seconde nuit à la réserve; du reste, il commençait à avoir besoin d'une vraie nuit de sommeil.

Déjà le septième jour depuis qu'il avait quitté Cromwell, le temps défilait à une vitesse folle. Sa tête bourdonnait de mille et une questions. Des couvents, combien pouvaient-ils y en avoir? cinq, dix, quinze? Il n'en avait aucune idée. Et puis, comment retracer Constance? C'est un nom plutôt court... Cela revenait à essayer de trouver un Nègre Joseph ou une Négresse Marie... Elle n'avait certainement pas donné le nom de son maître...

Après une nuit à la belle étoile à l'entrée de Montréal, il se rendit au Bureau des Colonies, dès la première heure, ce service du gouvernement britannique qu'ont dirigé, à différentes périodes, des hommes comme Goodrich, Stanley, Craig, et autres. James se rendit donc à ce bureau où il fut accueilli d'abord assez froidement, avant de s'identifier comme ancien combattant de Stoney Creek.

— Où étais-tu passé depuis la fin de la guerre? lui demanda le fonctionnaire.

— J'ai été blessé, monsieur. En plus, j'ai été très malade, on a dû m'hospitaliser pendant plusieurs mois à Québec.

— Oui, je vois, en lorgnant James par dessus ses lumettes.

— Je n'ai touché aucune indemnité, monsieur. Je n'ai pas une parcelle de terre non plus, monsieur. On nous a prom...

— Oui, oui, je sais, je sais, on vous a promis des terres, dit le fonctionnaire, avec son air hautain, son affreuse moustache qui bougeait chaque fois qu'il respirait tant ses narines étaient larges, avec le bout d'un nez anormalement long. Plus James le regardait plus il le trouvait laid, en plus d'être détestable. Il se disait qu'il aimait mieux son nez épaté que celui de ce crétin. Ce fonctionnaire, point besoin de le dire, devait être excessivement zélé. Il fouilla dans les papiers, prenant un temps fou avant de tourner la page. Ah! James Dubois-Wood, c'est toi ça?

— Oui, monsieur.

Non satisfait de cette réponse, il insista parce qu'on lui avait déjà dit que tous les Nègres se ressemblaient... Toujours avec l'air soupçonneux.

— Dubois-Wood, il te faudra revenir dans deux ou trois jours.

— Mais, monsieur...

— Hein? Quelque chose ne va pas?

— Je ne comprends pas pourquoi il faut revenir, plusieurs anciens combattants ont eu des terres et l'argent promis...

— Oui, je sais, mais il faut que tu reviennes un autre jour.

— Bien, monsieur. Je reviendrai demain.

En sortant de ce bureau, il se remit à penser à Constance.

*

* *

Constance, quant à elle, avait des tâches variées chez les religieuses: la lessive, la couture, bref tous les travaux ménagers. Ce n'était qu'après de longues journées qu'elle retrouvait Soeur Ignace. Depuis trois ans, elle avait trois heures d'enseignement général par jour, sans exception, une heure d'enseignement religieux et une demi-heure partagée en prière et en méditation. Sur ce dernier chapitre, Constance excellait d'une médiocrité la plus totale.

— Pourquoi, Constance, n'ouvres-tu pas ton coeur à Notre Seigneur? Pourquoi ne veux-tu pas apprendre à prier? C'est si réconfortant.

— Pourquoi ne voulez-vous pas voir que mon coeur est fermé? Souvent, j'ai essayé, mais je suis incapable de comprendre comment ce Dieu dont vous me parlez permette qu'on massacre, qu'on tue tous les hommes qui ne sont pas à son image, et vous me dites qu'il est notre père à tous.

— Mais, oui, c'est notre père à tous, Constance. Il nous aime.

—— Pardonnez-moi, ma soeur, je ne suis pas d'accord. Mon père intervenait pour nous séparer chaque fois que nous nous battions Tim et moi. Lorsque deux esclaves se battaient, mon père venait les séparer. Quand c'était le contremaître blanc, il fouettait les antagonistes, sans savoir la raison de leur différend.

—— Je partage tes émotions, Constance mais je peux tout de même t'apprendre à aimer?

—— Soeur Ignace, je vous promets d'essayer ce que vous me dites.

La religieuse n'eut pas le temps de répondre, lorsque la cloche sonna pour annoncer l'Angelus du soir. Tout de suite après, ce sera le souper, puis la chapelle...

Ce fut à la sortie de la chapelle qu'on vint annoncer à Constance qu'un visiteur l'attendait. C'était assez inhabituel, pourtant la permission fut accordée. Du reste, elle était privilégiée, car toutes les religieuses l'aimaient et l'appréciaient, les tâches qu'on lui confiait étant exécutées de façon irréprochable.

Intriguée, Constance se dirigea au portail, se demandant qui cela pouvait bien être? Cromwell aurait-il réussi à trouver ses traces? Impossible! Tim préférerait mourir plutôt. Enfin, elle arriva et se trouva face à face avec James. Celui-ci, pendant ces quatre ans, n'avait pas cessé de penser à Constance et c'était réciproque. Les bras le long du corps, les yeux grands ouverts, bouche bée, Constance ne sut que faire. Etait-ce bien lui? Il n'avait pas changé. Elle allongea le cou, geste inutile en soi, puisqu'ils étaient à deux pas l'un de l'autre. Comme si elle ne s'adressait qu'à elle-même.

—— James? Est-ce bien toi, James?

—— Oui, c'est moi, James. C'est moi, dit-il en lui sautant au cou. Tu ne m'as pas oublié? Quel bonheur! Laisse-moi te regarder, Constance, tu n'as pas changé, tu es plus belle que jamais!

Visiblement émue, elle eut envie de pleurer de joie, de verser un flot de larmes; sans pudeur, elle se blottit à lui. James était sans doute profondément touché car Constance sentait battre son coeur si violemment, qu'elle lui demanda:

—— Ton coeur bat-il toujours si fort?

—— Mon coeur? Non, enfin, je ne crois pas, je ne sais pas... pourquoi?

— Rien, rien, ce n'est pas grave.
— Est-ce que nous pouvons avoir un endroit pour parler?
— Je ne sais pas James, ce n'est jamais arrivé à aucune autre esclave ici.
— Comment? Tu es esclave ici?
— Non, pas exactement; mais, la différence est mince. Tu comprends, je suis fugitive depuis quatre ans...
— Est-ce que tu es bien traitée quand même?
— Honnêtement, je ne dois pas me plaindre. Je suis (en riant) une rare esclave à ne jamais avoir reçu des coups de fouet.
— C'est déjà ça, j'en suis heureux. Et alors, pouvons-nous parler quelque temps?
— Attends-moi, je vais voir Soeur Ignace. Ne sois surtout pas impatient, les procédures sont parfois longues même pour des choses sans importance.
— Je t'attendrai, j'ai toute la vie.

Cinq minutes plus tard, Constance était avec Soeur Ignace. On ne les entendait pas, mais on pouvait deviner la réserve de la religieuse qui, responsable de son éducation, se trouvait contrainte pour obtenir la permission. James qui effectivement semblait détendu, était heureux, attendait paisiblement, même lorsqu'il vit passer Constance et Soeur Ignace. Le jeune homme ne pouvait pas dire combien de temps s'était écoulé, lorsqu'il vit arriver Constance souriant. Arrivée à lui, il lui dit:
— Ne parle pas tout de suite, continue de sourire.
Il la dévora des yeux, au point qu'elle s'en trouva gênée.
— Tu n'as pas trouvé le temps trop long?
— Pas du tout. J'aurais attendu ici toute la nuit. Et alors?
— Soeur Ignace est allée demander une autorisation à la Mère supérieure. C'est d'accord, à condition que tu ne sois pas un fugitif parce que tu sais, toute personne qui cache un esclave est passible d'une amende de 50 livres et plus. Tu n'es pas un fugitif?
— Mais, non, voyons, je ne suis pas un fugitif.
— J'ai la permission exceptionnelle de t'emmener à l'autre bout de la maison, près de la cuisine, viens! Allons viens!

Constance et James étaient assis dans un coin mal éclairé de l'immense cuisine. Ils changèrent de place à la demande de

James, qui souhaiterait mieux voir le visage de son hôtesse, parce que la lanterne sur le mur éclairait davantage.

— Soeur Ignace m'a autorisée à te donner à manger, si tu as faim.

— Merci, je n'ai pas faim, je veux dire, plus maintenant.

— N'hésite pas à me le demander si tu changes d'avis.

Les coudes sur la table, Constance reposait son menton dans ses mains.

— Alors, comment as-tu réussi à me trouver?

— Ce n'était pas très compliqué, par Tim.

— Ah, oui? Par Tim? Mais, quand? Où? Raconte vite.

— J'ai mangé avec tes parents, il y a huit jours. J'ai même passé la nuit dans ta chambre.

— Comment va maman, papa, Tim et mon petit frère? Dis-moi la vérité, je t'en prie James, comment vont-ils?

— Leur santé est bonne, assez bonne, dit-il en baissant les yeux.

— Tu me feras plus mal si tu me caches quelque chose. Je te promets de ne pas pleurer, enfin, je vais essayer...

Sans oublier le moindre détail, il lui raconta tout, jusqu'à sa démarche auprès de Bob Cromwell.

— J'ai toujours eu raison de le détester, ce démon. Si ce qu'on me raconte ici est vrai, Cromwell, son âme ira en enfer. Si ce n'est pas vrai, alors les esprits de mes ancêtres le poursuivront jusque dans l'abîme des ténèbres. Excuse-moi, James, je n'ai pas tenu ma promesse...

— Je te comprends, ne t'en fais pas. Malheureusement, j'ai plus d'une mauvaise nouvelle à t'annoncer.

— Je t'écoute.

— Eh bien! j'ai été à Sorel...

Il s'arrêta et fixa Constance.

— Ma grand-mère? Il fit oui de la tête. On ne t'a pas dit depuis quand?

— Oui, au cours de l'hiver.

Les deux étaient plongés dans le silence, lorsqu'ils entendirent des pas qui approchaient.

— Constance, tu dois songer à donner congé à ton visiteur.

Elle se leva, James l'imita. Elle pleurait doucement, cherchant à cacher ses larmes; mais, Soeur Ignace s'en aperçut.

— Doux Jésus! Tu pleures?

—— Ce n'est rien, ma soeur.

—— Je regrette, il fallait que je te dise toutes ces choses.

—— Merci, merci mille fois d'être venu me voir. Adieu James.

—— Non, nous ne devons pas nous faire des adieux à chaque fois, tu comprends, Constance?

Pendant ce temps, elle marchait à côté de la religieuse. James, quant à lui, était légèrement à l'écart.

—— Je ne t'ai pas dit l'essentiel, je n'en ai pas eu le temps. Elle s'arrêta brusquement et le fixa sans un mot.

—— Ce ne sont plus de mauvaises nouvelles. Me permettrez-vous, soeur, de revenir voir Constance? C'est très important, c'est capital, je vous en prie, je vous en prie. Les seules fois que j'ai supplié les gens, c'était dans mon adolescence sous des coups de fouets. Plus tard, j'étais si endurci que ces mêmes fouets, je m'en moquais. Tout cela pour dire que je vous en supplie.

Visiblement attendrie, Soeur Ignace, le regarda quelques secondes.

—— Ce n'est pas moi qui prends des décisions mais, si je peux intervenir...

—— Merci, merci.

Il était sans doute surprenant de voir l'attention spéciale dont faisait l'objet Constance, si l'on ne savait pas l'esprit qui l'animait et la grande affection que lui témoignait si bien Soeur Ignace. Constance, certes, n'était pas novice, mais elle avait une profonde vocation, qui était tout aussi noble. En quittant James, ce soir-là, elle était déterminée à poursuivre son chemin, maintenant que ses parents et Tim ne pourront plus rien pour elle.

*

* *

Le lendemain matin, James reprit le chemin du Bureau des Colonies. Après avoir monté ces longs et étroits escaliers, il entra dans le bureau où il était la veille. Surprise! ce n'était pas le même fonctionnaire. Celui-ci était plus jeune, sans être affable, il était moins arrogant.

—— Oui, que puis-je faire pour toi?

—— Monsieur, j'étais ici hier matin et l'on m'a dit de revenir.

Il déclina son identité et attendit. Avec la même lenteur, les mêmes questions, le jeune fonctionnaire lui dit qu'il ne retrouvait pas son dossier, qu'il fallait revenir. "Monsieur Benson est souffrant, il ne sera pas ici avant deux ou trois jours." Le sang lui montait dans les tempes, ses oreilles bourdonnaient et il contrôlait tant bien que mal sa colère.

— Mais, monsieur, je suis vivant?

— Par Dieu! Je te vois, tu me crèves les yeux, fit le jeune fonctionnaire en riant.

— Je veux dire, monsieur, que j'ai eu des camarades d'infortune qui sont morts qu'à la fin de la guerre, d'autres de blessures et d'autres encore de la peste. Tous ceux-là ne peuvent plus vous ennuyer parce qu'ils sont morts pour notre pays. Mais, ceux qui restent, monsieur, ne pouvez-vous avoir un peu d'égard?

Le fonctionnaire qui l'écoutait d'une oreille distraite, finit par lever la tête.

— Ecoute... James Dubois-Wood. Reviens une autre fois, tu pourras alors raconter tout cela à Monsieur Benson. Moi, je suis un subalterne, je ne peux rien pour toi. Je regrette. Bonjour, James.

Il quitta le bureau, désemparé, le coeur gros, au bord des larmes. Il descendit les escaliers en pensant au front, à des scènes horribles, aux cadavres de Noirs et de Blancs qui jonchaient le bord du Niagara. De cela, et aujourd'hui, où est la tragédie humaine? La tragédie de l'homme noir? Celui qu'on envoyait aux premiers rangs en 1812, 13 et 14?

Tout le restant de la journée, il alla errer dans les rues de Montréal, dans les ruelles où fourmillaient des fantômes de la guerre. Ces fantômes qui ne le hantaient pas vraiment, mais le suivaient curieusement, comme pour le protéger. Etaient-ce les esprits des Blancs morts là-bas, ou ceux des bougres de Négros qui rêvaient d'un pays, d'une nation? Eux sont morts, et moi, James, je reste, vêtu de mes vexations.

*

* *

Vers la fin de l'après-midi, il s'arrêta un moment au quartier St-Louis pour manger un petit morceau de ce qui lui restait de provisions. Ce soir, il ira voir Constance, lui dira tout ce qu'il n'avait pu hier. Sans notion de l'heure, du temps qui passait, son errance le conduisit au couvent.

Au lieu de Constance, qui aurait pu lui donner un certain réconfort, ce fut Soeur Ignace qui arriva au portail. Respectueusement, il salua la religieuse et, sur le même ton, s'informa de Constance.

— Bien. De mon propre chef, j'ai pris la décision de te recevoir, parce que notre Mère supérieure est souffrante. Constance n'est pas ici ce soir, elle est allée voir son fils.
— Henry? oui, son fils Henry.
— Tu le connais?
— A vrai dire, non. Quand je l'ai vu, il dormait.
— Quoiqu'il en soit, Constance, depuis qu'elle est parmi nous, a toujours eu une conduite irréprochable. Hier soir, j'ai cru que tu étais son frère Tim.
— Soeur... Est-ce que je peux vous appeler Soeur?
— Oui, James. Tu peux m'appeler ma soeur ou Soeur Ignace.
— Bien, Soeur Ignace. Maintenant, vous le savez, je ne suis pas Tim. Je voudrais être n'importe qui, pourvu que, pour Constance, je fasse partie de sa vie. Vous comprenez, Soeur Ignace?
— Bien sûr, je comprends. Maintenant, je lui dirai que tu es venu ce soir.
— S'il vous plaît, Soeur Ignace, me permettez-vous de revenir?
— Je te l'ai dit hier, seule la Mère supérieure peut prendre des décisions, je parlerai en votre faveur, je te le promets.
— Mille fois merci, Soeur Ignace. Vous lui direz que je reviendrai demain, n'est-ce pas?
— D'accord.

Une fois de plus, James se retrouva dans les rues sombres de Montréal, livré à lui-même. Ce soir-là, il ne pouvait supporter la solitude. "Il me faut à tout prix voir les parents de mon compagnon. Mon ancien compagnon..." Un temps, il se trouvait dans une troupe de soldats noirs, à la tête de laquelle était le Colonel Sheaffe. C'était là qu'il avait rencontré Félix Rancourt, un Noir qui frisait la quarantaine, lequel était la risée de tout le monde parce qu'il ne parlait que Français. Enfin, James et lui avait familiarisé jusqu'au jour où ce dernier reçut des balles dans le ventre. Félix Rancourt eut le temps de lui donner l'adresse de sa mère... Tout hésitant, il frappa à une porte de laquelle une dame, presque centenaire, sortit la tête.

— Qu'est-ce que tu veux mon garçon?

— Je suis, je veux dire j'étais un ami de Félix.

La vieille qui n'avait presque plus de voix s'efforça:

— Félix, Félix, mon garçon?

James, un peu craintif, finit par entrer dans une minuscule pièce où régnait un grand désordre.

— Entre, mon enfant, viens t'asseoir. Tu as dû faire une longue route. Tu dois avoir faim?

— Non, merci, grand-mère, je n'ai pas faim.

— Oui, oui, tu dois avoir faim, c'est ce que me disait Félix... C'est ce qu'il me dira à son retour.

James venait de réaliser, tout à coup, que la vieille dame n'était pas au courant de la mort de son fils. Quelle drôle de situation? Est-ce à lui d'annoncer cette nouvelle? Oh! non, je ne veux pas être porteur de mauvaises nouvelles. Hier, avec Constance c'était différent c'était même un devoir... La vieille dame revint avec un bol de céréales.

— Mange, mon enfant. Après, tu me donneras des nouvelles de Félix.

— Oui, grand-mère, oui.

Même s'il n'avait pas faim, pour faire plaisir à la mère de son ami, il se força. Son ami, mort, enfoui dans une fosse commune depuis... "Le Bureau des Colonies, se disait-il, a oublié d'informer combien de familles, comme cette pauvre femme qui attend encore le retour de son fils?" James se trouva dans une position délicate devant la simplicité et l'hospitalité naturelle de cette femme qui respirait la générosité même. "Je vais, se disait-il accepter sa gentillesse et lui laisser, en retour, ses illusions. Est-ce honnête? Je n'en sais rien..."

— Hein? Qu'as-tu dit, mon enfant?

— Rien, grand-mère, je vous trouve en pleine forme. Félix m'a assez parlé de vous.

La grand-mère, comme l'appelait James, était dure d'oreille, comme on dit. Finalement, elle offrit à James de passer la nuit chez elle, s'il n'avait où aller. Le lit de Félix était fait. Ainsi James put passer une vraie nuit de repos depuis neuf jours.

Le matin à son réveil, un bol fumant l'attendait sur la table ainsi qu'un copieux déjeuner.

— Comment, grand-mère, pouvez-vous incarner une telle bonté?

— Hein?

— Comment faites-vous pour être aussi bonne?

— Bonne, moi? Mais, c'est tout naturel, tu es l'ami de mon fils.

— Et vous n'avez même pas demandé mon nom...

— Ce n'est pas nécessaire, tu n'as pas la tête d'un malfaiteur et, de toutes façons, quel mal peut-on me faire, aujourd'hui...

— Je comprends, grand-mère.

Après le déjeuner, il demanda à prendre congé.

— Va en paix, mon enfant. L'esprit des ancêtres guide tes pas et si tu veux, tu peux revenir quand tu voudras, peut-être que, d'ici là, Félix sera de retour.

Profondément ému, il embrassa chaleureusement la vieille dame avant de sortir.

*

* *

Troisième matin au Bureau des Colonies. Benson, soi-disant souffrant, était là. En entrant dans le bureau, James s'était juré de ne pas se laisser impressionner par l'appareil administratif déjà fort lourd pour les Blancs eux-mêmes, a fortiori pour les esclaves supposés affranchis pour avoir été Loyalistes...

— Ah! c'est toi, Dubois-Wood? s'écria le fonctionnaire Benson.

— Oui, monsieur.

— Bien, j'ai retrouvé ton dossier, mais il est incomplet.

— Qu'est-ce que cela veut dire, il est incomplet?

— Eh bien! Dubois-Wood, on ne peut t'accorder une terre dans l'immédiat à cause des complications administratives.

— Mais, ça monsieur, ce n'est pas mon problème. Ecoutez, des centaines d'hommes noirs et blancs sont morts sous mes yeux, sur les bords du Niagara. Le peu de rescapés comme moi ne demandent qu'à être à l'abri du froid glacial, de la faim... Alors, vous comprenez, vos histoires administratives, ça ne regarde que vous.

— Allons Dubois-Wood, calme-toi, ne t'emporte pas. Attends-moi ici.

Benson disparut pour pénétrer dans un étroit bureau où était assis un homme, probablement son supérieur.

— Qu'est-ce qu'il y a encore? maugréa l'homme.

— Je vous demande pardon, Monsieur Logan, mais ce James Dubois-Wood n'est pas commode, il est déterminé. Etant donné son comportement irréprochable au front, je crois...

— Vous croyez quoi? Parlez que diable!

— Je crois, Monsieur Logan, que ce n'est pas un Nègre comme les autres.

— Mais, enfin, qu'essayez-vous de me raconter là, ce n'est pas...comme les autres?

— C'est-à-dire que, Monsieur Logan, ce garçon a fait preuve d'une grande bravoure pour le Canada. Si vous n'avez pas d'objection, nous pourrions lui accorder satisfaction.

— Donnez-moi ça.

Il arracha le dossier des mains de Benson, le parcourut distraitement, puis le lui remit.

— D'accord, faites le nécessaire, mais pas de générosité inconsidérée, n'est-ce pas Benson?

— Oui, Monsieur Logan.

Revenant vers James

— Eh bien! voilà Dubois-Wood, il te faudra revenir.

Celui-ci bondit sur Benson.

— Comment cela, revenir? Pouvez-vous, monsieur, me dire combien de fois dois-je revenir?

— Du calme, du calme, Dubois-Wood, laisse-moi parler. Nous allons, je veux dire le Bureau des Colonies va te payer tes indemnités.

— Et la terre, alors? hurla James.

— Dans une huitaine ou une quinzaine, tout au plus.

— Non, monsieur, c'est trop long, c'est beaucoup trop long.

— Entendu, Dubois-Wood, disons une huitaine. Il le regarda et fit oui de la tête. A la bonne heure! Tiens, examine et fais une croix ici, et là; non, là, plus bas.

— Et, pourquoi une croix au lieu d'une signature, monsieur?

— A ton aise.

James saisit une plume devant et apposa une signature très lisible. Le fonctionnaire le fixa, ne dit pas un mot mais fut très impressionné, car James avait pris le soin de lire avant de signer, après quoi il remercia sans obséquiosité et sortit.

*

* *

A la même place que l'autre soir, cette fois plus près du mur pour profiter de la lumière pâle de cette lanterne accrochée, Constance et James étaient assis face à face et se regardaient en silence, après avoir parlé de choses et d'autres, et raconté chacun à son tour leur enfance. Pour rompre ce silence, James se leva, fit deux pas puis revint vers sa compagne.

— Tu vois, Constance, c'est réalisable. Lou a fait des économies; plus ce que j'ai reçu ce matin et la terre que je vais avoir, nous pourrons travailler ensemble, bâtir quelque chose qui permettra à Henry et à ton petit frère de grandir dans la sécurité. Tim, je suis sûr, n'a pas peur de travailler; Lou, c'est la même chose. Quant à moi, je ferai mes preuves et tu seras fière de moi. Pendant ce temps-là, tes parents pourront vivre avec nous.

— Je suis heureuse James, mais j'ai peur.

— Peur de quoi? Tu as oublié, j'espère, la plaisanterie lors de notre première rencontre...

—— Bien sûr, bien sûr, c'est oublié, c'est même très loin.

—— Alors, écoute-moi très bien. Je dois repartir à l'aube, mais je veux que tu saches qu'à part Lou, toi et Tim, je n'ai personne. En sortant d'ici, si je me fais tuer, ce ne sera pas pire que la mort d'un chien. Je t'en prie, Constance, je n'essaie pas de t'émouvoir, simplement que, depuis quatre ans, je n'ai cessé une seconde de penser à toi. Le seul risque que je peux courir, c'est que tu finisses par m'aimer et qu'enfin je connaisse, que je sache ce que signifie "heureux", "bonheur", enfin tous ces mots qui veulent dire avoir envie de vivre. Tu vas me dire que nous ne nous connaissons pas, mais n'aurons-nous pas tout le temps pour cela?

—— Tais-toi James, tu me fais mal sans le savoir ou sans le vouloir. Moi aussi, j'ai pensé à toi...

—— Oh! c'est vrai?, lui prenant la main.

—— Oui, c'est vrai.

—— Alors, n'en dis pas plus pour ce soir. Ne me donne aucune réponse si je te demande de te marier avec moi.

—— Nous en reparlerons, James, nous en reparlerons.

—— C'est ça, ne m'oublie surtout pas.

Elle le regardait tendrement, sans un mot.

—— Avec l'argent que nous réunissons Lou et moi, nous pourrons avoir la liberté de tes parents, de Tim et du petit. Tant pis, s'il ne nous en reste pas, nous aurons toujours la terre et un toit.

—— Puisse l'esprit de mes ancêtres guider tes pas. Je vais te quitter maintenant avant que Soeur Ignace ne vienne me chercher pour mes leçons.

—— Je comprends, je comprends. N'oublie pas de m'attendre, car il me faudra une dizaine de jours environ avant mon retour.

*

*   *

Onze jours plus tard, James arriva au domaine Cromwell. Le mieux, s'était-il dit, serait d'arriver à la brunante afin de parler avec Tim avant de voir Bob Cromwell, ce qu'il fit. Il prit le soin de laisser son cheval à plusieurs centaines de pieds du domaine et connaissant les lieux, il se dirigea sans hésitation à la cabane de Duke et Loretta. Il frappa et ce fut Tim qui vint ouvrir. Seul à cette même table où il avait soupé il y a quelques semaines, un petit garçon, le petit frère de Tim. Avant même qu'il ait eu le temps d'ouvrir la bouche, James s'écria:

—— Non! Non! ce n'est pas vrai, Tim. Dis-moi quelque chose, dis-moi quelque chose, je t'en prie, ne reste pas planté là comme ça à me regarder!

Tim s'approcha de lui et posa la main sur son épaule.

—— Viens t'asseoir, vieux, viens. Mais, je te préviens, il n'y a rien à dire.

Les deux jeunes gens étaient assis face à face, chacun perdu dans ses pensées lorsque James se leva brusquement.

—— Dis-moi, est-ce qu'il est dans son palais? Je le tuerai je te dis que je le tuerai.

—— Calme-toi, le petit vit dans un monde de mensonge que je lui ai créé.

—— Ah, oui! c'est vrai, pardonne-moi.

—— Allez! viens manger un morceau avec nous, nous aurons tout le temps, plus tard.

Après ce souper plutôt frugal,James alla vomir dehors. En revenant, il avait les yeux rouges et creux. Entre-temps, Tim était allé coucher le petit.

—— Ça va, James?

—— Excuse-moi, j'étais hors de moi, mais je te promets que, si je vois Cromwell, je le tuerai.

—— Je te dis de te calmer.

—— D'accord. Dis-moi comment tu t'arranges avec ton petit frère?

—— Ah! je le confie à une vieille esclave qui est juste à côté et le soir, en revenant, je vais le chercher en lui fabriquant un nouveau mensonge chaque fois. Il ne me croit pas toujours, je le sais, mais le temps passe... Enfin, as-tu retrouvé Constance?

—— Oui, elle est en bonne santé. J'aurais dû commencer par cette bonne nouvelle, mais tu comprends...

—— Bien sûr, je comprends très bien.

—— Alors, où peut-il être ce chien de Cromwell?

—— Il semble qu'il est à Québec, dans le grand monde. Quant à mes parents, je l'ignore.

—— Mais, Tim, tu vas tout de même pas mourir ici?

—— Je sais à quoi tu penses. Fuir? partir loin d'ici? Tu me diras que j'ai perdu la tête mais, vois-tu, pour lui, j'éviterai de précipiter les choses, je verrai avec le temps. N'insiste pas, je t'en prie, tout est trop tôt. Surtout, qu'il reste une consolation: Constance est bien vivante. Tu feras ce que je lui ai promis il y a quelques années: faire le pont entre nous. Pour le moment, nous allons nous coucher et, demain, tu pourras reprendre ta route.

— Avant de nous quitter, je vais te demander une chose importante. Je vais te demander la main de Constance. A vrai dire, je ne lui en ai pas parlé sérieusement, mais advenant qu'elle accepte, j'aimerais avoir déjà ta bénédiction.

— Elle t'est accordée et, comme disait ma mère, l'esprit de nos ancêtres guide vos pas.

— Merci. Tu connais tous mes projets à présent, Lou et moi, nous nous installerons où voudra bien nous accorder un coin de terre, le Bureau des Colonies. Si Constance veut de moi, je l'épouserai aussitôt. Je vais continuer à respecter ton désir mais, bon gré mal gré, je te tirerai d'ici.

— Je te remercie, je suis sûr que le temps arrangera bien les choses.

Sur ce, Tim se leva voir si le petit dormait, il le couvrit et revint vers James.

— Bonne nuit. Si tu dors encore quand je partirai au champ demain matin, faisons nos adieux.

*

* *

Après cette courte nuit et alors que James dormait encore, Tim prit son petit frère à moitié endormi, pour aller le confier à la vieille voisine. Après avoir mangé un petit morceau ensemble, c'était le temps pour James de repartir. Dehors, à l'entrée de l'écurie, car toutes les tâches qu'accomplissait Duke incombaient maintenant à Tim:

— Quittons-nous vite, dit Tim en entrant dans l'écurie à toute hâte.

James retourna dans la cabane, voir s'il n'avait rien oublié. Il vérifia son arme, ses armes devrait-on dire, car il avait trouvé le moyen de rapporter deux pistolets de la guerre. Il s'était toujours juré qu'avant que des chasseurs d'esclaves le prennent, il tuerait le premier qui approcherait. Bien dissimulés sous ses vêtements, ses pistolets toujours chargés ne le quittaient jamais. Il sortit de la cabane, traversa la cour obligatoirement pour aller retrouver son cheval et c'est alors qu'il entendit une voix derrière lui.

—— Hé, toi, là-bas! lui cria le contremaître blanc du nouveau maître.

Il continua à marcher, sans se retourner mais le contremaître accéléra les pas et le rejoignit.

—— Alors toi, négro, tu es sourd?

Il s'arrêta mais sans se retourner. Le contremaître vint se placer juste devant lui et, comme ils avaient à peu près la même taille, ils se regardèrent droit dans les yeux. Après l'avoir examiné de la tête aux pieds:

—— Dis donc toi, négro, c'est la première fois que je te vois ici. Peux-tu m'expliquer ça?

Les mâchoires serrées, les yeux plissés, James regardait l'homme sans broncher.

—— Ecoute-moi négro. Ou tu as mangé ta langue, ou tu es sourd ou tu n'as jamais mangé de vrais coups de fouet, lança-t-il en sortant son fouet. Alors, j'écoute, qui es-tu?

—— James Dubois-Wood.

—— JAMES DUBOIS-WOOD, et qu'est-ce que tu as à rôder ici, James Dubois-Wood?

—— Voir Bob Cromwell.

—— Tu veux dire *Monsieur Cromwell?*

—— Si tu veux. Où est-il?

—— Dis donc, réalises-tu que tu parles à un homme blanc?

Il leva le bras, prêt à fouetter James mais celui-ci, comme un tigre, sauta sur le contremaître, pointa le bout de son pistolet sur sa pomme d'Adam.

—— *Monsieur Blanc,* un conseil: le moindre petit geste et je te fais sauter la cervelle. Si tu ne veux pas être un homme mort, écarte-toi de mon chemin.

Il le repoussa brutalement et, toujours menaçant, il tira un coup en l'air.

—— Tu vois, MEUSSIEU Blanc, que ce n'était pas une blague.

Le contremaître n'en revenait pas; il était loin d'imaginer ce qui venait de se passer et tremblait encore de peur et de surprise.

—— Bon, maintenant, nous sommes d'accord je crois, Meusieu Blanc. Ne tente rien, parce que je suis armé pour tuer une bonne douzaine de ton espèce. Ah!, autre chose, souviens-toi de James Dubois-Wood. Tu diras à Bob Cromwell de ne jamais s'aviser de se trouver sur mon chemin et, si cela arrivait, je l'abattrai comme un chien. Est-ce bien compris, Meussieu Blanc?

*

* *

De retour à Montréal et durant le temps qu'il faudra pour obtenir sa terre, James décida d'aller s'établir chez la mère de son ancien ami, Félix Rancourt. Il payait une pension à la vieille, il allait, venait, heureux, il bavardait pendant des heures avec Madame Rancourt. Lui qui se souvenait à peine de sa mère, il en avait une maintenant qui prenait soin de lui, nuit et jour. Un moment donné, il se demanda si ça n'était pas opportuniste que de prendre ainsi la place de Félix. Qu'est-ce que cela changerait de dire à la vieille dame que, plus jamais, elle ne reverra son fils? "De toutes façons, je resterai juste le temps d'obtenir ma terre. Après je viendrai rendre visite à cette femme le plus souvent que je pourrai".

Au bout d'une semaine environ, à force d'ennuyer le fonctionnaire Benson, James obtint un bout de terre de soixante acres. Le cadastre étant ce qu'il était, la délimitation était carrément approximative, de sorte que sa terre se trouvait à cheval entre le Haut et le Bas-Canada. Comment, lui, pouvait-il le savoir, encore qu'il était permis de douter fortement que les fonctionnaires eux-mêmes le sachent vraiment... Heureux comme un roi, il courut annoncer la nouvelle à sa bienfaitrice, Mam Rancourt et en profita pour lui parler de Constance, même si cette dernière n'avait pas dit son dernier mot. Alors, seulement pour la première fois, il se confia à la vieille dame en gardant toutefois en lui cet énorme secret quant à la mort de Félix. Mam Rancourt partageait la joie de son fils adoptif qu'était devenu James, du jour au lendemain.

— Dès qu'il te sera possible, lui dit-elle, vient me montrer cette créature.

*

* *

Ce soir-là, après le souper qu'il prit à la hâte, il alla trouver sa bien-aimée mais, restait comment lui annoncer la nouvelle concernant ses parents.

Constance arriva, ni triste ni joyeuse, accueillir James. Le plancher de la cuisine étant fraîchement lavé, elle lui proposa un petit coin entre la chapelle et le réfectoire, là, ils seront tranquilles pour bavarder. Afin de mieux se regarder dans les yeux, ils prirent l'habitude de s'asseoir face à face.

—— J'aurais pu venir te voir plus tôt, je suis de retour à Montréal depuis plusieurs jours déjà, mais...

—— Mais, quoi?

—— Ecoute, je voudrais être certain que tu es aussi courageuse que peut l'être Tim. Voilà, j'ai été à Beauharnois...

—— Oui, tu es allé à Beauharnois; Bob Cromwell n'a voulu rien savoir. Au nom des beaux principes, il t'a mis à la porte poliment, en te rassurant que Duke, Loretta et ses enfants n'ont rien à craindre, qu'ils ne finiront pas leurs jours comme esclaves, en ce nouveau et beau pays qu'est le Canada... Ça, je l'ai entendu des centaines de fois de la bouche de mon père parce que justement, Cromwell le lui faisait accroire. Est-ce que Tim t'a déjà dit que j'ai toujours détesté Bob Cromwell? Avant même que Peter Cromwell me vi...

—— Je t'en prie, ne t'emporte pas comme ça. J'aimerais, ce soir, avoir le temps de te dire tout ce que je pense, avant l'arrivée de Soeur Ignace.

—— D'accord, mais ne perds pas ton temps avec de longues phrases inutiles, parce que je ne serai pas étonnée que mes parents et mon frère soient vendus séparément.

—— Dans le fond, je suis soulagé que tu m'aies rendu la tâche plus facile, tu as tout deviné... presque. Je ne pouvais supporter l'idée d'être toujours porteur de mauvaises nouvelles. C'est vrai, tu as raison, Cromwell a vendu ton père et ta mère. A qui? On ne sait pas. Où? On ne le sait pas non plus mais Tim est à Beauharnois avec le petit.

—— Eh bien! Tu vois, James, c'est plus que j'espérais.

—— Je suis heureux de ta réaction mais, je t'en prie, essayons d'oublier provisoirement et parlons de l'avenir. Enfin, j'ai un coin de terre et, tu sais où? Juste à quelques milles de Vaudreuil. D'accord, c'est à la frontière, mais c'est à peine à deux jours de Beauharnois. J'ai tous les papiers. Lou viendra m'y rejoindre et alors à nous la belle vie! Bien entendu, nous essaierons de retrouver tes parents, d'avoir la liberté de Tim. Ah! oui, Tim... J'ai demandé ta main à Tim. Est-ce que tu m'as entendu? J'ai demandé ta main à Tim.

Il fit une pause, la fixa mais celle-ci restait la tête baissée.

— Et, que t'a répondu mon frère?

— Que si tu le veux, nous avons sa bénédiction; il était sincère.

— Connaissant mon frère, je n'en doute pas.

— Bien sûr, au début, ça ne sera pas facile. Mais, dès que nous aurons un toit et, plus tard, des enfants, Lou sera là; tu vois, ça sera une grande famille avant longtemps.

— Tout cela est beau, mais c'est trop tôt.

— Comment, c'est trop tôt? Tim m'a dit la même chose, l'autre jour.

— Mon Dieu!

— Pardon? James étonné.

— Mon Dieu, mon Seigneur, cela fait partie du langage de la maison, et du mien aussi depuis peu, je dois dire.

— Alors, c'est d'accord? Nous pouvons nous marier le plus tôt possible?

— Non, ce n'est pas possible, du moins pas pour le moment. De toutes façons, je n'aurai pas le temps de tout t'expliquer ce soir.

— D'accord. Mais, Constance, m'aimes-tu un peu? Juste un tout petit peu? Je n'en demande pas plus pour le moment.

— Bien sûr, je t'aime beaucoup, et tu le sais. Seulement je veux que tu saches une chose. Je suis esclave ici. Mais, attention! pas dans le même sens que l'ont été tes ancêtres et les miens. J'ai été accueillie dans cette maison par des femmes qui, dès le premier jour, ont su que je ne penserai pas comme elles sur tous les points. Malgré cela, elles ont respecté, si je peux dire, mes conditions. Je me vendais à elles et, en échange, elles m'instruiraient jusqu'au niveau de maîtresse d'école.

— Cela veut dire quoi exactement?

— Cela veut dire que ce n'est pas mon ambition personnelle, cela veut dire savoir assez pour transmettre, pour apprendre aux autres à répondre autrement que: oui missié, non missié.

— Et, il te faudra combien de temps?

—— Si tu étais venu il y a deux ou trois ans, je t'aurais répondu: le temps qu'il faudra. Mais, aujourd'hui, Soeur Ignace pense que, dans deux ans, je serai une maîtresse d'école, sauf pour l'enseignement religieux... D'ailleurs, les esclaves n'ont pas besoin du Dieu des Blancs. Soeur Ignace sait ce que j'en pense. Tout ça pour te dire que ma vie sera consacrée non pas seulement à Henry, mais à tous les enfants. Mais, je t'en prie, ne va surtout pas croire que je suis ici pour devenir religieuse; je ne crois pas assez en Dieu. D'ailleurs, il doit le savoir lui-même, car c'est lui, m'a-t-on dit ici, qui choisit ses serviteurs...

—— Je trouve ça extraordinaire. Je t'attendrai le temps qu'il te faudra.

—— Je suis heureuse que tu aies compris.

—— Moi aussi, je suis heureux que tu n'aies pas pleuré.

—— Bien. Je te propose de faire plaisir à Soeur Ignace, parce que je l'aime et elle me le rend bien. Nous allons nous quitter pour lui éviter de venir me chercher.

—— Entendu. Je vais partir demain, voir cette terre et poser la première pierre de notre maison.

Elle lui sourit avec tendresse et ils marchèrent côte à côte jusqu'au portail et, là, se trouvait une religieuse qui sourit au couple. James en fut touché et ne manqua pas de dire à Constance qu'elle avait raison et restait meilleur juge, quant à sa vie présente.

—— Je serai souvent à Montréal, crois-tu que je puisse venir te voir?

—— J'y compte bien! Si tu crains Soeur Ignace, j'en fais mon affaire.

—— Tu ne peux pas t'imaginer combien je suis heureux à l'idée que, désormais, nous ne nous ferons plus des adieux, mais nous dire à bientôt.

—— Va, James, et que l'esprit de mes ancêtres guide tes pas.

Lou avait quitté les Forges de St-Maurice à la mi-juillet, et les deux frères travaillaient d'arrache-pied afin d'avoir, non seulement un toit, mais être à l'abri cet hiver. On était déjà au mois d'août avancé; si les pluies pouvaient cesser, la charpente étant posée, le toit le sera dans une huitaine. On s'attaquera aux bâtisses des animaux avant de songer à la provision pour l'hiver. Une journée ne suffisait plus pour tous ces travaux, aussi faisaient-ils l'essentiel. Le gibier abondait sur les bords du Richelieu, pensait Lou. James avait déjà présenté son frère aux cousins lointains indiens de Constance. Celui-ci adorant la chasse, il avait hâte à l'automne.

Après une dure journée, les deux frères étaient assis, adossés au mur de la maison inachevée. C'était le temps de manger un morceau et, si la clarté persistait, enfoncer encore quelques clous avant la brunante. Autour d'eux, tout était calme; ils mangeaient en silence; entendaient et chassaient les mouches qui venaient partager leur repas. Tout à coup, ils aperçurent une voiture chargée à craquer.

— Hooo! Hooo!, les filles, criait le cocher.

Un homme d'une cinquantaine d'années descendit.

— Bonjour mes frères, lança-t-il en marchant vers eux. James et Lou se regardèrent avant de se lever. Bonjour mes frères, répéta l'homme.

James s'approcha plus près de l'homme et le salua de la tête.

— I don't speak much French, but my brother...

Il n'eut pas le temps de finir sa phrase, quand Lou intervint. L'homme le regarda et dit encore:

— Bonjour, mon frère. Lou lui rendit son salut tout en regardant du côté de la voiture et l'homme de l'imiter en souriant. C'est ma famille, ma femme et mes sept enfants. Nous ne faisons que passer et, vous ayant vus...

— Oui, bien sûr, vous vous êtes dit que nous pourrions peut-être vous offrir un abri pour la nuit?

— C'est ça, mon frère. Nous en avons passées plusieurs à la belle étoile depuis une semaine...

— Comme vous pouvez voir, ce n'est pas un château mais, si vous voulez rester quand même, dites à votre famille de descendre.

James, qui n'avait pas compris, sinon le sens de ce qui s'était dit, souriait bêtement.

— Ne vous en faites pas, nous avons de quoi manger, du moins pour quelques jours.

Tout le monde descendit, et cela faisait du monde! au total neuf dont le plus vieux qui avait environ dix-neuf, vingt ans. Ensuite, deux filles qui ne devaient avoir guère plus que deux ans de différence. On pourrait risquer de leur donner respectivement seize et dix-huit ans. Lou et James les regardèrent avec insistance, avant de se faire un clin d'oeil.

— Est-ce que vous avez mangé ce soir?

— Non mais, je vous ai dit, ne vous en faites pas pour nous, quand on a une armée comme j'ai là, on prend un minimum de précautions. Nous avons de la viande séchée, du poisson fumé et des haricots secs.

James qui avait disparu, revint les bras chargés de bois; accroupi, il demanda des alumettes à Lou lorsque l'homme s'approcha d'eux et dit:

— Excusez-moi, je ne vous ai pas dit mon nom. Je m'appelle Charles L'Ecuyer et ça, c'est ma troupe, ma femme c'est Joséphine, capitaine de la troupe qui part en guerre.

— En guerre? s'étonna Lou, car le ton de L'Ecuyer ressemblait tout à fait à une plaisanterie.

— C'est une blague, vous vous en doutez. Mon maître, n'ayant plus les moyens de garder un trop grand nombre d'esclaves, me voilà affranchi après cinquante-et-un hivers.

Lou traduisit les grandes lignes à James, qui leva la tête vers L'Ecuyer. James posa une question et Lou fit la traduction à savoir: si le maître de L'Ecuyer n'avait pas fait de difficultés pour le laisser partir avec toute sa famille.

— Non, mais c'est pour cette raison que nous n'avons pas traîné dans la région, de crainte qu'il change d'idée.
— Et, d'où êtes-vous partis comme ça?
— De l'Ile d'Orléans.
— Ce n'est pas à côté.
— Non, mon frère. Surtout que j'ignore encore où nous allons échouer. Pour le moment, nous mettons le cap sur le Haut-Canada.
— Savez-vous que, dans le Haut-Canada, aucune loi n'existe encore vraiment pour l'abolition de l'esclavage?
— Oh! oui, je sais. Ici, dans le Bas-Canada, on en parle depuis assez longtemps, est-ce qu'il y a quelque chose de changé vraiment?
— Non, bien sûr.
— Alors, tu vois, mon frère, ici ou ailleurs..., mes enfants vont avoir au moins l'illusion de liberté, un mot que je n'ai entendu prononcer par un esclave avant d'avoir à peu près ton âge. Oui, oui, je te regarde et je me dis que tu n'es pas très vieux. Vingt-quatre, vingt-cinq hivers, tout au plus, hein?
— Ajoutez-en trois et vous aurez le compte.
— Ah! tu vois...

Celui qui semblait être l'aîné des L'Ecuyer avait tout de suite sympathisé avec James, même s'ils ne pouvaient échanger qu'avec des gestes et, de temps à autre, quelques mots d'Anglais mélangés au Français. Les filles, sans doute timides, restaient avec leur mère. Une vraie communauté, ces L'Ecuyer! Les tâches étaient comme réparties d'avance, chacun participait et, en l'espace de trois quarts d'heure, le souper était prêt. Tout le monde était autour du grand feu, quand Lou et James demandèrent à se retirer pour aller ranger leurs outils.

Quelques minutes après, ils revinrent tenir compagnie aux visiteurs.

— Il faut souhaiter qu'il ne pleuve pas cette nuit, nous serons passablement à l'étroit.
— Lequel de vous est James?
— C'est moi.
— Alors, toi c'est Lou, évidemment... Mon cher Lou, ce qui

nous manquait vraiment depuis notre départ, c'est la chaleur humaine, ce soir, nous sommes gâtés.

Pas longtemps après le souper, James et son nouvel ami installèrent tout le monde pour la nuit.

Le lendemain matin, Charles L'Ecuyer était déjà debout, alors que les siens dormaient encore. Les frères Dubois-Wood, quant à eux, étaient à l'ouvrage depuis un bon moment.

— Bonjour, jeunes gens. On ne peut pas dire que le travail vous fait peur.

— Qu'est-ce que vous voulez? Si on ne veut pas passer l'hiver à la belle étoile...

— Ecoutez les jeunes, n'ayez surtout pas peur, nous n'allons pas nous installer mais, j'ai pensé cette nuit, qu'avec mon armée, nous pourrons peut-être vous donner un ou deux jours de travail. Attention! Explique bien à ton frère avec des mots justes: je ne veux rien en échange. Si vous n'acceptez pas, aussitôt que mon monde sera réveillé, nous continuerons notre chemin.

Lou traduisit le plus fidèlement les propos de L'Ecuyer.

— Enfin, on s'entend. Rien en échange, c'est notre condition, ajouta L'Ecuyer.

De un à deux jours, les L'Ecuyer restèrent une semaine entière. Hommes, femmes et enfants avaient tous mis la main à la pâte. Le cinquième jour de l'arrivée des L'Ecuyer, à part quelques détails, la maison était habitable. Charles vint voir ses nouveaux amis, le neuvième jour à l'aube.

— Lou! Lou! Est-ce que tu dors?

— Non, quelque chose ne va pas?

— Tout va très bien mais si tu veux encore dormir, nous pouvons attendre encore un peu pour vous faire nos adieux.

Il sortit de la chambre à moitié nu, en se frottant les yeux.

— Que se passe-t-il, Oncle Charles?

— Je te disais que les miens et moi voulons vous faire nos adieux.

— James! cria Lou, nos amis nous quittent.

Celui-ci torse nu, arriva.

— Oh! non.

— Nous avons été très heureux avec vous, mais c'est pour nous le temps de chercher un foyer.

James disparut et revint aussitôt avec dans la main, de l'argent.

— Merci, merci beaucoup (avec son accent savoureux d'Anglais et de Français mêlés).

— Dis à ton frère que je n'apprécie pas du tout son geste. Dis-lui aussi que c'est dommage, parce que j'aurais préféré garder un bon souvenir de vous et de ce moment agréable que nous venons de passer.

— Mais, James ne voulait pas vous offenser, il a pensé, et je dois avouer que je suis d'accord avec lui, que c'est une lourde charge que vous avez là. Ne vous fâchez pas, parce que nous aimerions, nous aussi, garder un bon souvenir de vous tous, de votre aide parce que, à deux...

— Entendu mes jeunes. Essayez d'être heureux et, quoiqu'il arrive, restez unis, ça c'est notre force, notre force, je suis sûr que vous comprenez.

*

* *

C'est ainsi que le bon Samaritain Charles L'Ecuyer quittait les frères Dubois-Wood pour suivre, avec les siens, les horizons dont la fin restait pour le moment difficile à définir. L'armée L'Ecuyer venait de disparaître sous leurs yeux. Sans échanger la moindre phrase, James et Lou se demandaient encore s'ils avaient rêvé. Grâce à la main-d'oeuvre que la Providence venait de leur apporter, la maison fut complètement terminée de l'extérieur. Il faudra qu'un des deux se rende à Montréal pour rapporter différents accessoires, serrures et autres. Qui? James et Lou se mirent à rire, comme ils le faisaient il y avait si longtemps.

— Espèce d'hypocrite! lança Lou.

— Puisque tu m'y envoies, je partirai à l'aube.

— Ouin! ouin! je t'y envoies... Tu peux peut-être attendre deux jours, il faut poser certaines choses en haut. Je te dis, seul, même un esclave ne viendra pas à bout.

— D'accord, je partirai quand tu voudras.

Effectivement, quelques jours plus tard, James se rendit à Montréal. En arrivant, il s'aperçut qu'il était beaucoup trop tôt pour se rendre au couvent, même s'il se mourait d'impatience de voir Constance. Que faire pour tuer le temps, se demandait-il, quand il eut l'idée d'aller rendre visite à Mam Rancourt. J'espère qu'elle est encore vivante; la dernière fois, elle était en pleine forme mais, à son âge, la mort peut surprendre dans un sommeil.

Au premier magasin général, il entra et fit une énorme provision de nourriture. A deux ou trois ruelles de là, l'annonce d'une boucherie où il entra et en sortit les bras chargés. En arrivant chez Mam Rancourt, il frappa à plusieurs reprises, mais pas de réponse. Il attendit quelques instants, puis recommença, toujours pas de réponse. Enfin, il poussa la porte qui s'ouvrit sans résistance et vit Mam Rancourt qui était allongée sur son lit.

— Grand-mère! Grand-mère!

Elle se leva et lui sourit car elle ne dormait pas vraiment. Pourquoi n'avait-elle pas répondu? Evidemment! James se rappela qu'elle était sourde... Il l'aida à s'asseoir sur le bord de son lit, l'embrassa comme si elle était sa vraie grand-mère, et s'informa de sa santé. A part une jeune voisine qui lui faisait ses commissions lorsqu'elle était fatiguée, Mam Rancourt ne voyait guère personne. Elle était heureuse de le revoir et cela sautait aux yeux. Sortant un fichu de sa poche:

— C'est pour vous, grand-mère. Il paraît que c'est fabriqué dans les vieux pays.

— Hein?

— Dans les vieux pays! Est-ce que vous l'aimez?

— Bien sûr, bien sûr, je l'aime.

Après avoir bavardé un bon bout de temps, Mam Rancourt demanda à James s'il avait faim.

— Oui, grand-mère mais, cette fois, vous resterez assise et c'est moi qui prépare le repas. Faites-moi confiance ce sera très bon.

Ça n'a pas pris de temps et James et sa grand-mère adoptive, – en fait, qui avait adopté qui? Peu importait – ces deux êtres que plus de cinquante ans séparaient, sans aucun lien de sang, étaient là, face à face, heureux d'être ensemble. Le repas terminé, James débarrassa et dans une cuvette, il mit assiettes et ustensiles qu'il commença à laver. Ils avaient parlé de tout et de rien, quand il lui annonça son intention de sortir.

— Tu es jeune, c'est de ton âge mon enfant, mais sois prudent.

— Oui, c'est promis, grand-mère.

— Si tu veux, tu peux revenir passer la nuit ici, tu seras toujours chez toi.

— Merci, vous êtes bien charitable.

Elle ne répondit pas au compliment, soit parce qu'elle n'avait pas entendu, soit parce qu'elle était flattée et émue et hors sujet elle dit:

— Je te préparerai un bol de tisane à ton retour.

*

* *

Sur le chemin qui le conduisait au couvent, James se demandait si Constance pensait encore à lui ou si les religieuses, ce qui était possible, lui interdiraient de le revoir et il avait hâte d'arriver pour en avoir le coeur net. Juste comme il atteignit le portail, il aperçut Constance qui venait dans sa direction. Etait-ce bien elle? Si oui, comment pouvait-elle deviner sa présence? C'est bizarre! Une banale coïncidence, Constance, de son côté, était loin d'espérer le voir. Mais, lorsqu'elle le reconnut, elle s'écria:

— James! James!

Il lui prit la main et l'embrassa affectueusement.

— Mais, qu'est-ce que tu fais là? Et, depuis quand es-tu à Montréal?

— Aujourd'hui même! et toi, comment savais-tu que je suis ici, devant la porte?

— Je ne savais pas que tu étais là, je vais voir Henry. Tu as de la chance, j'aurais pu sortir par la petite porte.

— Tu vas voir ton fils? J'aimerais le revoir, si tu le permets.

— Bien sûr, si tu veux, ce n'est pas très loin. Tu verras comme il a grandi.

Durant les vingt minutes qu'il fallait du couvent à la pension du jeune Henry, les deux amoureux, n'arrêtèrent pas de parler.

A l'entrée, ils furent accueillis par une mulâtresse d'une trentaine d'années, la même que d'habitude, mais intriguée par la présence de James; elle ne questionna pas sauf qu'elle fixait celui-ci avec tellement d'insistance, que Constance finit par lui dire la cause de sa curiosité. On alla chercher Henry, qui arriva en courant et sauta dans les bras de sa mère.

—— Viens, Henry, je vais te présenter James.

Ils allèrent s'asseoir tous les trois dans une espèce de parloir et, après un bref silence:

—— Henry, je te présente James, c'est un ami à Oncle Tim et à moi.

—— Bonjour, Oncle James.

—— Non. Pas Oncle James, appelle-moi seulement James, parce que j'aimerais que nous devenions de vrais amis, se taper sur le ventre, comme ceci...

—— D'accord, se taper sur le ventre comme ceci, en imitant le même geste de James. Dis-moi est-ce que tu as un cheval!

—— Oui, j'en ai plusieurs.

—— Oh! oui, j'aimerais les voir.

Constance caressa les cheveux de Henry et lui dit:

—— Pas ce soir, un autre jour.

—— Ho!...

—— Ta mère a raison, un autre jour, je te le promets, et je vais t'apprendre à monter. Et puis, tu sais, nos chevaux n'ont jamais mal aux pattes...

—— Ah! non?

—— Non, parce que mon frère Lou est maréchal-ferrant. Tu sais ce que c'est?

—— Non.

—— C'est un homme qui pose les fers aux sabots des chevaux. Henry fut impressionné, mais ne le laissa pas paraître. Tu aimes donc beaucoup les animaux?

—— Oui, mais ici, il n'y en a pas.

Constance et James se regardèrent en riant.

—— Pourquoi tu ne viens pas souvent avec maman?

—— Henry! fit Constance.

—— Mais non, ce n'est pas grave, je vais répondre. C'est parce que, avant, j'habitais très très loin mais, maintenant, j'habite plus près, alors je pourrai venir te voir plus souvent. Peut-être moins souvent que ta mère, mais je viendrai.

—— D'accord.

—— Si vous avez des choses à vous dire, je vais vous laisser seuls, dit James en se levant.

—— Je ne crois pas, hein! Henry? Sauf, si tu as besoin de quelque chose que tu aimerais que je t'apporte la prochaine fois.

A la demande de Constance, James et Henry la suivirent et longèrent un couloir, ce qui leur permit de voir un nombre d'enfants dont l'âge variait de 0 à 12 ans. Elle fit remarquer à James qu'à douze ans, le sort de ces enfants devenait incertain. On décidera tout pour eux, étant donné l'absence d'une école pour les accueillir.

— Regarde, là-bas, ce sont des enfants blancs; il en va autrement pour eux. D'ailleurs, tu vois, ils sont séparés des petits Noirs et des petits Indiens, de sorte que, inconsciemment, on leur montre la différence déjà entre ceux qui vont oppresser et ceux qui fatalement vont se soumettre.

— Je suis conscient que nous sommes toujours et serons toujours vulnérables.

— Eh, oui! Nous allons partir avant que tu te révoltes.

James prit la main d'Henry.

— N'oublie pas ce que je t'ai promis: je vais élever tout spécialement pour toi une jument et, quand tu viendras, nous la dresserons ensemble. D'accord?

— D'accord.

— Bien!

Après avoir embrassé Henry affectueusement, Constance dit à son compagnon que c'était maintenant le temps de partir, car Soeur Ignace devait l'attendre.

— C'est dommage.

— Qu'est-ce qui est dommage?

— J'avais l'intention de te présenter à une vieille dame, Mam Rancourt, que je considère comme ma grand-mère, et elle me le rend bien d'ailleurs. Je t'en ai peut-être parlé?

— Je ne me souviens pas.

— C'est la mère d'un homme avec qui j'étais dans l'armée. Il a été tué, mais la pauvre femme l'ignore et je ne me sens pas le courage de le lui annoncer. Si elle est trop vieille pour devenir folle sur le champ, elle peut, par contre, mourir de chagrin. Quoiqu'il en soit, chaque fois que je viens à Montréal, je lui rends visite. J'ai l'intention de continuer jusqu'à sa mort ou jusqu'à la mienne.

— Allons donc, tu es trop jeune pour mourir. J'aimerais faire sa connaissance mais je crains que ce ne soit pas possible, ce soir. Je devrai en parler à Soeur Ignace et, si tu le désires, demain...

— Entendu, demain.

*

* *

Le lendemain soir et ceux qui suivirent, James et Constance, par leur présence, faisaient rajeunir Mam Rancourt de plusieurs années. C'est là, dans cette même maison et dans la chambre de feu Félix, que les deux jeunes gens connurent le jeu de l'amour...

— Je n'ai pas l'habitude de parler aux filles et si je suis maladroit, voudrais-tu être indulgente?

— Pour porter un jugement, faudrait-il que j'aie la possibilité de faire une comparaison. Mais, vois-tu, les deux hommes qui m'ont serrée dans leurs bras sont, ou étaient, Tim et mon père.

— C'est drôle, je suis ravi parce que nous pouvons tout apprendre ensemble.

Pour la première fois, Constance connut la joie sexuelle, sans toutefois se faire une idée précise, étant donné que ni elle, ni James n'étaient en mesure de parler de rapports sexuels. Quelques moments après, Constance dit à James qu'il serait grand temps de regagner le couvent et, on s'habilla sans hâte.

Les ruelles de Montréal étaient désertes, mais les deux amoureux ne s'en souciaient guère, car s'ils ne se le disaient pas, ils se croyaient les seuls au monde. Ce soir, Constance devra rentrer par la petite porte et, avant de se quitter, ils s'embrassèrent tendrement.

— Au printemps, Lou et moi allons commencer la construction d'un bâtiment qui sera ton école. Elle sera remplie de nos propres enfants et des enfants à Lou, s'il décide de se marier. J'espère aussi que nous aurons de bons voisins qui enverront leurs enfants à ton école. Qu'en penses-tu?

— C'est un rêve si merveilleux que je n'ose y croire.

— Souhaite-le de tout ton coeur et tu verras... Bien! avant l'automne avancé, il ne me sera pas possible de venir te voir souvent, nous avons beaucoup de travail. De plus, Lou doit aller à la chasse avec tes cousins sur les bords du Richelieu.

Après quelques banalités d'amoureux, voilà comment Constance et James se quittèrent, sans se douter que leur destinée en serait autrement.

— Ah! vieux nègre, s'écria Lou en voyant arriver son frère. Je me disais pourtant que je suis un bon maître, que je te traite bien, et ne pouvais croire que tu aies décidé ton affranchissement au moment même où j'ai un grand besoin d'esclaves. Alors, ça a bien marché?

— Oui, oui, oui, missié. Si missié me permet, je vais annoncer à missié que je suis un esclave heureux. Surtout si missié m'autorise à me marier avec Constance.

— C'est donc ça, hein?

Lou et James avaient retrouvé leur insouciance d'autrefois, même lorsqu'ils avaient des chasseurs d'esclaves à leurs trousses à travers bois et marais. A l'abri des soucis et des coups de fouets, ils ne dévoraient pas moins à pleines dents ce monde illusoire, malgré l'Ordonnance de 1709 de Jacques Raudot que tous, Nègres ou Panis, analphabètes ou pas, connaissaient car c'était l'épée de Damoclès; mais on vivait avec elle... Les deux frères déchargèrent les provisions, arrangèrent les affaires avant de s'accorder une journée entière de repos.

— On rentrera le bois de chauffage demain, suggéra James, après tu pourras aller à la chasse si tu veux.

— Non, je pense que ce serait mieux d'aller acheter les animaux avant que je parte. Il peut faire froid ou encore la neige peut commencer d'ici mon retour.

— Bien, missié.

*

* *

James et Lou traversèrent la frontière du Haut-Canada sans embûches et revinrent avec plusieurs vaches, un taureau et deux juments. Les animaux furent installés et l'on vérifia la profondeur du puits pour conserver les aliments durant l'hiver.

— Si tu veux manger du gibier cet hiver, je vais partir demain.

— D'accord, je commencerai les labours pendant ton absence, ça ne sera pas trop tôt...

Lou parti, James n'arrêtait pas une minute. Il se trouvait un travail après un autre pour ne pas s'ennuyer. Il se réservait les nuits pour penser à Constance, en se disant qu'au retour de Lou, il irait sûrement à Montréal. Chose certaine, l'hiver sera long à l'idée qu'il ne pourra plus faire ses navettes. Et puis, Mam Rancourt verra-t-elle la fin de l'hiver? C'était sur ces pensées que, presque chaque nuit, James s'endormait.

Les jours ont passé vite, malgré tout. Lou devrait être sur le chemin du retour, bredouille ou non... Le quatorzième jour, James travaillait dehors, quand arrivèrent cinq cavaliers blancs. Il leva la tête et les salua poliment, mais ceux-ci ne répondirent pas.

— Hé, négro! Négro! je te parle, lança celui qui était en tête

— Oui, messieurs.

— Ecoute bien, négro. Il faut que tu décampes d'ici.

— Comment cela, il faut que je décampe d'ici?

L'homme en tête se tourna vers ses camarades.

— Hé, Jim! On lui fait comprendre?

— Négro, le missié a dit qu'il faut que tu déménages ta baraque, enchaîna le dénommé Jim.

— Mais, comment? Si vous m'expliquez par des mots convenables, je peux comprendre.

— Ha! Ha! Ha! L'avez-vous entendu: *convenables*, c'est qu'il parle bien le négro.

Tout le monde riait à gorge déployée lorsque le chef de la bande fit signe que c'était assez.

— Ce qu'on veut dire c'est que ta maison est dans le Haut-Canada et nous, on veut s'installer là, juste là.

— Mais, cette terre m'a été donnée par le Bureau des Colonies...

— Bon, assez discuté.

Le dénommé Jim alluma une torche et, sans attendre l'ordre du chef de la bande, mit le feu à la maison. James sauta sur lui, mais fut retenu par les trois autres; il se débattait comme un fauve, en hurlant. Au bout de quelques minutes, il ne bougeait plus, le crâne fracassé, il venait d'être battu à mort. Il gisait, baignant dans son sang. Le chef descendit de son cheval enfin et, comme pris de panique:

— Jim! Jim! Vous n'auriez pas dû frapper si fort!

Cette maison, construite à sang et à eau, n'était maintenant qu'un brasier. Un voisin canadien-français ayant vu les flammes, courut sur les lieux. Incommodé par la fumée, il hésita avant de tirer le cadavre de James à moitié calciné. Il eut le temps de reconnaître ces hommes qui avaient déjà traqué même des Blancs, ceux-là des francophones. Retourné chez lui, il revint avec deux jeunes gens, ses fils, pour rentrer ce qui restait de James dans l'étable.

*

* *

Quelques heures après la tragédie, Lou descendait de son cheval et, en constatant le drame, se mit à crier:

— Non! Non! Ce n'est pas vrai! Je fais un cauchemar ou je suis devenu fou! En courant partout, il continuait à hurler: James, James, où es-tu? Réponds-moi! Est-ce que tu es blessé? Dis quelque chose...

Il allait et venait, poussait des cris d'un animal pris au piège et finalement s'approcha du tas de cendre d'où dégageait encore un peu de fumée. Il fut pris tout à coup d'une envie de vomir, mais rien ne sortait. Combien de temps s'était-il écoulé? Il n'en savait absolument rien sinon qu'il avait un peu froid et il décida d'aller à l'étable, où il fit la macabre découverte. Le choc fut si terrible qu'il ne parvint pas à émettre le moindre son, il se contenta de gémir. Il prit la tête de son frère et essayant de le soulever, il entendit craquer les os. Il reposa la tête sur ses genoux et regardait fixement ces yeux qui n'avaient plus de vie.

— James, parle-moi, dis-moi quelque chose, pourquoi m'as-tu laissé seul? As-tu pensé, James, que nous n'avons jamais, non jamais, rien fait l'un sans l'autre? Que penses-tu que je vais devenir maintenant?

Lou n'avait rien mangé ni bu depuis des heures. Il était assis, le menton rivé entre les genoux, regardant fixement le cadavre de son frère, comme s'il espérait que celui-ci se lèverait et lui dise: “Mais, missié, c’était une blague...”. Oui, bien sûr, ils en avaient fait des blagues entre eux!

Au petit matin, mort d’épuisement et de chagrin, il se leva, marmonna des mots et des phrases inintelligibles et disparut derrière ce qui fut leur maison. Il commença à creuser, abandonna, puis revint à l’étable.

—— James, je ne te pardonnerai jamais d’être parti comme tu l’as fait...

Vers la fin de la matinée, il finissait de mettre son frère dans la terre, quand son voisin, Augustin Hébert, arriva. A pas feutrés, il s’approcha de Lou et posa sa main sur son épaule.

—— Courage, mon pauvre ami. C’est un dur coup. Si tu as besoin de quelque chose, tu peux compter sur moi et mes fils.

—— Merci, monsieur. De quoi voulez-vous que je puisse avoir besoin, maintenant? James et moi, c’est comme si nous étions nés le même jour, la même minute...

—— Je te comprends, mon ami, c’est un moment pénible mais, n’oublie pas, si tu as besoin d’aide...

Augustin Hébert, qui était installé dans la région depuis une dizaine d’années, avait déjà vu ce genre de violence. Aussi, raconta-t-il à Lou comment ses fils et lui avaient dû se battre pour garder ce coin de terre.

*

*   *

Toujours sur le coup de son immense chagrin, deux jours après, Lou se rendit à Montréal, au Bureau des Colonies. De plein pied, il entra, se disant qu’il n’avait plus rien à perdre.

—— Je veux voir votre supérieur, vite!

Il avait une arme et attira l’attention du fonctionnaire sur celle-ci. De la tête, il lui indiqua la porte derrière lui. La rage au corps, Lou bouscula le fonctionnaire à son passage et fit irruption dans le bureau. Logan, homme bougon, hargneux, grogna avant de s’adresser à Lou.

—— Mais, enfin! comment oses-tu? En voilà des manières! Mais enfin! Réponds et dis-moi qu’est-ce qui t’autorise cette intrusion. Ma foi, tu te crois dans un champ de coton ou de tabac, que sais-je?

— Monsieur, je vous conseille de vous asseoir, de vous calmer et de trouver les mots justes pour m'expliquer ce que je veux savoir. Je dois vous prévenir que je ne suis pas d'humeur à me faire traiter de négro, ni des phrases pour m'endormir. Mon frère, c'est, je veux dire, *c'était* James Dubois-Wood.

— James Dubois-Wood?

— Vous lui avez accordé une terre; il semble qu'il n'avait pas le droit de s'y installer, des hommes sont venus le tuer et incendier la maison. Est-ce que vous avez compris, monsieur?

— Oui, est-ce que vous connaissez les assaillants? Si oui, ils seront sévèrement punis.

— Monsieur, est-ce que vous essayez de me dire que les mêmes lois sont respectées dans le Haut et le Bas-Canada, surtout pour nous?

— Nous allons faire le nécessaire, c'est promis.

— Faites vite, sinon il y aura plusieurs morts.

Dans la rue, Lou se disait que ce n'était pas le moment d'aller annoncer la nouvelle à Constance. De toutes façons, il avait besoin d'être seul.

*

*   *

Revenu à Vaudreuil, il isola tant bien que mal un coin de l'étable pour y passer l'hiver. Entre-temps, Augustin Hébert, avec ses deux fils, étaient venus lui prêter main forte. Une dizaine de jours après, alors que Lou ne parvenait pas à se consoler, il vit arriver une voiture et, à toutes jambes, courut chercher ses armes. "Chose certaine, se disait-il, en vérifiant ses armes, chose certaine, je vais en tuer au moins deux avant de laisser ma peau."

— Dubois-Wood! Dubois-Wood! cria un des hommes.

La voix était forte et hésitante à la fois, car on se souvenait sans doute de la visite de Lou. Dubois-Wood! Es-tu là? Sors, nous ne te voulons aucun mal.

C'était Benson, fonctionnaire du parlement britannique. Lui et ses hommes passèrent une demi-journée pour découvrir qu'il y avait effectivement eu une grossière erreur dans les tracés. James, lui, avait payé cette erreur de sa vie et Lou n'était pas prêt de l'oublier...

Malgré l'attention que lui témoignait Augustin Hébert, Lou ne réussit pas à se remettre. Tant que James vivait, la solitude n'était rien, même lorsque lui travaillait aux Forges de St-Maurice et que James risquait sa vie à l'autre bout du Canada, tous les espoirs étaient permis car, si le Canada échappait au joug des Etats-Unis, la vie serait ou tout au moins aurait un sens, même pour les esclaves. Scrutant au fin fond de ses pensées, il essayait de se trouver un être cher, et c'est alors qu'il pensa à Constance.

Constance, il se souvenait vaguement de son visage et se disait qu'elle aurait pu devenir sa belle-soeur depuis déjà deux mois, vu que l'été arrivait à grands pas. Un de ces jours, il irait à Montréal, en profiterait pour annoncer à Constance que James n'était plus. Pour le moment, il n'avait pas le courage et il ne voulait pas devoir verser des larmes devant elle; non par pudeur, mais parce qu'il ne tenait pas à étaler sa douleur.

La belle saison était arrivée et au couvent, les religieuses, tout comme les laïcs qui y travaillaient, avaient comme par enchantement un regain de vie. Constance, quant à elle, était écrasée sous le poids de la souffrance; d'une part la solitude, et d'autre part une grossesse qu'il fallait porter en se cachant. Ce soir-là, elle était au bout de ses forces, elle ne savait plus où orienter ses pensées. Le dégel était terminé, pourquoi James ne venait-il donc pas? Lui serait-il arrivé quelque chose de fâcheux? Après ses leçons, elle demanda à Soeur Ignace d'aller bavarder un peu, si sa demande n'est pas déplacée.

—— Voyons! Constance, quelle idée? Combien de temps te faudra-t-il pour faire la différence entre une esclave, une domestique et une amie?

—— Merci ma soeur de me rassurer, mais je ne voudrais à aucun prix abuser de votre bonté.

—— Ne te tourmente pas, nous nous reverrons à la sortie de la chapelle, tu peux venir me voir dans ma chambre, je t'y attendrai.

La prière terminée, Constance préféra attendre que le couloir soit moins éclairé. Elle connaissait tous les coins et recoins, aussi n'avait-elle aucune difficulté à raser les murs pour atteindre la chambre de Soeur Ignace. Sur la pointe des pieds, elle se rendit à la porte qui était entrebâillée. Au lieu de frapper, elle gratta avec ses doigts, que déjà Soeur Ignace était devant elle.

—— Entre, Constance, entre.

Sous les yeux, Constance avait une autre créature. Soeur Ignace était vêtue d'une robe de chambre avec une ceinture nouée à la taille et de superbes cheveux qui tombaient sur ses épaules. Bouche bée, elle regardait la religieuse avec admiration.

— Qui aurait imaginé que vous êtes une aussi belle femme! Si j'étais un homme, ma soeur, je risquerai volontiers une pendaison à cause de vous...

— Constance! en voilà un langage, qu'est-ce qui te prend tout à coup?

— Tout à coup, oui, mais je vous trouve belle, ma soeur.

— Bien, viens t'asseoir ici au bord du lit et oublions tout cela. Note bien que je suis très flattée, dit-elle, en souriant. Toujours avec un sourire en coin, Soeur Ignace vint se placer devant Constance. Alors, je crois savoir que tu voulais m'entretenir de quelque chose d'important?

Après avoir soupiré longuement, elle rassembla ses idées.

— Ma soeur, vous connaissez toute ma vie, je dirai même qu'à part mes parents et Tim, vous êtes le seul être au monde qui me connaisse vraiment. Vous avez supporté mes peines, mes joies et même mes caprices. Dès le premier jour, je vous ai promis d'être loyale, tel que mon père me l'a enseigné. Eh bien! voilà, ma soeur, je me trouve dans l'obligation de vous quitter.

— Nous quitter?

— Oui et je dois vous demander d'intervenir auprès de la Mère supérieure en ma faveur.

— Nous quitter, pour aller où? C'est la question que te posera la Mère supérieure.

— A la vérité, je n'en sais rien.

— Dans ce cas, nous pouvons encore examiner la situation, n'est-ce pas? Elle baissa les yeux et ne répondit rien. L'ennui, tu te sens abandonnée par James. Est-ce que je me trompe? Elle leva les yeux et sourit timidement. Tu ne devrais pas te faire du souci outre mesure, puisqu'enfin, la belle saison ne fait que commencer et que James a sans doute beaucoup de travail.

— J'ai des appréhensions, ma soeur. Quelque chose que je ne puis définir me dit qu'un malheur lui est arrivé.

— Quand on aime, une foule d'idées nous passent par la tête, justement parce qu'on aime. Tu verras, nous aurons la visite de James sous peu.

— Puisse Dieu vous entendre.

— Tu as dit: puisse Dieu vous entendre? Bravo! Je suis infiniment heureuse.

— Soeur Ignace, je vous en prie, je suis désespérée; je m'accroche à quelque chose, à quelqu'un, voilà tout. Je reste impénétrable, mais j'ai mal quand même.

— Cela ne fait rien, c'est un début car j'ai confiance en toi.

Lorsque Soeur Ignace vint s'asseoir, ce fut Constance qui se leva. Elle fit deux pas, croisa ses bras sur sa poitrine, s'arrêta net devant son interlocutrice.

— Pardonnez-moi, j'ai pris pas mal de votre temps sans vous dire l'essentiel. Voilà, je vais être mère. Est-ce que vous avez entendu? Je vais être mère. Je vous en conjure, ne me grondez pas. Lorsque c'est arrivé pour Henry, vous savez la suite... Même ma mère, à l'époque, avait mis mes malaises sur le compte de la puberté. Pour ainsi dire, je n'ai pas connu de relations sexuelles avant James. Je vous demande mille fois pardon; je ne devrais sans doute pas tenir ces propos avec vous?

— Si tu as quelque chose à ajouter, tu peux poursuivre.

Elle baissa les yeux, regarda ses doigts, comme si elle les comptait, puis, d'une voix lasse:

— Je n'ai plus rien à dire, sinon que je regrette d'avoir échoué.

— Echoué?

— Oui, j'aurais voulu que vous soyiez fière de moi.

— Mais, je suis fière de toi.

— Est-ce vrai?

— Tu oublies que j'ai été jeune fille, femme, avant de devenir ce que je suis. As-tu déjà pensé que moi, blanche que je suis, ma destinée a été tracée par d'autres que moi? Je ne parle pas la langue anglaise pour rien. J'étais de trop chez nous et mon père, qui avait épousé en second lit une Anglaise, décida ce qui était mieux pour moi. (Elle avait presque les larmes aux yeux) Je n'étais pas fiancée, mais c'était tout comme. Ce soir, je ne pourrai t'en dire plus, nous reprendrons tout cela une autre fois. De toutes façons, avec tes longues journées, tu as besoin de repos et j'y veillerai. Va, à présent, va dormir. Que tout ceci reste entre nous, ajouta-t-elle en lui tenant la porte.

— Merci, merci.

*

* *

Le quatrième ou le cinquième soir après cet entretien, Constance et Soeur Ignace étaient dans ce qui leur tenait lieu de salle de classe. Après les leçons, Constance ramassa ses affaires, prête à saluer sa maîtresse.

— Attends un peu, la Mère supérieure nous attend.

— La Mère supérieure nous attend?

— Oui, mais, pour l'amour du ciel, ne va surtout pas penser que je t'ai trahie. Allez! viens, rassure-toi, tout se passera bien.

La Supérieure confortablement assise, Soeur Ignace et Constance restaient debout.

— Soeur Ignace m'a tout raconté.

Constance se tourna vers elle mais celle-ci battit les paupières pour la rassurer.

— Mon enfant, depuis que tu es parmi nous, ta conduite a été irréprochable. Quant à ce qui t'arrive, nous n'avons pas à porter de jugement et, si c'est là ton unique raison de vouloir nous quitter, tu peux être rassurée, nous ferons notre possible pour t'aider.

— Ma Mère, je voudrais me faire pardonner, car je vous dois tant, à vous et à Soeur Ignace. Je suis honteuse parce que, dans mon état présent, je suis incapable de payer.

— Ne parlons plus de dettes, si tu le veux bien, parlons plutôt de services réciproques. Tu pourras discuter à tête reposée avec ton guide de tous les détails, n'est-ce pas Soeur Ignace?

— Oui, ma Mère.

— Bien, parfait! Pour ma part, je n'ai rien à ajouter, mes enfants.

*

* *

A partir de ce jour-là, Constance et la religieuse ne se quittaient plus. La grossesse de Constance suivait son cours normal et elle était rendue au huitième mois. Par une journée chaude de l'été, elle était dans sa chambre et dormait lorsqu'on vint lui annoncer qu'un visiteur l'attendait au parloir. Surprise, elle trébucha et faillit se ramasser sur le ventre. De peine et de misère, elle se rendit au portail, les règlements interdisant strictement des visites à l'intérieur en plein jour. L'exception avait été faite pour James, dans le passé, parce que Soeur Ignace pouvait y voir... Constance, folle de joie, arriva et fut accueillie par Lou. Fortuitement, dans la rue, ils ne se seraient certainement pas reconnus.

— Bonjour, Constance.

— Bonjour...

— Oui, oui, c'est moi, Louis. J'ai vieilli un peu...

Elle allongea le cou, comme pour voir si James se cachait derrière son frère.

— Je suis seul, dit-il tout en regardant son ventre proéminent.

L'ayant remarqué, elle mit sa main gauche sur le ventre et sourit.

— Tu sais, il bouge, il bouge même beaucoup. Il ou elle est turbulente, ça sera un ou une vraie Dubois-Wood.

— Tu as dit Dubois-Wood?

— Oui.

— A...lors, c'est... c'est de James?

— Bien sûr, ressaisis-toi, sinon tu vas tomber sur le dos. Viens, nous allons nous asseoir, je ne peux rester trop longtemps debout.

— Oui, oui, oui.

— Tu seras bientôt oncle, Lou. D'après la soeur infirmière, ce sera dans moins de trois semaines. Je meurs d'impatience. Au fait, tu ne m'as pas dit si James doit venir te rejoindre ici.

— James, James... eh bien! James, non. James ne viendra pas me rejoindre. Tu comprends, nous ne pouvons plus partir tous les deux, il faut qu'un de nous garde la maison.

— Ah!

— Ne t'en fais pas, ne t'en fais pas, tu n'es pas seule, je suis là moi, non?

— Bien sûr, tu es là.

— Je sais, ce n'est pas la même chose, mais je viens de te le dire, tu n'es pas seule. Maintenant, il me faut partir.

— Partir! mais tu ne retournes pas à Vaudreuil à cette heure-ci?

— Je n'en sais rien; seulement, il faut que je te quitte.

Il était au bord des larmes et, pour ne pas vendre la mèche, il préféra se sauver.

Vers la fin de la matinée, le lendemain, il revint au couvent et demanda à rencontrer Soeur Ignace. Celle-ci arriva en adressant un sourire aimable à son visiteur.

— Tu as demandé à me voir?

— Oui, bonjour. Il avait son chapeau à la main qu'il fripait machinalement. Je m'appelle Louis Dubois-Wood, je suis le frère de l'autre.

— Bonjour, Louis. Et, que puis-je faire pour toi?

— Eh bien! voilà. Rien pour moi à vrai dire, mais pour Constance...

— Ah! je t'écoute.

— Je ne sais pas ce qu'elle a pu penser hier et cela m'importe beaucoup. Cela m'importe, parce que nous ne nous connaissons pas vraiment. Bref, je suis venu à Montréal spécialement pour lui annoncer la mort de mon frère.

— Doux Jésus! que me racontes-tu là?

— C'est arrivé depuis l'automne dernier, mais je n'avais pas le courage de venir plus tôt.

— De ce que m'a dit Constance, tu n'avais que lui?

— Eh oui!

— Pauvre Louis.

— Ayant vu dans quel était elle se trouve, je me suis dit que je devrais lui épargner cette douleur, pour le moment. Puis-je vous charger de lui annoncer quand vous jugerez le moment opportun?

— Naturellement, naturellement.

— Ayez la bonté de ne pas lui dire que je suis revenu. Elle pourrait se douter de quelque chose.

— C'est promis, tu peux compter sur moi.

— Vous lui direz, également, que la volonté de James sera respectée à propos de l'école qu'il voulait construire.

Lou remit son chapeau, salua la religieuse et disparut. Elle le regarda s'éloigner la tête baissée.

*

* *

Quelques semaines plus tard, Constance donna naissance à un superbe garçon. Entre-temps, la mort de James lui avait été annoncée. Aussi, lors du baptême, elle décida d'appeler son bébé Louis-William. Ce nom composé était pour garder un lien avec le frère de James et, quant au second, c'était en l'honneur de William Wilberforce, celui-là qui avait obtenu, au parlement britannique, l'abolition de la traite des Noirs, en 1807. A l'âge de dix ans, Constance avait entendu parler de cet homme, d'où son rêve d'enfant, violé par l'attitude de Bob Cromwell et les nombreuses violences dont faisaient l'objet des milliers d'esclaves en Canada.

Constance était sans nouvelles de Lou, de Tim et du petit frère qu'elle espérait toujours revoir. Des années passèrent, Henry avait grandi et pouvait veiller sur Louis-William. Malgré l'éloignement des êtres qui lui étaient chers, ses parents dont elle n'avait plus jamais entendu parler, elle se consolait en se disant qu'elle avait tout de même réalisé un des rêves de sa vie. Elle ne se contentait pas de l'enseignement reçu au couvent, mais elle dévorait livres sur livres, se cultivait. Elle enseignait non seulement aux enfants mais elle mit également sur pied des cours pour adultes. Dans des moments de solitude, elle se disait que la présence d'un homme dans sa vie ne serait pas désagréable, mais pas n'importe quel homme et pas à n'importe quel prix. De toutes façons, elle vivait sa chasteté depuis si longtemps que cet aspect restait secondaire. Encore que, faisant une petite moue, elle se disait: "je crois que tu pourrais être désirable, hein, Constance?" Elle se surprenait riant toute seule. Se moquant d'elle-même, elle disait: "Voyons! Constance, un peu de tenue, ce ne sont pas des pensées dignes d'une femme du monde comme toi".

Un an ou deux avant de quitter le couvent, Gustave Legendre, un Blanc, lui tournait autour. Une fois, il lui avait tapé sur les fesses et avait même voulu essayer de lui toucher les seins. Non pas qu'elle était d'une pudeur excessive, mais elle l'avait trouvé déplacé. Certes, Gustave Legendre n'était pas laid, mais il lui faisait revivre des souvenirs d'une saveur trop amère qui lui faisaient penser à Peter Cromwell. Même si Henry n'avait pas existé, elle se disait qu'elle aurait été marquée. Elle n'avait rien à craindre à présent; ni de Gustave ni d'un autre homme blanc ou noir, d'autant plus que Gustave Legendre ignorait sa résidence...

*

* *

Un soir, alors que Henry et Louis-William dormaient, elle lisait un journal de Québec, lorsqu'elle entendit frapper à sa porte. Etonnée, elle se leva, haussa les épaules et alla ouvrir. Grande surprise: devant elle, Gustave Legendre.

— Mais, que faites-vous chez moi?

— Te voir, par Dieu!

— Ecoutez, je n'ai pas envie de vous voir; sortez!

— Allons! Je ne te veux aucun mal, je veux seulement...

— Je vous demande de sortir.

Elle recula et Gustave la suivit puis, brutalement, sauta sur elle essayant de l'embrasser mais elle le repoussa ce qui engagea une lutte. Elle réussit à le mordre au poignet avant de saisir un couteau de cuisine qui se trouvait à sa portée. Gustave regarda son poignet qui saignait et revint à la charge.

— Lâchez-moi, sinon je vous promets de vous éventrer sans le moindre remords.

— Quelle férocité! Tu es une amazone, je ne veux pas te manger.

— Ecoutez-moi attentivement avant de partir. Je suis prête à recevoir mille coups de fouet, prête à regarder les cicatrices qui en résulteraient, mais jamais, m'entendez-vous? jamais aucun homme ne me touchera sans mon consentement. Alors, à présent, sortez!

Henry, ayant entendu sa mère, sortit de sa chambre, les yeux gonflés de sommeil.

— Maman! Que se passe-t-il? Penaud, Gustave restait là planté. Que voulez-vous à ma mère?

— Aucun mal, mon garçon, aucun mal.

— Pourquoi, criait-elle, dites-moi?

Constance s'approcha de son fils et lui caressa les cheveux.

— C'est fini Henry. C'est fini, tu peux retourner te coucher.

— Non, maman, pas avant qu'il sorte de la maison.

— Eh bien! Monsieur Legendre, avez-vous entendu?

Dès le lendemain de cet incident, Constance se rendit au couvent.

— Soeur Ignace, je vous croyais mon amie, je me suis trompée car vous m'avez trahie.

— Mais enfin Constance, puis-je savoir de quoi tu parles? De quelle trahison s'agit-il?

— Ah! ma Soeur, parce qu'il y en a d'autres?

— Je n'y comprends absolument rien, puis-je te demander de commencer par te calmer? Peut-être qu'enfin...

— De quel droit avez-vous envoyé Gustave Legendre chez moi sans m'en avertir?

— Ah! c'est donc ça, la raison de ta furie. Je n'ai pas cru bon te parler de ses sentiments pour toi, sentiments qui, je crois, sont en tout bien tout honneur...

— Ah, vraiment! ma Soeur? Vous connaissez la psychologie des hommes à ce point?

— Sans doute non, mais je peux t'assurer qu'il n'y avait aucune machination. Mais, dis-moi, qu'a-t-il fait de si répréhensible?

— De si répréhensible? Il a essayé de me violer. Vous est-il déjà arrivé de vous faire violer, ma Soeur?

— Oh! Constance!

— Vous êtes offusquée, n'est-ce pas? Quoiqu'il en soit, je vous tiens complice de cette agression. Sur ces mots, elle s'en alla, puis s'arrêta et tourna la tête vers la religieuse. Moi qui vous aimais tant...

Legendre qui travaillait au couvent et qui avait aperçu Constance arriver, accourut en disant:

— Ma Soeur, ma Soeur, retenez-la! Constance! attends! attends!

Rendu à la hauteur de Soeur Ignace, il était tout essoufflé.

— Je voulais vous voir, ma soeur. Je suis assez honteux, je ne sais pas ce qui m'a pris et Dieu seul sait! Je suis allé chez elle parce que... vous comprenez?

— Oui, mon pauvre! Mais, il va nous falloir très vite coller les morceaux, je veux dire trouver des mots convaincants car, si vous ne le savez pas, je vous l'apprends, Constance, n'est pas une imbécile, encore moins une dévergondée.

— Je le sais, hélas!

— Courez vite et rattrapez-la. A deux, nous réussirons peut-être...

Il courut à en perdre haleine avant de la rattraper.

— Constance, Constance, je t'en prie, si tu me détestes trop pour m'écouter, viens au moins savoir ce que Soeur Ignace a à te dire.

Sans se faire prier outre mesure, Constance et Gustave marchèrent côte à côte pour aller rejoindre la religieuse qui les attendait dans un minuscule bureau. On ne sut pas vraiment de quoi ont parlé Gustave et les deux femmes, mais toujours est-il qu'ils se séparèrent en souriant.

*

* *

Constance réussit à se forger une vie, meublée d'une certaine quiétude qui faisait l'objet d'envie de la part de plus d'une Négresse vivant dans le Bas-Canada des années 1820. Ce qu'elle avait toujours voulu, c'était moins l'ambition personnelle qu'une espèce d'invulnérabilité des femmes noires ou blanches face aux hommes. En avance sur son époque, en tant que femme et, par surcroît esclave négresse affranchie, elle faisait trembler plus d'un homme politique.

Au début de ses prises de position sur le plan politique, elle n'était pas consciente de sa naïveté, aussi chaque fois qu'elle lisait un avis dans la Gazette de Québec annonçant des ventes d'esclaves, elle écrivait. Assurément, ses lettres ne parvenaient pas à destination. Par la suite, elle écrivait à l'auteur de l'avis. Constance était partout: elle assistait à des procès, allait visiter ceux qu'on a appelés les Loyalistes noirs, que le parlement britannique avait vite fait d'oublier. Comment oublier, même après des années, ces Loyalistes; James Dubois-Wood en fut un. Depuis sa sortie du couvent Constance ne craignait personne, encore moins Bob Cromwell dont elle portait encore le nom et qui était probablement mort. On ne pouvait plus la toucher parce que, disait-on d'elle, cette Négresse est trop connue, l'assassiner pourrait déclencher une révolte certaine. Chose étonnante, elle n'était pas que porte-parole des esclaves affranchis ou non mais aussi d'un grand nombre d'opprimés blancs dans le genre d'Augustin Hébert.

C'est ainsi que Gustave Legendre, jeune Français qui arrivait au Québec peu de temps avant que Constance ne quitta les Soeurs, soupçonnait déjà chez celle-ci une grande force de caractère. La Mère supérieure dut faire venir Constance un jour, pour lui demander d'observer de la modération dans ses propos car, semblait-il que lors d'une de ses nombreuses réunions, elle aurait dit que Dieu ne pourrait être boulanger ni crémier... Il n'en avait pas fallu plus pour se faire dire qu'elle avait perdu la foi... A vrai dire, elle n'avait jamais eu la foi, dans le sens où l'entendait la Mère supérieure. Elle méritait l'indulgence tout de même, à cause de son passé au couvent, conclua-t-elle et là s'arrêta son intervention, sachant fort bien, comme elle aimait à le dire: "cette enfant est engagée sur un chemin et son nom sera gravé dans la mémoire de plusieurs".

*

* *

Les années effacèrent certaines choses et en firent naître d'autres. Depuis, Gustave et Constance étaient inséparables, même si chacun vivait de son côté; ce dernier sut gagner la sympathie de Henry et de Louis-William. Souvent, il reprochait à Constance de ne pas lui consacrer assez de temps à cause des réunions et de ses multiples activités. Le clair de son temps étant consacré à la lutte sociale sous toutes ses formes.

Un soir, chez Constance, alors qu'ils étaient en train de prendre le café, Gustave dit sans préambule:

— Quand donc pourras-tu penser aux autres? Pour être honnête, je veux dire penser à moi.

— En voilà une question! Je pense à toi chaque fois que cela est possible, nous passons nos soirées ensemble.

— Ne détourne pas le sens de ma question, tu es plus loyale que ça. Tu sais très bien où je veux en venir; je te préviens, tu ne te déroberas pas facilement. Alors j'irai droit au but: Pourquoi ne pas nous marier? Pétrifiée, Constance, les yeux grands ouverts, resta bouche bée. Oui, oui, tu as très bien compris. Cela fait des années que j'attends. Ne trouves-tu pas que je me suis racheté depuis? Il tenta de lui prendre la main, mais elle se leva brusquement et lui tourna le dos. Je vais être impératif, je veux une réponse ce soir. Ne me demande pas une nuit de réflexion.

— C'est insensé, tu n'y penses pas, tu perds totalement la raison.

— D'accord! Je perds totalement la raison. Retourne-toi, regarde-moi dans les yeux et donne-moi une raison, une seule valable!

— Une! mon cher ami, je vais t'en donner trois: L'esclavage n'est pas aboli, et s'il venait à l'être, on fera face à la ségrégation, puis la lutte s'engagera pour avoir une intégration. Le compte y est, n'est-ce pas? Je ne fais pas état des frustrations, des déchirements, ni même des pertes de vie.

— Je le conçois, mais cela ne doit empêcher de vivre.

— Vivre? J'ose croire que tu te moques de moi; cela me consolerait plutôt que de conclure que tu es naïf. Pour vivre, il faut commencer par exister.

— Je dois te faire remarquer que les Canadiens-français, j'en suis un, ne sont guère dans une position reluisante.

— Ecoute-moi, tu me fais penser à ces politiciens qui charrient en Chambre comme mes élèves le font innocemment. Il n'y a pas de comparaison dans ton raisonnement. Lorsque Anglais et Français trouveront un terrain d'entente, les choses iront mieux pour nous, me disait mon père, Dieu ait son âme s'il n'est plus de ce monde... C'était sa façon d'ironiser le sort des esclaves en ce Canada. Car, disait-il, nous ne serons que des domestiques, et nos maîtres ne seront pas tenus de nous payer... Je t'en prie, ne gâchons pas cette soirée. Oublions tout ce que je viens de dire, vivons comme tu dis. Un autre café?

— D'accord.

Constance apporta le café et vint s'asseoir; elle était maintenant détendue et buvait à petite gorgée.

— Je te demande pardon pour mon ton passionné.

— Ce n'est rien, toutefois, je ne veux pas que nous en restions là. Tout ce que tu vis, je le partage avec toi. Je veux être auprès de toi quand tu seras à bout de souffle. A ce rythme, je doute très fort que tu fasses de vieux os.

— Oui, je sais et ne cesse de me demander si seulement j'aurai le temps d'accomplir tout ce que je veux. Bien sûr, je ne veux pas changer le monde, mais je veux être dans cette lutte et ne veux m'abandonner au désespoir.

— Je veux t'épouser, pour moi, pour toi, pour tes enfants, pour nos enfants.

— Si tu fais cette folie, tu n'auras plus d'amis et plusieurs portes te seront fermées, tes aspirations professionnelles seront à jamais compromises, ta famille te reniera. Tu vois, mon ami, si union il y a, le grand perdant ce sera toi. Moi, je n'aurai rien à perdre. Dans le Haut ou le Bas-Canada, je suis et resterai la Négresse-esclave.

— Est-ce que tu auras bientôt fini?

— J'en ai fini.

— A la bonne heure! Dès demain, j'irai faire publier les bans au Grand-Séminaire.

— Et, comment t'y prendras-tu? On ne nous a jamais permis d'avoir des registres de naissance. Dans mon cas, je sais la date et l'année de ma naissance mais, pour le prouver, il faut trouver soit mon père, soit mon maître. Nous ne sommes pas au bout de nos peines...

— Il doit y avoir un moyen? Au Grand-Séminaire, je verrai. Nous en discuterons demain soir; pour le moment, il est temps que je rentre.

Constance se leva, alla le conduire à la porte et, comme elle allait la refermer, il se retourna et dit:

— J'ai ta parole, n'est-ce pas?

Elle ne répondit pas, se contentant de battre les paupières.

*

* *

Un mois après, on bénissait l'union de Gustave et de Constance. Après la cérémonie, le prêtre s'approcha de Gustave, alors que Constance, légèrement à l'écart, recevait les félicitations de Soeur Ignace et d'autres amis et proches. Le prêtre, qui ne se doutait pas que Constance pouvait l'entendre, dit à Gustave:

— Mon enfant, j'ose croire que tu as mûrement réfléchi?

Hors d'elle, elle bondit et les rejoignit.

— Ne trouvez-vous pas qu'il est un peu tard pour lui faire une leçon de morale? et se tournant vers Gustave: Tu n'as pas voulu m'écouter, tu comprendras assez vite que j'ai eu raison. Je ne vous salue pas, mon père.

Puis, elle retourna vers la religieuse.

De cette union naquirent Marie-Anne et Charles-Auguste. Constance était comblée parce que Henry et Louis-William ne juraient que par leur père adoptif, qui le leur rendait bien. Gustave était souvent à la maison le soir et prenait soin des enfants quand, de son côté, elle assistait à des réunions ou encore allait donner des cours pour adultes de plusieurs quartiers du district de Montréal. Dès lors, elle débordait ses champs d'activités pour se retrouver avec des Canadiens-français chez qui le mécontentement ne cessait de grandir à l'endroit de la bureaucratie et de certains hommes rongés par la corruption. Elle s'aperçut jusqu'à quel point on dressait les uns contre les autres pour brouiller les cartes. On disait à des Canadiens-français de certaines régions rurales que des Noirs occupaient de meilleures terres. Dès lors on pouvait comprendre pourquoi et comment il était facile d'exploiter l'ignorance des bonnes gens.

Elle ne pouvait s'empêcher de penser à James à cet égard, comme ayant été un des rares privilégiés à qui on avait accordé une terre. On se souvient de sa fin tragique et, si les Canadiens-français pouvaient imaginer qu'il y eut un tas de James Dubois-Wood... Depuis leur mariage, Legendre avait vainement essayé de trouver une bonne terre où installer sa famille. On ne lui signifiait jamais qu'il trainait derrière lui un double handicap, d'une part, son état français et, sa compagne...

*

*　　*

Une nuit, elle arrivait d'une réunion et Gustave l'attendait. Emue, elle se mit à pleurer sans qu'il en sache vraiment la raison.

— Pardonne-moi, j'ai été déloyale.

— Que se passe-t-il? Qu'est-il arrivé?

— Je suis navrée, mon ami, navrée de devoir vous abandonner presque tous les soirs. A toi et aux enfants, je consacre si peu de temps.

— Allons! Je m'y attendais. Tant que la cause que tu défends reste noble, c'est à moi que revient le reproche de ne pas m'impliquer plus.

— Il y a le danger que je te fais courir en portant ton nom. Je ne peux plus passer pour ton esclave.

— Assez de sottises. Il la prit dans ses bras et la serra tendrement.

— L'idée m'est venue de porter le nom de Cromwell à l'avenir. Je suis persuadée que les politiciens vont me harceler pour mes opinions de plus en plus.

— A présent, viens te reposer, tu es littéralement épuisée. Pendant que j'y pense, Henry nous a fait parvenir un message.

— Oui! s'exclama Constance.

— Il semble que le notaire Jean-Philippe Champagne lui accorde quelques jours de congé. Tiens!

Elle parcourut rapidement le feuillet et changea d'humeur aussitôt.

— Quel bonheur! il sera parmi nous bientôt.

— Je serai heureux de le revoir, il y a longtemps qu'on ne l'a vu. J'aimerais que tu fasses un effort pour être présente et rendre son séjour le plus agréable possible. Quant à moi, je saurai le distraire.

— Je tâcherai d'avancer la réunion de vendredi.

Constance avait déjà, à plusieurs reprises, adressé des lettres de protestations aux journaux du "Compact Family", soit le Herald et la Gazette. Dans des termes assez violents, elle soulignait l'ambiguïté de leurs prises de positions et, attitude non moins répréhensible, c'était qu'on ne savait au juste quel sort sera réservé aux esclaves. Elle se soulevait contre en faisant remarquer avec éloquence la sourde oreille évidente qu'on faisait à la demande des citoyens du district de Montréal concernant l'esclavage. Tant et aussi longtemps que cela venait des Nègres affranchis, comme on disait, la conscience était sauve. Mais, voilà que des Blancs, les moins nantis, donc ceux du Bas-Canada, se considéraient esclaves...

Dès lors, se disait Constance, les cartes seront brouillées. Elle écrivit à Papineau lui demandant de rendre public ce qui en était advenu du fameux Bill déposé en Chambre, à deux reprises, en 1793 et 1796. Pas de réponse à cette requête. Alors, on va se faire entendre! L'immigration devenait alors une accélération inquiétante. Pour Constance, la lutte ne se limitait pas au niveau des esclaves affranchis ou non; elle allait plus loin qu'une question de pigmentation.

Pour Henry, qui devra absolument retrouver un cadre familial, elle chargea Gustave, malgré l'heure tardive, d'aller prévenir les partisans et pour qu'on fasse le relais jusqu'au petit matin, si cela s'avérait nécessaire. Gustave, heureux enfin de se voir accorder cette tâche, n'hésita pas une seconde: l'assemblée sera fixée pour mercredi, au lieu de vendredi, dans cette même salle de Montréal dont, pour des raisons évidentes, on devait taire le nom.

*

* *

Le jour venu, étaient présents autant de Noirs que de Blancs et tous, à quelques exceptions près, des gagne-petits qui, malgré la distance, venaient entendre la Legendre, comme on l'appelait familièrement désormais.

— Eh bien! Bonsoir mes amis. Je suis heureuse de vous voir ici, malgré l'effort que cela a dû exiger de chacun de vous. Avant tout, je vous dois une explication et vous demander une indulgence. Nous avons chacun nos faiblesses et, c'est pour cela que j'ai cédé à l'impulsion du coeur d'une mère. Mon fils Henry, qui travaille pour le notaire Jean-Philippe Champagne, sera de retour à la maison, après plusieurs mois d'absence. Il m'aura été impossible de me rendre à cette rencontre. Cela dit, la question à discuter est celle qui avait été prévue avec la même urgence. Là s'arrête ma confession. Pour en venir au sujet qui nous occupe, je veux simplement vous prier de vous en tenir à l'immigration dans vos interventions. Comme vous le savez tous maintenant, nous ne faisons plus une lutte de clans, les Noirs esclaves d'un côté, les Blancs esclaves de l'autre. Il s'agit, et cela doit être présent dans votre esprit, d'un désir collectif au nom duquel les préjugés raciaux ne doivent plus servir de base aux fonctionnaires pour nous diviser. Souvenez-vous, en 1816, on arrachait des Loyalistes noirs de leurs terres, on chassait aussi des Canadiens-français de leurs terres défrichées.

A l'autre bout de la salle, un homme se leva.

— Tout cela est beau, amie Legendre, que peut-on faire?

— Tu veux dire, ce que nous ne devons pas faire? clama un Noir.

— Oui, ce que nous ne devons pas faire: rester chacun chez nous pour ramasser des miettes et, quand il n'y en aura plus pour vos femmes et vos enfants, pleurer sur vous. C'est cela que nous ne devrons pas faire. Je propose, et nous passerons au vote plus tard, une marche sur Montréal.

— A-t-on le nombre des arrivants? demanda un Blanc dans l'assistance.

— Oui, on parle de plus de cinquante mille en 1832. Je pourrai obtenir d'autres chiffres qui ne sont pas, croyez-moi, sujet à caution. Qui pourrait me dire ne pas savoir que le choléra fait un ravage impitoyable? Qui pourrait me dire quelle est la population la plus éprouvée? Vous et moi, vos enfants et les miens. J'ai perdu contact avec mes élèves et, quand l'épidémie sera terminée, ce que nous souhaitons tous, combien de ces élèves retourneront en classe? Vous ne le savez pas? moi non plus; et, malin celui qui parmi nous pourra le dire. Pour terminer, mes amis, tous ces maux, toutes ces maladies ne regardent pas la couleur de la peau avant de frapper cruellement. C'est parmi les plus démunis qu'elles frappent.

En acclamant Constance, on siffla, on cria: bravo! La Legendre, bravo! La Legendre. On s'accorda une période de questions et, à mains levées, on fit l'unanimité pour marcher sur Montréal.

Dehors, dans ces rues sombres, on ne savait qui était qui, ni tous ceux qui étaient dans cette salle. S'il y avait une descente, ça ne sera pas la première fois, et tout le monde était conscient de l'intimidation et des nombreuses brutalités de la part des autorités. Savamment, les fonctionnaires avaient perfectionné leur stratégie d'infiltration, ce qui leur permit de recruter des mouchards, tant noirs que blancs. Une autre tactique consistait également à dresser des Noirs des deux langues les uns contre les autres. Aux Noirs anglophones, on disait que leur avenir était dans le Haut-Canada et, les autres, faute d'alternatives trompeuses, on les ignorait systématiquement, jusqu'au moment où on se servira d'eux comme soi-disant ennemis des Patriotes. Or, Constance l'avait souvent fait remarquer mais, ni les Canadiens-français, ni les Noirs ne l'avaient compris et ce fut dommage. On ne pouvait imputer carrément cette incompréhension à un seul des deux groupes, cependant, il était permis de penser que les Noirs, habitués à se méfier du maître, ne furent pas étonnés outre mesure de la suite des événements et qui fit dire à tort qu'ils étaient rangés du côté de l'oppresseur. On ne parlait pas de cas isolés de mouchards. D'autre part, les Canadiens-français ne tirèrent aucune leçon du cuisant échec de 1763. Avant les efforts fort louables de William L. Mackenzie, celui-là même qui fut le maire de Toronto, les fonctionnaires corrompus à Québec, leurs stratèges aidant, surent tirer profit de toutes les situations, avec un appareil administratif le plus lourd possible, pour que s'y perde le plus érudit du commun des mortels.

*

*   *

Ce soir-là, après l'assemblée, Constance éreintée rentrait chez elle où l'attendait Gustave, toujours inquiet. Il vint l'accueillir au seuil de la porte, la prit par la taille et l'entraîna dans la salle à manger.

— Ne te regarde surtout pas devant un miroir ce soir. Sérieusement, tu devrais prendre un moment de répit. Tu devrais t'armer de plus de forces physiques pour affronter toutes ces maladies qui courent.

— Tu as raison, je vais y penser. Comment vont les enfants.

— Très bien, très bien. Que dirais-tu d'un verre, ça te réchaufferait le sang avant de manger.

— Excellente idée! Oh! mes jambes, mes pauvres jambes. Je n'ai pourtant pas ramassé tant de tabac chez Cromwell...

A peine avait-elle bu deux gorgées, qu'on frappa violemment à la porte.

— Ouvrez! Ouvrez cette porte, cria une voix autoritaire.

Le couple se regarda, puis Gustave alla ouvrir sur deux hommes blancs, en tenue civile.

— Oui?

— Constance Legendre, c'est ton esclave? Tu ne devrais pas la laisser sortir la nuit, si tu veux t'éviter de sérieux ennuis.

— Non! Non! attendez une minute. Qui êtes-vous?

L'homme arrogant consulta son collègue des yeux et ce dernier se contenta de secouer la tête négativement.

— D'une manière ou d'une autre, tu sauras assez vite qui nous sommes.

— Constance n'est pas mon esclave, c'est ma femme.

Les deux hommes se regardèrent et se mirent à rire.

— Ta femme, hein? La bonne blague. Et, où est-elle ta chère femme?

Constance avança de quelques pas en disant.

— Je suis ici, messieurs.

L'homme arrogant la dévisagea avec un mépris mal dissimulé.

— Bon, il te faudra nous suivre.

— Au nom de qui et de quoi? Que reproche-t-on à Constance?

— Ecoute, tu poseras toutes ces questions au Juge. Moi, j'ai ordre de l'emmener.

— Et, où cela, peut-on savoir?

— Eh bien! Tu pourras aller la voir à la police du district; si d'aventure on la déplaçait entre-temps, tu en seras informé. Bon, le temps presse, Constance; suis nous. Ah! Legendre, je te conseille de prévoir de quoi payer une caution.

— Ah! ça non! M'entends-tu, Gustave, pas de caution.

Visiblement déprimé, il ne sut quoi dire.

— Sois sans crainte, je suis là.

— Prends soin des enfants, je n'ai que vous.

*

*　　　*

Le matin qui suivit, Gustave n'alla pas à son travail. Désemparé, il se demandait à qui s'adresser dans les plus brefs délais car, chaque fois qu'on arrêtait des esclaves, quel que soit leur sexe, on forgeait une loi à la fantaisie du Juge, quand ce n'était pas celle d'un simple fonctionnaire obséquieux. Gustave n'arrivait pas à avaler une bouchée durant ce déjeuner, alors qu'il était entouré de ses enfants. Ils étaient encore à table quand Henry arriva tel que prévu. Heureux de retrouver les siens, il était exubérant et riait. Il les embrassa tour à tour avant de regarder en direction de la cuisine.

— Maman n'est donc pas ici?

Gustave ne répondit rien et ce fut Louis-William qui informa son frère aîné.

— Papa vient de nous dire qu'on est venu emmener maman cette nuit.

— Mais, qui ça, on? Et pourquoi? Et où?

Gustave se leva et posa la main sur son épaule.

— Cela fait trop de questions pour ton frère qui, du reste, n'était pas présent. Moi, j'y étais et pourtant, les deux hommes qui sont venus n'ont voulu rien me dire. Souviens-toi, ce n'est pas la première fois que la police vient nous enlever ta mère.

— Je croyais qu'on avait plus rien contre elle.

— Oui et non.

— Comment cela, oui et non?

— Cela veut dire que tant et aussi longtemps que ta mère dénoncera l'évidence, le malaise social qui ronge ce pays, elle gênera inévitablement les gens.

— Et, tu n'as rien fait pour les en empêcher?

— Qu'aurais-je pu faire? Me laisser emmener avec elle reviendrait à abandonner ta soeur et tes frères, sans savoir à quel danger on les expose.
— Oui, naturellement.
— J'ai l'intention de me rendre à la police pour verser une caution, en espérant qu'ils vont la relâcher sur le champ.
— Si tu n'as pas d'objection, papa, j'ai une meilleure idée. Je retourne voir Maître Champagne, c'est un homme intègre.
— Mais, Maître Champagne n'est pas avocat?
— Oui, je sais, il pourrait porter la caution, d'autant plus que je n'ai pas touché mes gages depuis trois mois. Cela suffirait, au lieu de vider vos maigres économies. Dis oui, je suis persuadé qu'il se fera un devoir, surtout que nous ne lui demandons pas de verser la somme nécessaire de son gousset.
— Avons-nous le droit de compromettre cet homme?
— J'ignore si nous avons le droit, mais il est déjà compromis plus qu'il n'en faut. C'est un des hommes les plus compromis du Bas-Canada, à ma connaissance, actuellement. Lui, au moins, est compromis dans des choses saines et nobles. Rassure les enfants, j'aurai le temps de traverser le fleuve.
— Prends le temps de manger un petit morceau.
— Non, papa, nous ferons un festin plus tard.

*

* *

Dans la cellule juste à côté, se trouvaient cinq Négresses dont une qui paraissait à peine sortie de l'adolescence. Etait-ce à dessein? Mais toujours est-il que les détenues pouvaient se parler sans difficulté et ce fut Constance qui, la première, après avoir observé longuement ces co-détenues:
— Dis-moi, est-que tu sais ton âge?
— Oui, mes parents me l'on dit quand j'ai été vendue.
— Et, quel âge as-tu?
— Seize.
— Seize ans, seize ans... On t'a dit pourquoi tu es là?
La jeune fille fit une moue sans répondre.
— Excuse-moi. Quel est ton nom?
— Gloria.

—— C'est joli, Gloria. Pardonne mon indiscrétion de tout à l'heure.

—— Ce n'est rien.

Puis, toutes demeurèrent silencieuses. Constance tombait de sommeil mais ses orteils lui faisaient mal. Elle cola la nuque au mur, le dos plat, les pieds allongés et ferma les yeux. Quelques temps après, alors qu'elle restait dans la même position, les femmes chuchotaient à son sujet.

—— Je te dis, moi, que c'est elle.

—— Non, mais elle lui ressemble bougrement. Mais, on peut lui demander, elle a l'air sympathique.

—— Gloria, demande lui, toi; elle t'a parlé.

—— Chut! Chut!

—— Est-ce que tu es Constance Legendre? finit par lui demander Gloria. Puis se tournant vers les autres: Elle dort.

Constance, en ouvrant les yeux, sourit aimablement à l'endroit de ses camarades d'infortune.

—— Est-ce que tu es Constance Legendre? répéta la jeune fille.

—— Oui, c'est moi.

—— Ah! vous voyez, j'avais raison, hein?

Un gardien qui passait pour sa ronde coupa court au bavardage qui allait s'ouvrir. De toutes façons, Constance était trop épuisée. Finalement, on réussit à dormir un peu sans pouvoir dire combien de temps. Après la ronde d'un autre gardien, Constance réalisa ou plutôt revit sa journée et tenta de chasser toutes les pensées qui pourraient la rendre triste. Dès que le gardien disparut, les co-détenues, qui n'étaient certainement pas à leur première arrestation, se mirent à jacasser. Elle parlaient de l'affaire quasi légendaire de Charlotte, cette Négresse appartenant à Jane Cook et arrêtée en février 1798, en vertu d'un ordre d'un Magistrat. Elles se demandaient s'il s'agissait de la même Charlotte qui avait été vendue par un certain Elias Smith à un certain James Finley. Constance écoutait distraitement cette histoire, car son père la lui avait racontée et d'autres une centaine de fois parce qu'à l'époque, cette histoire avait fait du chemin. On ne la retrouve nulle part dans les annales, mais les Noirs du temps et leurs progénitures l'ont gardée en mémoire.

Si les "Compact Family" avaient encaissé mieux le coup, il n'en a pas été de même pour les propriétaires moins fortunés. Enfin, pour clore, elles lui dirent de continuer ses mouvements, qu'il faudrait plus d'une femme de tête comme elle rien que dans la cité du district de Montréal.

—— Je suis très touchée par vos éloges, mais sachez que nous tous et chacun avons un rôle à jouer, même ceux qui sont dans les campagnes.

Assommées par la fatigue et soupirant sous le poids de l'incertitude, la nature vint prendre ses droits; ainsi, les femmes finirent par s'endormir en attendant leur sort. Au petit matin, un gardien vint annoncer à Constance que deux hommes l'attendaient. Encadrée par deux gardiens, elle rassembla ses forces physique et morale pour penser à une foule de choses; entre autres, ce chemin de perdition sur lequel elle était engagée. Elle a su aller au delà des craintes, de la douleur mais il restait en elle la peur de se séparer des siens, d'être décimés à jamais... Arrivés à la fin du long couloir, on entendait des voix, les unes criant "Constance! Constance!", les autres "La Legendre! La Legendre!". Un véritable brouhaha qui faisait penser aux plus vieux à la révolte des Noirs de 1799, dans le district de Montréal. Là, ce matin, il y avait une foule d'environ deux cents personnes, jeunes et moins jeunes. Parmi eux, on trouvait quelques figures blanches, peut-être une trentaine en tout. On emmena Constance dans un minuscule bureau où l'attendaient cinq hommes dont on ignore les fonctions; mais apparemment ils avaient toutes autorités, si l'on en jugeait par l'assurance dont ils faisaient montre dans leur interrogatoire. Un des hommes disparut pour revenir quelques minutes plus tard, en compagnie de Gustave et du notaire Jean-Philippe Champagne. Ils ne s'entendaient pas à cause des bruits qui leur parvenaient de l'extérieur et hurlant, un des hommes signifia à Constance qu'on allait la relâcher moyennant un cautionnement dont le montant fut doublé parce qu'il y avait des Blancs parmi les manifestants...

—— Tu es une agitatrice, provocatrice, fauteur de trouble, cela nous le savons, mais, l'administration ne saurait tolérer que tu entraînes des braves gens que sont les Canadiens-français, dans ta démence.

Le Notaire Champagne versa le cautionnement à même les maigres économies des Legendre. Dehors, Gustave et Constance le remercièrent chaleureusement et l'invitèrent à venir prendre un verre, mais celui-ci déclina poliment leur invitation.

A la maison, attendaient les enfants dont Henry qui était en congé. L'accueil était touchant, plus encore cette fois, à cause de la présence de l'aîné de la famille. Dans toute cette euphorie, on oublia le repas du midi sans que personne ne s'en plaignit. Constance, harassée, les yeux creux, les traits tirés, ne songeait pas à sa fatigue, mais à son seul bonheur qui était celui du moment où elle était entourée de ses enfants et de son mari. Le soir venu, on fit un vrai repas de seigneur, arrosé d'un vin que Gustave avait en réserve pour les grandes occasions. Plus tard, les enfants couchés, les quatre discutèrent de choses et d'autres, tout en évitant d'aborder les événements des derniers jours.

*

*   *

Les jours qui suivirent leur apprirent que Maître Champagne renvoya Henry auprès de sa mère, à cause de l'épidémie et qu'il s'engageait à le reprendre. Comme si on s'était donné le mot, tout le monde chez les Legendre vivait avec insouciance le monde qui les entourait. On riait, on s'amusait, on faisait des blagues qu'enfants et adultes trouvaient drôles; comme par miracle, pas un seul membre de la famille n'eut le moindre symptôme d'aucune maladie. Et pourtant, pourtant la désolation était confortablement installée dans les cités et villes, sans oublier les campagnes. Le choléra tuait des centaines de personnes quotidiennement mais les autorités ne faisaient rien, ne levaient pas le petit doigt, alléguant que c'était un vent qui passait et qu'on avait aucun moyen d'arrêter; mais lui, pendant ce temps frappait chaque jour de plus en plus fort. Le plus curieux était qu'on savait que l'épidémie qui faisait tant de ravages avait traversé plus d'un continent avant de s'abattre sur le Canada.

Constance, qui ne pouvait rester insensible devant cette catastrophe, se trouvait devant un énorme dilemme: s'enfermer dans son monde étroit, foncièrement égoïste, ou sensibiliser ses partisans pour forcer les autorités à mettre sur pied un appareil qui, s'il ne pouvait ressusciter les morts, tout au moins pourrait être un service de prévention. Elle réussit tant bien que mal à convaincre Gustave de ses intentions. On réunit avec rigueur hommes et femmes en bonne santé pour sillonner où il y avait des gens moins nantis. Trop préoccupés ou dépassés par les événements, les fonctionnaires cessèrent tout harcèlement à l'endroit de Constance et de ses partisans qui avaient grossi telle une grappe de raisins précoce. Les réunions et les assemblées se multipliaient.

Henry était provisoirement installé chez ses parents, ce qui permit à Gustave de se plonger jusqu'au cou dans le mouvement. Il n'y avait pas que la population noire, mais tout le Bas-Canada qui grondait. Le désarroi, comme le choléra, s'était installé en empereur et tout le monde accusait les autorités d'indifférence ou d'incompétence.

A la veille de la réunion de 1834, qui réunit Papineau, Jos. Cardinal, LaFontaine et d'autres pour former un sous-comité en vue d'analyser la tragédie que le choléra avait laissée derrière lui, Constance réapparut. Cette fois, se disait-elle: "si les hommes qui tiennent le levier des commandes de ces deux Canada ont des idéaux, c'est maintenant l'occasion de nous le faire savoir. Monsieur William L. Mackenzie était maintenant chef des Réformistes et il faisait de son mieux pour aider les Noirs du Haut-Canada. Ici, Monsieur Papineau pourrait en faire autant". Ce fut sur ce ton d'optimisme que Constance et les siens accordèrent leur confiance à cet homme, mais...

Lorsque, en 1834, William L. Mackenzie fut élu maire de Toronto, Constance convoqua une réunion d'urgence pour informer ses partisans et pour dénoncer les machinations du Lieutenant-Gouverneur Sir Francis Bond Head de l'appui qu'il accordait aux esclavagistes. Pourtant, en 1833 déjà, les bruits couraient chez les Noirs à l'annonce de la nouvelle de l'abolition de l'esclavage dans toutes les colonies anglaises. Avait-on besoin de souligner que les deux Canada faisaient partie de ces colonies...

A l'opposé de Mackenzie, Constance trouvait que les responsables du Bas-Canada faisaient preuve de complaisance évidente qui maintenait inévitablement la population noire dans un paupérisme voisin de l'indigence. Gustave Legendre ne se contentait plus d'apporter que le soutien moral à sa femme et était engagé à fond dans la lutte sur les deux fronts, d'une part, dans le mouvement des Réformistes et, d'autre part, la cause des Noirs. Henry était un garçon sérieux, il prenait soin de sa petite soeur et de ses frères, ce qui enlevait un souci à ses parents. Pas une seule réunion à laquelle n'assistait Gustave, ne craignant plus qu'on l'ait à l'oeil; de toutes façons, les activités de Constance l'avaient compromis depuis belle lurette... Il était trop tard pour reculer, d'ailleurs, Constance était plus exposée et pourtant, elle ne reculait jamais devant les menaces et le danger d'une mort qui la suivait chaque fois qu'elle traversait une rue. La mort d'une Négresse n'avait pas grand prix, d'autant plus qu'il suffisait de la faire passer pour une esclave-fugitive qui aurait attenté à la vie de ses maîtres et qui serait abattue sous prétexte d'une légitime défense... Cela, Gustave, Constance et Henry le savaient.

La famille avait de moins en moins l'occasion de se réunir autour de la table pour partager, non seulement un repas, mais surtout le réconfort. Ces moments paisibles qu'ils savouraient durant chaque repas étaient devenus rares; c'était cela que Constance appelait son enfer, car elle supportait très mal de se séparer des siens, ne fut-ce que pour une journée entière. Toutes les fois qu'on était au complet à cette table, c'était une fête et même Charles-Auguste, le dernier de la famille, était de la partie.

Cette fête fut troublée, un soir, par l'irruption que firent chez les Legendre deux détectives. Ces violations des droits de l'individu étaient devenues plus fréquentes depuis que le mécontentement chez les Canadiens-français prenait de l'ampleur. Que reprochait-on cette fois, à Constance? Chose étonnante, ces deux hommes étaient calmes et moins arrogants que d'habitude.

— Qui a pour nom Henry dans cette maison?

— Moi, monsieur.

Constance qui était debout demanda aux hommes de l'excuser et prit à la hâte le plus jeune en attirant Marie-Anne puis disparut dans un petit couloir. Aussitôt qu'elle eut le dos tourné, les deux détectives se regardèrent, puis l'un demanda à Gustave:

— Où étais-tu la nuit dernière?

— La nuit dernière? j'étais ici.

— Et toi? s'adressant à Henry.

Ce dernier n'eut pas le temps de répondre, sa mère étant revenue après avoir enfermé les enfants dans leur chambre, parce qu'on ne savait jamais à quelle scène de vexations on allait assister...

— Alors? Où étais-tu cette nuit?

— Ici, monsieur.

— Non, tu n'étais pas ici; nous avons des renseignements qui nous permettent de penser le contraire. N'étais-tu pas plutôt avec des Canadiens-français qui boycottent les vapeurs? Tu peux avouer sans crainte, il ne te fera aucun mal, sauf que, on pourrait... comment dire?

Sentant la colère monter en elle, Constance répliqua brutalement.

— Sauf que, monsieur? Allez droit au but qu'on en finisse, voulez-vous?

Son mari lui prit la main en lui disant:

— Calme-toi, il n'y a rien d'accablant pour Henry.

Comme si Gustave venait de donner une gifle à l'homme, celui-ci s'irrita tout à coup.

— Rien d'accablant? Vous êtes insconscient, mon pauvre ami. Ce garçon, ici présent, a beaucoup à se reprocher. Qu'il hérite la dérision de sa mère n'est pas étonnant. Quoiqu'il en soit, nous sommes ici pour lui donner une chance.

— Peut-on savoir le prix d'échange de votre indulgence?

— Eh bien! si ton fils s'engage dans les troupes anglaises, plusieurs avantages lui seront accordés.

— Jamais! Jamais de la vie! vous m'entendez? Mon fils n'ira pas se battre, sous aucune considération.

— Je vous conseille de la modération, beaucoup de modération, sinon vous vous en repentirez.

— Messieurs, si vous n'avez que cela à nous dire, je vous prie de partir, intervint Constance.

— Bien, très bien, nous partons; mais, nous reviendrons, soyez certains.

— On vous attendra de pieds fermes, dit Constance.

Le détective revint sur ses pas, sortit un petit carnet de sa poche, vérifia des notes, puis leva les yeux.

— Vous pouvez vous estimer heureux.

— Comment cela, s'il vous plaît? lança sèchement Constance.

— Que vous soyez nés ici, car vous savez le sort qu'on réserve aux autres qui nous arrivent des Etats-Unis, ce n'est pas rose... Malgré cela, jeune homme, même si ton grand-père Duke est né au pays, je te conseille de rentrer dans les troupes.

Lorsqu'il prononça le nom de Duke, Constance et son fils se regardèrent et le fonctionnaire le remarqua.

— Vous ne vous attendiez pas à ça, hein? Nous sommes au courant de tout.

— Alors, monsieur, vous pourrez peut-être me dire où est mon père?

— Ah! non, ce n'est pas de notre ressort; toutefois, si vous collaborez...

— Toujours le même chantage, hein?

— Venez Clark, dit le détective à son collègue.

Dès que les hommes franchirent la porte, Constance se tourna vers son mari.

— Pardonne-moi, je ne suis pas la femme que j'aurais aimé être pour toi, je suis réellement navrée. J'avais juré à ma mère de rendre heureux l'homme de ma vie, tu es cet homme et tout ce que je t'apporte ne sont que des ennuis.

— Allons, ce n'est pas le désespoir qui t'égare, mais la fatigue.

— Papa a raison.

— Pourquoi n'irais-tu pas faire une sorte de retraite au couvent?

— Ah! oui, c'est une excellente idée, tu as raison papa, tu dois l'y obliger.

— Merci à vous deux, merci de vous soucier de mon état, mais je ne serai pas à l'aise d'aller ennuyer Soeur Ignace et, de plus, cela peut ressembler à une fuite.

— Je doute fort que Soeur Ignace fasse une telle déduction.

— Vous m'avez presque convaincue, sauf que nous avons fort à faire.

— Cela peut attendre.

— Entendu, mais je dois attendre la réponse à ma requête; vous vous souvenez, j'ai demandé une audience à Monsieur Papineau.

— Mais, maman, tu ne penses pas que Monsieur Papineau a d'autres problèmes que les nôtres à résoudre?

— Oui, sans doute, seulement, si tous les Noirs du Haut-Canada faisaient le même raisonnement, Monsieur Mackenzie ne leur accorderait pas son appui.

— D'accord, mais si tu t'épuises comme tu le fais, tu ne seras plus là pour voir les changements.

— Je vous promets qu'après la prochaine réunion, j'irai rendre une petite visite à Soeur Ignace.

Brusquement, elle se leva et proposa qu'on change de sujet, et qu'un bon café ferait du bien. La soirée se passa dans le calme et on décida d'aller se coucher, en attendant ce qu'apportera la journée de demain. Depuis l'avertissement des fonctionnaires de l'autre soir, on était provisoirement en paix chez les Legendre. Provisoirement...

Henry ne pouvait plus traverser la rue sans se faire interpeller, car il était la cible de harcèlements. La raison était en effet fort simple car ainsi pouvait-on neutraliser les mouvements de Constance et, du même coup, entraîner son fils dans une troupe proche de la "Company of Coloured Men" de 1812. Si l'administration réussissait, cela mettait Constance dans une situation extrêmement délicate, non seulement aux yeux des Canadiens-français mais surtout de la part des moins jeunes qui se souvenaient encore des procédés utilisés pour manipuler les Loyalistes noirs. Cela Constance le savait et ne se laissa pas faire, même avec les "Compact Family" qui, eux, avaient toujours des attitudes mitigées; ceux-là même qui faisaient étrangement penser à ceux du Haut-Canada qui imposaient des taxes supplémentaires aux Noirs juste parce qu'ils étaient noirs...

*

* *

Après que Gustave et Henry aient vivement insisté, ils réussirent à convaincre Constance de quitter cet air qui circulait dans les rues de la cité, ce qu'elle fit. Devant le judas, une jeune religieuse l'accueillit.

— Bonjour?

— Bonjour, ma soeur. Je souhaiterais voir Soeur Ignace. Pensez-vous que cela soit possible?

— Soeur Ignace? Soeur Ignace est maintenant notre Mère supérieure.

— Ah! Je l'ignorais.

— Bien, tu peux m'attendre ici. Je vais l'informer, mais j'ignore ton nom.

— Constance Cromwell-Legendre.

Quelques minutes plus tard, la religieuse revint avec le sourire aux lèvres.

— — La Mère supérieure t'attend, est-ce que tu connais le chemin?

— — Oui, si les choses sont toujours à leur place. La religieuse n'ayant pas très bien compris, fronça les sourcils. J'ai passé de longues années ici, ma soeur.

— — Ah! Très bien.

Constance frappa timidement et, de l'intérieur, on entendit une voix qui l'invita à entrer. Les deux femmes se fixèrent quelques instants.

— — Vous êtes rayonnante, ma soeur, oh! pardonnez-moi, ma Mère.

— — Allons! Constance, mon enfant, passons outre les formalités, laisse-moi te regarder.

Puis, posant la main sur son épaule, elle l'entraîna plus près de son bureau et lui demanda de s'asseoir. On évoqua des souvenirs on parla des nouvelles responsabilités de la Mère supérieure.

— — Gustave et Henry... vous vous souvenez de mon fils?

— — Naturellement, naturellement.

— — Ils m'ont presque de force mise dehors pour que je vienne passer quelques jours avec vous.

— — Excellente initiative! Tu sais que tu auras toujours ta place dans cette maison.

— — Merci, ma soeur. (elle mit la main sur sa bouche)

— — Ce n'est rien, cela a pris du temps à nos soeurs, ici, avant de s'habituer.

Cela faisait plus d'une heure qu'on bavardait et brusquement, la Mère supérieure changea de sujet.

— — Tu ne m'as pas parlé de tes activités.

— — Lesquelles?

— — Justement, tu te surpasses; le dévouement, celui qu'on consacre à nos prochains, a des limites. Regarde, tu as les traits tirés. Accorde-toi quelques jours d'évasion, tu seras en mesure de poursuivre; je sais que tu n'arrêteras pas d'obéir à la conviction qui te guide.

— — Ce n'est pas ce que vous attendiez de moi, n'est-ce pas, ma Mère? J'avoue ne pas avoir mis en pratique vos enseignements religieux, je vous demande pardon.

— — Mais, nous n'avons pas le droit de juger, je te l'ai dit maintes fois.

— Je sais, ma Mère, je sais que vous, vous êtes indulgente. Voyez-vous, j'ai imploré, comme vous me l'avez enseigné, j'ai imploré la Vierge-Marie, j'ai supplié le doux Jésus et Dieu le Père, d'apaiser non pas mes douleurs mais celles de tous ceux qui, autour de moi, ont faim, soif, peur et qui sont traqués comme des bêtes. J'ai appris à des gens à prier, et souvent ils venaient me reprocher que mon Dieu ne semble pas les entendre. Tout ce qu'ils désirent, ces hommes et femmes, c'est d'être considérés comme des êtres humains, pas nécessairement à l'image de Dieu parce que, voyez-vous ma Mère, ils me disent: Dieu était blanc et sera toujours blanc. Que voulez-vous que je leur réponde ma Mère?

— Je te comprends, sans pouvoir, en toute honnêteté, te dicter des phrases toutes faites. Toutefois, je peux, entre nous, te dire de continuer tes prises de positions. Te rappelles-tu, lorsque je te disais que "tous les chemins mènent à Rome?"

— Oui, ma Mère, je m'aperçois aussi que nous débordons sur la voie philosophique, comme vous disiez.

— C'est juste, c'est juste. (La Supérieure regarda l'horloge et s'écria) Doux Jésus! que le temps a passé vite. Tu vas devoir m'excuser, nous nous reverrons ce soir. En attendant, tu pourras t'installer dans ton ancienne chambre et je veillerai à ce que Soeur Célestin s'occupe de toi.

— Excusez-moi, ma Mère, je n'ai pas réalisé à quelle vitesse le temps a passé.

Déjà, elle était debout et se dirigeait vers la porte et juste comme elle allait sortir, la Mère supérieure lui dit,

— N'oublie pas, mon enfant, je suis heureuse que tu sois parmi nous.

— Merci, ma Mère.

— Au fait, cela ne t'ennuie pas que je t'appelle "mon enfant"?

— Ma Mère... Non, vous êtes ma seconde mère; la première m'a mise au monde et la seconde m'a forgée.

— Merci, Constance. Je n'en attendais pas moins de toi.

— A ce soir, ma Mère.

*

*　　　*

Constance passa quatre agréables jours durant lesquels elle fit un vide en elle et purifia son âme, comme disait Soeur Ignace. Au bout du cinquième jour, elle revint chez elle retrouver un mari heureux et des enfants qui l'attendaient. Ce soir-là, Henry se chargea de la cuisine et demanda à ses parents de se laisser servir.

— Missié, Mam, profitez-en, car votre esclave Henry doit vous quitter très prochainement. Pas à cause des mauvais traitements que vous lui faites subir, mais parce que le temps est venu de vous passer d'esclave.

Tous riaient à chaudes larmes, tellement tout ceci fut spontané. Par les temps qui couraient, on ne pouvait faire d'excès; on se contentait de peu et si ce repas, autour duquel allaient se réunir tous les membres de la famille, n'était composé que de haricots et de viande séchée, on était heureux; heureux parce qu'on était ensemble.

Deux jours après le retour de Constance, l'atmosphère d'union était toujours là; on riait, on s'amusait mais pas pour longtemps car la blague de Henry de l'autre soir devint une réalité. Maître Jean-Philippe Champagne lui fit parvenir un message lui demandant de revenir au cabinet. Ce matin-là, il faisait beau, on déjeuna en silence, en pensant au vide que le fils aîné allait laisser. Gustave qui était aussi proche des premiers enfants de Constance, manifestait une affection profonde pour les quatre. La veille, on avait décidé d'aller conduire Henry jusqu'aux vapeurs, comme s'il entreprenait une traversée outre-mer. Personne ne se pressait, même pas Henry qui, pourtant à plusieurs reprises, disait à ses parents: "ma place est ailleurs".

La veille, alors que tout le monde dormait, Constance prépara des galettes, des gâteaux aux arachides et bien d'autres choses pour son fils. Enfin, vers le milieu de la matinée, on prit la route. Qui aurait pu penser que c'était juste pour traverser le fleuve St-Laurent vers la rive-sud... De retour à la maison, ce soir-là, personne ne fit allusion au départ de Henry, un peu comme si on s'était donné le mot comme quoi il ne faut pas parler des morts...

Il s'était écoulé un mois depuis le départ de l'aîné, Constance observait les enfants dans les rues et, chaque fois, remarquait avec le coeur serré, que les enfants anglais jouaient ensemble, les français ensemble, les petits Noirs ensemble, quand on laissait jouer les derniers sans leur lancer des pierres... Depuis quelque temps, elle avait mis un frein à ses activités, se contentant d'envoyer des lettres aux journaux. De ces lettres, nombreuses étaient celles adressées aux auteurs d'avertissements qui vendaient ou demandaient à acheter des esclaves. Elle n'était pas très tendre à leur endroit, car elle ne se gênait pas dans ses propos injurieux.

S'apercevant de la pauvreté de sa langue anglaise écrite, elle se lia d'amitié avec un jeune instituteur du nom de Jack Smith qui, lui, avait fui le Haut-Canada depuis trois ans. Comme Constance, ce jeune homme se dévouait entièrement à l'éducation des enfants noirs, sans limite de quartiers. Lorsque la belle saison arriva, il n'hésita pas à se rendre dans les campagnes. Avec lui, elle rédigeait ses lettres non moins injurieuses aux journaux de langue anglaise. Les autorités ne voyaient pas toujours de bon oeil les causes que défendaient Constance et Jack. C'était au moment où les Anglais empêchaient l'accès à l'école aux enfants canadiens-français. Au collège des Jésuites, on assista à des scènes qui restèrent gravées dans la mémoires de plusieurs car paradoxalement on tolérait Jack Smith, sans l'encourager cela va de soi, parce qu'il enseignait l'Anglais.

*

*   *

Les années ont passé et, dans les cités comme dans les campagnes, régnait un calme étrange. Constance remarqua qu'il était grand temps de faire une sorte de recensement de ces anciens élèves. De porte à porte, inlassablement, elle parcourut tous les quartiers et, au bout de quinze jours, elle finit par retracer ceux dont les parents avaient déménagé. Sur les soixante-dix élèves qu'elle avait, le choléra en avait laissé vingt-deux, après son ravage. On fit de fortes pressions sur des parents canadiens-français qui, dorénavant refusèrent d'envoyer leurs enfants à l'école de Constance, laquelle pourtant avait permis à un grand nombre d'enfants blancs et noirs de savoir écrire, lire et compter. Au total, Constance n'avait plus que douze élèves. Les autorités, décidèrent alors que le nombre d'élèves inscrits étant inférieur à celui d'avant l'épidémie, on lui retirait les subsides. Plongée dans une colère mêlée de tristesse qui la mit dans un état voisin de la folie, ni Gustave, ni les enfants, ne parvinrent à la calmer. Elle se cognait la tête au mur, s'y agrippa et finalement se laissa tomber à genoux. Gustave la saisit par la taille, aidé de Louis-Williams et ils l'entraînèrent dans sa chambre.

— Gustave, toutes ces années n'ont servi à rien, ne vois-tu pas? Tu ne vois donc pas qu'ils font tout pour nous maintenir dans l'esclavage et l'ignorance la plus totale? Tu ne vois donc pas?

— Bien sûr, bien sûr, mais si tu te laisses aller au désespoir, tu te désarmes; ce sera à leur avantage et tout va s'écrouler. Tu es au bord de la dépression, il faut absolument te ressaisir au plus vite sinon, comme tu dis si bien, ces années n'auront strictement servi à rien et, s'il y a échec, ce sont les enfants qui paieront le prix et je te jure qu'il sera cher.

Elle fixait son mari dans les yeux mais ne pleurait pas vraiment ou, en tout cas, s'efforçait de ne pas le faire. Pour les enfants et pour Gustave, elle finit par se calmer.

*

* *

Durant la semaine qui suivit, Constance écrivit aux autorités coloniales, à W.L. Mackenzie, sans oublier Papineau; celui-ci ne répondit pas, étant acculé devant l'incertitude de l'administration coloniale qui ne savait trop quoi faire de ses Noirs en Amérique du Nord, même depuis 1807 et de l'autre côté, les Canadiens-français en plus grand nombre étaient aussi mécontents. Sur ce chapitre précis, on assista aux incessants boycottages dont faisaient l'objet les vapeurs Molson dans lesquels Henry était impliqué.

Il fallut plusieurs semaines à Constance pour reprendre le dessus. Elle cessa toutes réunions et faisant cavalière seule, elle rencontra des hommes de l'Assemblée législative. Depuis peu, les Anglais recrutaient des Noirs pour former des troupes avec, comme dessein, les opposer à ceux qui deviendront des Patriotes. Les visites et les intimidations se multipliaient; on ramassait des Noirs sans autres explications qu'un avenir meilleur. Cela était d'autant plus facile que, parmi ces Noirs, on trouvait des fugitifs ou encore des sans-abris qui, de toutes façons, étaient condamnés à mourir de faim.

A partir de ce moment-là, Constance mobilisa ses partisans pour dénoncer ces manoeuvres. Un matin, on finissait le déjeuner, quand on entendit frapper à la porte. Cette hantise des coups à la porte était installée depuis le premier jour où on vint chercher Constance pour un interrogatoire. Aujourd'hui, on fut vite soulagé, car c'était Henry, même si son retour était inattendu. Tout le monde lui sauta au cou, avant même qu'il franchisse la porte.

Assis avec les siens, il n'était pas aussi réjoui que la dernière fois. Sa mère lui prit le menton et s'enquérit.

— Quelque chose ne va pas, n'est-ce pas?

— Vous allez devoir me garder ici le temps qu'il me faudra pour trouver une solution.

— Le temps, ne parlons pas du temps qu'il te faudra, mais, dis-nous ce qui ne va pas, s'impatienta Gustave.

— Eh bien! Je suis sans travail depuis quatre jours.

— Que s'est-il passé? demanda sa mère.

— Maître Champagne s'est exilé.

— Quoi? Que dis-tu?

— La vérité. Il est parti sans bagages et sans préciser sa destination ou du moins, a préféré ne pas le dire.

Constance et Gustave échangèrent un regard.

— C'est le temps d'agir, mon ami; si des Blancs prennent le chemin de l'exil, les Anglais nous feront prendre le chemin du cimetière. Nous allons préparer une réunion comme défensive. Henry? Tu es parmi nous, tu n'as donc plus le choix. Dès demain, tu iras distribuer des convocations dans les quartiers.

— Entendu, maman.

— Oui mais, fais très attention, tu n'ignores pas ce que les Anglais préparent. Pour l'instant, ils se contentent de ruses, mais s'ils n'ont pas leur effectif de Noirs pour former leurs troupes, ils ne se gêneront pas pour nous brutaliser.

— Ils ne m'auront pas maman, à moins qu'ils me tuent.

— Ce que dit ta mère est vrai...

— Oui, Henry. Il n'est pas certain qu'ils promettront des terres pour l'après-révolution.

— Révolution? s'étonna Henry.

— Tu n'es donc pas renseigné? Maître Champagne n'a sûrement pas pris le chemin de l'exil de gaieté de coeur!

*

* *

On convoqua une réunion d'urgence sur la rive-sud qui dura trois jours. Presque tous les Noirs du district de Montréal y étaient, à part les vieillards, et plusieurs venaient de très loin. L'ordre du jour, tout le monde le connaissait. Rassemblés à ciel ouvert, on attendait Constance qui arriva en compagnie de son fils Henry.

La foule était impressionnante, aussi n'était-on pas étonné de voir passer de faux curieux qui étaient, en réalité, des agents de l'administration coloniale. Comme on le savait, l'Assemblée législative n'existait que de nom. Pour ouvrir la réunion, un homme noir d'une soixantaine d'années, aux cheveux blancs, monta sur l'estrade qu'on avait érigée à la hâte et qui menaçait de s'écrouler à tout moment si quatre hommes musclés ne la retenaient.

— Mais amis, vous ne me connaissez pas. Je me présente, je suis le Révérend Placide Morel. Constance m'a demandé de vous dire quelques mots avant cette réunion et j'aimerais vous demander de prier le Dieu Tout-Puissant, qu'il nous vienne en aide dans toutes nos entreprises... Un homme dans l'assistance hurlait, mais on ne l'entendait pas. De peine et de misère, il essaya d'atteindre celui qui se nommait Placide Morel. Pendant ce temps, celui-ci poursuivait en disant, Dieu notre Père à tous peut nous aider à obtenir ce que nous désirons.

L'homme arriva enfin près de l'estrade, les deux bras désespérément en croix. On entendait murmurer dans la foule, les uns et les autres se demandant ce qui se passait. L'homme s'agrippa à l'estrade branlante et saisit le porte-voix des mains de l'orateur.

— Mes amis, remettez-vous, je ne suis pas venu semer le désordre. Confus, Morel cherchait ses mots et l'intervenant poursuivit. Je vous dis que je ne suis pas venu semer le désordre, je ne suis pas venu non plus, après avoir voyagé nuit et jour, pour me faire parler de Dieu. Le Tout-Puissant dont Monsieur... Monsieur Morel nous parle, c'est qui? C'est le chef de la bureaucratie? Le chef du Bureau des Colonies? Ou le porte-parole des Compact Family? Si ce sont tous ceux-là que grand-père Morel appelle Dieu, alors je resterai le temps qu'il faudra.

L'homme qui parlait, devait avoir autour de quarante ans. Il avait une oreille manquante, une voix grave et parlait correctement et calmement. Consternation totale, lorsque Morel descendit laissant la place à l'orateur fortuit. Faisant mine de rien, il poursuivit en disant que des esclavagistes canadiens violaient systématiquement leurs propres principes. Avant qu'il ne termina, Constance, pétrifiée, le regardait en se disant: “Lou! c'est bien Louis Dubois-Wood!”. Celui-là même qui aurait pu devenir son beau-frère, il y a déjà des années.

— En tout cas, mes amis, pardonnez mon impulsion. A présent, je vais laisser la place aux responsables de cette réunion pour laquelle je souhaite un vrai succès. Pardonnez-moi de ne m'être pas nommé, je m'appelle Louis Dubois-Wood; je suis un esclave affranchi mais c'est chose du passé, cela n'intéresse personne. Je vous remercie de m'avoir écouté.

Sur ce, il descendit et sauta dans les bras de Constance et les deux s'embrassèrent affectueusement et sur les joues de Lou, on vit perler des larmes.

— Excuse-moi Constance, je ne supporte plus qu'on m'endorme avec des histoires de bon Dieu. Je te verrai plus tard, tu as mieux à faire.

Ce fut au tour de Constance de monter sur l'estrade et l'on applaudit à tout rompre. Souriant à ses partisans, elle dit:

— L'incident auquel nous venons d'assister ne doit faire l'objet d'aucun commentaire malveillant. Ceci dit, l'homme qui vient de nous parler traîne derrière lui une douleur qui remonte à plusieurs années et qui le suit comme son ombre. Cet homme, je l'ai vu pour la dernière fois il y a près de quinze ans, et c'est avec une joie immense que je le retrouve parmi nous, alors que j'ignorais ce qu'il était devenu. Si je vous parle de lui, c'est parce qu'il a abordé le principal sujet qui est la raison de notre présence ici. Son frère, James Dubois-Wood, a été tué bêtement par des aventuriers qui n'ont jamais été punis. L'ironie du sort, c'est qu'il aurait pu être tué sur les bords du Niagara, durant la guerre de 1812-14. Non! Il l'a été au retour. Si Lou n'était pas ici aujourd'hui, j'aurais commencé mon discours en vous disant que nous ne pouvons pas, nous ne devons pas faire les mêmes erreurs du passé. Personne de vous ne doit accepter d'entrer dans les troupes qui pourront faire penser à la "Company of Coloured Men." On vous promettra une liberté que vous n'aurez jamais, des terres qu'on fera vite de vous retirer, selon leur bon vouloir. Ne me demandez pas de vous donner des exemples, ils sont trop nombreux. Etant donné que nous sommes au bord de ce fleuve pour deux ou trois jours, je demande à ceux qui veulent prendre la parole de s'approcher.

— Moi! Constance, j'ai une question.

— Oui, tu peux avancer et monter, il faut que tout le monde t'entende.

— Ma question ne sera pas longue, simplement parce que, moi, je ne sais pas lire, je ne sais pas écrire.

— Sois tranquille, il y a peu de gens ici qui savent lire et écrire. Dis ce que tu as à dire et tout le monde t'écoutera.

— Eh bien! Peux-tu nous expliquer pourquoi nos amis Canadiens-français ne sont pas parmi nous?

Une voix à l'arrière cria:

— L'ami! Tu as pas besoin de savoir, moi non plus je ne sais pas parce que mon maître a dit que j'étais trop intelligent et que ma tête éclaterait.

On rit.

— Un moment de silence, un moment de silence. Je voulais aborder cette question plus tard mais, pour le moment, je peux te dire que nos amis sont provisoirement engagés sur une voie différente que la nôtre.

— Qu'est-ce que ça veut dire? fit une voix.

— Ca veut dire, ça veut dire que certains d'entre eux refusent de comprendre que les fonctionnaires, que des hommes fidèles à la Reine Victoria nous mettent dos à dos, pour que nous puissions nous dévorer.

Un jeune homme approcha et demanda la parole.

— Tu ne crois pas que ces Canadiens-français qui sont nos amis aujourd'hui, seront nos ennemis demain? Parce que, si Papineau et les autres leur accordent ce qu'ils veulent, ne crois-tu pas qu'ils auront vite fait de nous oublier?

— Ecoutez, vous avez entendu ce qu'il a dit? On fit "oui" en choeur. Bien, l'avenir nous dira si les Canadiens-français oublieront nos luttes communes, mais surtout, surtout, ne tombez pas dans le piège qui est tendu depuis 1831. Maintenant, si vous voulez bien, vu qu'il y a des enfants parmi nous depuis ce matin, nous devrions arrêter pour manger un peu.

Lou Dubois-Wood discutait avec deux hommes, lorsque Constance alla vers eux. On échangea des politesses après les présentations et un des deux hommes de dire:

— J'ai entendu parler de toi depuis de longues années mais c'est la première fois que j'ai la chance de te rencontrer.

Nous avons besoin de toi, tu accomplis des tâches ingrates mais tu n'es pas seule...

— Merci, merci de ton encouragement. Je te verrai plus tard, Lou.

— Oui, je pense que nous aurons beaucoup de choses à nous dire.

On mangea de façon frugale, on but un peu, on chanta, puis plusieurs petits groupes se formèrent pour mieux faire connaissance. A la brunante, Placide Morel, sur l'estrade, demanda l'attention de tous. On n'était pas venu s'amuser, aussi régnait-il une discipline remarquable.

— Les amis, la brunante approche, il nous faudra songer à nous installer pour la nuit. Que les femmes réunissent leurs enfants, que les pères soient aux côtés de leurs familles, que des amis se tiennent ensemble. Ne vous dispersez pas et surtout n'allez pas trop proche du fleuve. La nuit sera probablement fraîche, que ceux qui ont des peaux de castor ou d'autres vêtements de peaux les prêtent aux enfants qui en auront le plus besoin.

Comme à une halte durant un long pèlerinage, on fit des feux de camp çà et là, on discuta, on chanta des complaintes d'esclaves, on inventa des refrains au fur et à mesure.

Plus tard, dans la soirée, Lou, se frayant un chemin, enjambant femmes et enfants couchés à même le sol, demandait sur son passage à n'importe qui où trouver Constance. S'il ne s'était pas fait remarquer par son intervention qu'on sait, l'un et l'autre se chercheraient une bonne partie de la nuit. Tout en cherchant, il tomba par hasard sur Placide Morel.

— Mon cher Morel, j'espère que tu n'es pas fâché pour ce matin. Je n'ai rien contre ta croyance, ni contre ce que tu essayais de nous dire. Tu comprends, j'ai trop souffert, je ne veux pas dire avoir souffert plus que les esclaves des deux Canada réunis, mais Dieu, tel qu'il m'a été présenté par mes maîtres, ne prête même pas une oreille à nous autres. C'est ce que je pense pour le moment.

— Je te comprends, mon frère. Comprends aussi que ma tâche n'est pas facile. Oh! non, loin de là! C'est un cri d'espoir pour vaincre la haine.

— Mais, ne vois-tu pas que la haine est installée? Crois-tu sincèrement que dans cent ans les choses vont changer? Oui, ni toi ni moi n'y serons plus, mais les enfants... même si moi je suis seul au monde.

— Ton sentiment est légitime, je le respecte.

— Alors, dans ce cas, Morel, serrons-nous la main. A présent, peux-tu me dire où je pourrai trouver Constance.

— Oui, là-bas, elle est couchée là, à côté de son fils.

— Alors, sans rancune?

— Sans rancune, Lou, et la paix soit avec toi.

S'éloignant déjà, il sourit sans rien ajouter. Il retrouva Constance, couchée et couverte jusqu'aux épaules, parlant à voix basse avec Henry.

— Ah! c'est toi, Lou. Viens ici que je te présente à Henry. Ce dernier se leva et dominait Lou qui était accroupi.

— Esprit, c'est un homme! J'ai donc vieilli à ce point? Bonjour Henry.

— Bonjour Oncle Lou. Maman m'a souvent parlé de toi; faute de temps, nous n'avons pu aller te voir.

— Je comprends.

— Mais dis-moi, tu n'es pas grand-mère?

— Henry a oublié de se trouver une fille, ce n'est pourtant pas ce qui manque...

— C'est le temps, Oncle Lou, qui m'a manqué.

— Henry, tu devrais te recoucher et récupérer pour demain, dit Constance en prenant Lou par la main. Ils s'éloignèrent et allèrent s'asseoir près du feu, à l'écart de ceux qui dormaient. Cela faisait près de dix minutes qu'ils étaient là, assis, le menton sur les genoux, regardant crépiter le feu.

— Tu sais, j'ai respecté les volontés de James à propos de l'école qu'il voulait te bâtir. A plusieurs reprises, j'ai été à Montréal et, par la religieuse, j'ai appris que tu étais mariée, alors, je me suis dit qu'il ne fallait pas troubler ta tranquillité. Est-ce que tu es heureuse? Elle leva les yeux sans répondre. Je te remercie d'avoir fait porter mon nom à mon neveu. Souvent, il m'est venu à l'idée de te demander de me le confier. J'ai eu peur que tu me traites d'égoïste, mais je ne peux m'empêcher de penser que c'est le seul être avec qui j'ai le même sang qui coule dans les veines. Est-ce que tu m'écoutes, Constance?

— Bien sûr je t'écoute et cela me fait du bien de t'entendre parler du passé.

— Comment est-il?

— Bien, bien, je regrette qu'il soit déjà entré dans le monde des adultes...

— Oui, je comprends, n'ajoute rien. Tu n'as pas répondu à ma question, est-ce que tu es heureuse?

Après un long soupir, elle fixa le feu qui brûlait lentement.

— Heureuse? Je crois que oui. Les seuls moments où je le suis, sont ceux que je vis entourée des miens. Ma seule hantise est qu'on nous sépare un jour, et ce jour, c'est chaque journée, chaque heure.

— Si Placide Morel entendait ce que je vais te dire...

— Et, quoi donc?

— Qu'il faut espérer.

— Oui, il faut espérer, car sinon pourquoi sommes-nous au bord de ce fleuve, alors que nous sommes peut-être entourés de soldats anglais.

— Je ne crois pas qu'ils feraient ça.

— J'espère que tu as raison, je l'espère de tout mon coeur. Si tel est le cas, tu viendras à la maison demain, je te présenterai Gustave, c'est un brave homme. Il n'a jamais fait aucune différence entre Louis-William, ni Henry. Je ne veux pas parler de malheur, mais s'il arrivait quelque chose, si je venais à être arrêtée, tu iras le voir pour l'informer?

— C'est promis, tu peux compter sur moi, je suis sûr qu'ils n'interviendront pas cette fois-ci; nous sommes trop nombreux.

— Nous avons besoin de prendre des forces, nous devrions essayer d'aller dormir un peu. Tu peux venir te joindre à nous.

— Entendu, je vais chercher mes affaires à l'autre bout.

Il s'en allait, quand Constance l'appela.

— Lou? Merci pour l'école.

*

* *

Au lever du jour, on allait et venait, personne ne pouvait dire avoir passé une nuit de sommeil réparateur, même pas les enfants; pourtant, plusieurs de ces hommes et femmes avaient déjà passé des nuits à la belle étoile lors d'une fuite ou d'une tentative de fuite sous des températures moins clémentes que celle qu'ils avaient depuis hier.

Des groupes qui s'étaient formés la veille, certains décidèrent de ranimer leurs feux, soit pour un déjeuner matinal ou encore pour fouetter le sang.

— Maman, est-ce que tu es réveillée?

— Hum! non, pas tout à fait, mon petit. Je commence tout juste à m'endormir.

Il se leva puis à genoux, prit la tête de sa mère, tel un amant, posa affectueusement un baiser sur son front.

— Tout le monde est debout, maman.

Elle s'étira et lui sourit.

— Tu étais près de moi cette nuit, c'est pourquoi j'étais en sécurité.

— C'est parce que tu voulais que je sois près de toi que tu m'as gardé, tu aurais pu me vendre très cher alors que j'étais encore jeune, un beau garçon comme moi...

Elle leva la main, comme pour le frapper mais il s'éloigna en riant et courut vers le feu qui était loin d'où ils avaient passé la nuit. Constance regarda Lou, lequel lui tournait le dos et plaça ses mains sous sa tête légèrement penchée en fixant le soleil qui, timidement, se levait à l'horizon. Henri revint avec, dans les mains, deux bols fûmants.

— Allez! maman, tiens, c'est encore chaud.

Oncle Lou! Oncle Lou! Tu viens de dormir une nuit plus un jour, tiens pour te réveiller.

Encore ivre de sommeil, Lou se frotta les yeux avant de remercier Henry. N'ayant que deux bols, Henry attendit que Constance ait fini. D'un sac qui était juste à côté d'elle, elle sortit des galettes de maïs, en offrit à Lou puis à Henry avant d'en prendre une. Les "pèlerins" étaient tous levés, les enfants, qui ignoraient pourquoi on avait dormi à la belle étoile, ne s'en souciaient guère et les moins jeunes jouaient, criaient et sautaient partout. Malgré l'heure matinale, le soleil, que tout le monde ou presque vit se lever, pointait franchement à l'horizon, ce qui annonçait une journée splendide pour oublier tout mauvais présage.

Hommes et femmes prirent la parole pour dénoncer les attitudes de certains maîtres qui pratiquaient toutes formes de chantage. Les esclaves affranchis ou non, les plus vulnérables étaient surtout ceux qui étaient entrés en Canada de 1812 à 1816, quotidiennement menacés honteusement parce que leur disait-on: "on vous renverra aux Etats-Unis". C'était parmi ces derniers que les "Compact Family", les fonctionnaires du Bureau des Colonies avaient le plus de facilité à recruter des Noirs qui cédaient bon gré, mal gré.

Après plusieurs intervenants, ce fut le tour de Placide Morel.

— Mes amis, mes amis... Mes amis, rassurez-vous, je ne vous parlerai pas de Dieu ni de ses bienfaits aujourd'hui. Mais, si vous permettez, je vais vous parler brièvement d'un peuple, des hommes, des femmes et des enfants qui, après plusieurs années d'oppression, ont décidé de suivre un homme. Cet homme avait pour nom Moïse. Savez-vous mes frères que Moïse avait aussi pour beau-père un homme du nom de Jéthro ou Raguel? Les hommes blancs de ce continent vous diront que Jéthro était un personnage légendaire, comme si l'homme noir est né avec l'esclavage. Tout cela, mes frères, pour vous dire que Moïse aurait pu être une femme et que cette femme aurait pu avoir pour nom Constance. Si le nom de Constance Cromwell-Legendre devient une légende dans ce pays qu'on appelle le Canada, ou même aux Etats-Unis, ce moment que nous passons ici depuis hier sera écrit dans l'histoire, histoire qui ne pourra être niée. Hélas, comme nous, aujourd'hui, elle sera bafouée, piétinée. Mais, nos enfants vont perpétuer, car nous sommes appelés, tout comme nos maîtres d'aujourd'hui, à disparaître. Nos enfants! Je dis, se souviendront d'une nommée Constance Cromwell-Legendre. Si toutes ces prédictions s'avèrent justes, alors en quittant le fleuve St-Laurent, nous y laisserons nos empreintes gravées sur ce sol. Pour terminer, je ne vous demande pas de vous mettre à genoux pour prier un Dieu qui vous semble silencieux, mais je vous demande, mes frères, d'inventer entre vous, dans vos foyers, avec vos amis, un chant d'espoir. L'écho de ce chant dépassera le firmament.

On applaudit, on acclama, les jeunes avec plus de frénésie. Placide Morel venait de gagner une crédibilité... Lorsque Constance monta sur l'estrade, on acclama encore. Elle même était envahie par une sorte de sensation qui traduisait une émotion difficile à définir. Elle regarda autour d'elle se disant que, si tous ces gens n'ont pas une foi en un Dieu unique, ils ont un désir commun, la liberté, ce qui signifie pour eux: sortir de ce cheptel humain. C'est tout ce qu'ils demandent. Toujours aussi patiente, elle attendit que l'euphorie passe. Malgré la fatigue, elle semblait détendue et radieuse.

— Bien! Bien! Ecoutez. Le Père Placide Morel a oublié d'ajouter une chose importante. Tout ce qui a été dit depuis hier et qui se dira jusqu'à ce que nous nous séparions, doit se répandre partout à travers les deux Canada et jusqu'aux fins fonds des Etats-Unis; de bouche à oreilles, comme le faisaient nos ancêtres. Je crois que nous avons dit l'essentiel sur la vigilance qui nous faudra observer pour résister à tous ceux qui veulent à tout prix nous maintenir dans notre condition actuelle. J'ai pensé que tous ceux d'entre vous qui viennent de loin et à qui il a fallu plusieurs jours pour arriver ici, pourront prendre le chemin de retour cet après-midi. Que ceux qui sont encore chez des maîtres à titre d'esclave ou de domestique viennent me voir avant leur départ. Que ceux qui ont l'intention de fuir leurs maîtres à la fin de cette réunion, remettent leur projet à plus tard, car le moment n'est pas propice. La raison: le pays est trop agité, ce qui veut dire que les lieux de refuge seront rares. Donc, seuls ceux qui viennent de loin peuvent partir et, quant aux autres, je suis du nombre, nous resterons jusqu'à la fin, comme prévu. Nous reprendrons après le dîner. Pour ceux qui doivent nous quitter, puisse l'esprit de nos ancêtres guider vos pas.

*

* *

Vers le milieu de l'après-midi, on assista à des embrassades, des adieux, on aida ceux qui allaient traverser le fleuve à mettre leurs embarcations à l'eau. On agitait des chapeaux, des mouchoirs et des mains et en l'espace d'un petit moment, le nombre se réduisit à un peu moins de la moitié. Le coeur gros, le chagrin dans l'âme, on les regardait s'éloigner en priant l'esprit de les accompagner et d'aider aux retrouvailles un jour quelque part. Pendant ces quelques heures, trente-six peut-être, certains avaient créé des liens, sinon fraternels, tout au moins amicaux. Si tous ces gens avaient comme pierre angulaire la lutte pour la liberté, ils avaient aussi leurs sentiments, leurs émotions.

Pendant le restant de la journée, on fit le résumé et étant moins nombreux, on décida d'oublier l'estrade. On alla alors s'asseoir par terre et chaque orateur n'aura qu'à se lever pour se faire entendre. Ce résumé fut: Ne nous laissons pas se servir de nous, ce qui se prépare n'est pas une guerre nationale comme en 1812, c'est une lutte sociale à l'intérieur d'une société à peine née et qui est terriblement malade. Constance, comme tous d'ailleurs, était fatiguée, ce qui ne l'empêcha pas de prendre la parole.

— Le dernier point qui nous reste à aborder est le comportement des Réformistes, que plusieurs d'entre vous trouvent complaisants malgré l'appui que nous leur avons accordé. Bien entendu, nous devons nous souvenir qu'ils nous ont supportés, qu'ils ont supporté plusieurs groupements anti-esclavagistes. Monsieur William L. Mackenzie mérite notre gratitude, en tout cas, pour le moment. Un autre point qu'il faut garder en mémoire, c'est le "Family Compact". Nous devrons nous élever énergiquement contre cette façon qu'ont certaines personnes de contourner les lois; car, pour nous, domestiques ou esclaves...

Après ce discours de Constance, on forma des petits groupes pour discuter de différents aspects et des moyens à prendre. Les travaux terminés, on décida qu'avant de se séparer, on se réjouirait; on chantera, on dansera, car cette réunion aura été une des plus réussies depuis 1834. Les applaudissements pleuvaient. On entoura Constance, l'embrassant presqu'à l'étouffer. Des hommes costauds la prirent et la levèrent, on forma un cercle à l'intérieur duquel étaient les hommes qui la portaient et on entonna un chant gai que tous les esclaves connaissaient. Des voix de ténor, de baryton et de basse se mêlèrent, on faussait mais c'était sans importance. Lorsqu'on mit les pieds de Constance à terre, elle pleurait d'émotion. Henry la prit dans ses bras et la serra fort.

— Maman, c'est un "acompte" que tu reçois de ta récompense.

—— Tu as raison, mon petit. Je pleure parce que je suis incapable de trouver des mots pour leur témoigner ma gratitude.

—— Tu n'as nullement besoin de mots, maman, un sourire leur suffira amplement.

Il lui leva le menton et plongea son regard dans le sien et, comme une adolescente timide, elle sourit puis baissa la tête. De nouveau, elle était entourée; plusieurs mains étaient tendues vers elle pour lui offrir à boire.

*

* *

Le soleil qui fut présent la journée durant, n'était plus là mais ce ciel sans nuage leur offrit une clarté douce et, avec le petit vent à peine perceptible, tous avaient une curieuse sensation de bien-être. Tout à coup, comme une voix qui leur parvenait de nulle part, on entendit:

—— Run for your life if you can, negroes! Run for your life, if you hear me, negroes!

Dans l'espace de quelques secondes, Constance et les siens furent encerclés. En se levant, ils regardèrent autour d'eux alors que des soldats anglais sortaient de partout. L'attaque était astucieuse, pas d'autres alternatives que le fleuve devant eux mais fuir à la nage n'était pas pensable. Lorsqu'ils entendirent un coup de feu tiré en l'air, les enfants furent effrayés, on se mit à hurler, on se poussait, on cherchait des mains. Depuis la voix qu'on avait entendue, plus rien et le silence devint insupportable. On les laissa languir avant qu'un officier anglais n'arriva pour les sommer de ne pas bouger, bref de ne rien tenter. A dix ou quinze pieds de l'officier anglais, un rang de soldats. Un de ceux-ci, on ne sut jamais si c'était pour vérifier son arme, toujours est-il que le coup partit et, comme devenu fou, le peloton se mit à tirer, sans se soucier de leur officier qui, dès le premier coup, s'était roulé par terre. Il avait été atteint.

—— Stop! Stop! You're crazy!

Saisis de panique, Constance et les siens se bousculèrent, et plusieurs tombèrent à l'eau. Placide Morel, atteint en plein front, s'écroula. Un sous-officier fit cesser le feu, mais trop tard. De ceux qui avaient essayé de s'enfuir à la nage, un seul rescapé, un jeune homme dans la vingtaine.

Des soixante-quinze qui étaient restés, sans compter les enfants, on dénombra seize noyés, douze baignant dans leur sang et l'officier anglais mort. Apparemment, cette tuerie absurde ne fut pas préméditée; on voulait intimider, procéder à quelques arrestations, c'était tout... Mais voilà! On assista à cette horrible scène parce que des soldats étaient mal entraînés ou qu'ils étaient impulsifs? Et, surtout, par les temps qui couraient, on manifestait une hargne incontestable à l'endroit des Noirs, du même coup les Canadiens-français n'y échappaient pas. Pourquoi? Tout simplement parce que l'histoire Molson, si elle ne fut pas la raison majeure, n'accentua pas moins la haine de part et d'autre. Finalement le sous-officier prit l'affaire en main et on arrêta tout le monde, y compris les enfants ayant on non perdu leurs parents.

Arrivés à Montréal, le sous-officier, ne sachant qui était qui, et qui avait fait quoi, on alla réveiller les supérieurs et les fonctionnaires du Bureau des Colonies pour faire rapport des événements. Henry restait toujours près de sa mère et, pendant un moment d'inattention du gardien, Lou s'approcha d'eux. A voix basse: Constance s'enquérit.

—— Est-ce que ça va, Lou?

—— Oui et toi? Rien de cassé?

—— Je ne crois pas.

—— Tant mieux, tiens bon. Après cette énorme maladresse, je suis sûr qu'ils ne nous pendront pas.

—— Je n'ai pas peur de la mort, je serai seulement désolée que cela arrive si tôt, surtout loin des miens.

—— Maman, ne t'en fais pas, même si nous ignorons le sort qu'ils nous réservent. Oncle Lou, je crois que tu devrais t'éloigner de nous, qu'en penses-tu, maman?

—— Il a raison. Ils accorderont certainement une indulgence à ceux comme toi, qu'ils ne connaissent pas.

—— C'est vrai, Lou, n'insiste pas, tu seras plus utile ailleurs.

—— Shot up! cria un soldat.

On ne sut pas au juste combien de temps s'était écoulé avant que n'arriva une délégation des autorités. Dans les années 1793 jusqu'à environ 1802, 1804, on n'avait pas vraiment de maisons de correction pour les Noirs qui commettaient "des délits". Il fallait entendre par délits, des tentatives de fuite, quand ce n'était pas un Nègre ou une Négresse qui essayait de quitter son maître. On a donc, depuis, résolu ce problème de détention. Après d'interminables tergiversations de fonctionnaires, on décida d'enfermer tout le groupe sans distinction de sexe.

— Major, fit le sous-officier, quel ordre dois-je donner à mes hommes?

— Débrouillez-vous, débrouillez-vous, mon ami. Toutefois, soyez là demain à la première heure pour nous éclairer sur cette ténébreuse histoire des coups de feu tirés en l'air qui ont fait tant de morts. J'espère que la nuit vous portera conseils, car il vous faudra beaucoup d'éloquence.

— Oui, Major.

Trois jours déjà durant lesquels hommes, femmes et enfants, plongés dans une promiscuité à peine croyable, n'eurent pour tout repas que du pain sec et de l'eau, à raison d'un repas par jour! Ce troisième jour, vers la fin de la journée, arrivèrent quatre hommes, dont un en uniforme. Un des trois hommes en civil était en tête et suivi immédiatement du jeune en uniforme qui se précipita pour ouvrir la lourde porte. Cet homme, c'était Grant. Court et trapu, un visage rond avec une franche calvitie permettait de voir sur son crâne une bosse à la grosseur d'un oeuf. Son énorme front cachait ces deux petites choses qu'étaient ses yeux. Après avoir dévisagé tout le monde, il plongea son nez à la Cyrano dans ses papiers. D'un ton hargneux, il ordonna à ces pauvres gens de se lever et tous obéirent quand il se replongea dans ses papiers.

— Que ceux qui parlent Anglais se rangent à droite et ceux qui parlent Français à gauche.

Lorsqu'il releva la tête, trois groupes s'étaient formés et, prenant cette division pour un affront, il se mit à hurler.

— Bande d'imbéciles, bande d'ignares, canailles! Vous n'avez pas compris ce que j'ai dit?

Constance avança de deux pas, ce qui fit froncer les sourcils à Grant.

— Mais, monsieur, il ne vous est pas venu à l'idée que des esclaves ont appartenu aux Français et aux Anglais dans ce pays? Le groupe du centre est tout simplement bilingue, monsieur.

Confus, Grant grogna en faisant, les dents serrées:

— Naturellement, naturellement.

On se demandait à quoi servait la présence des deux autres qui n'avaient pas prononcé un seul mot. Il est vrai qu'avec un homme autoritaire comme Grant...

— Dites-moi chacun vos noms, aussi ceux de vos maîtres et leur adresse. Pas de plaisanterie, n'est-ce pas?

Il commença par le groupe des bilingues et, ensuite, les unilingues anglophones. Chaque fois, il les envoyait soit à gauche soit à droite. Il arriva au dernier groupe et, avec son Français balbutiant:

— Vôt nom, le nom de vô masters and addresses.

Il finit son tri et, pour la première fois, consulta les hommes qui l'accompagnaient. Le verdict ne fut pas long, on fit sortir les uns après des conclusions arbitraires et fort douteuses et on en garda une dizaine dont évidemment Constance et Henry. Le jeune en uniforme sortit de la cellule et fit signe à ceux qu'on a décidé de laisser aller de le suivre.

— Ne traînez pas dans les parages, c'est un conseil d'ami..., leur lança Grant.

Constance se précipita et saisit le bras de Lou.

— Tu iras chez moi, ce sera une occasion pour embrasser ton neveu.

— Come on! cria l'homme en uniforme.

— Dis à Gustave de ne rien faire, dis-lui qu'un de nous deux doit être toujours présent pour les enfants. Dis-lui de ne pas s'en faire pour Henry et moi.

— Come on, come on, maugréa le jeune en brutalisant Lou. Perhaps you prefer to stay with them?

— Surtout, surtout dis à Gustave de ne pas contracter de dettes pour payer des cautions.

*

* *

Dans la rue, ceux qu'on venait de relâcher étaient quelque peu perdus. Plusieurs avaient l'impression d'avoir été enfermés depuis des années et n'osaient croire que c'était une liberté et, d'ailleurs, quelle liberté? L'estomac et les yeux creux, la cervelle fonctionnant au ralenti, on essaya de trouver un chemin qui mènera quelque part.

Grant, épuisé, toujours avec les dents serrées, vint dire à ceux qu'on gardait qu'il y a eu mort d'homme.

— Vous comprenez ce fait qui vous accable? Car, c'est de votre faute si le Capitaine Scoffield a été tué. De toutes façons, le sort qui vous est réservé dépasse mes attributions, les ordres viendront de plus haut, de Sir John Colborne, en temps et lieu.

La passivité de ces gens désarma Grant, car il quitta précipitamment la cellule, comme s'il avait quelque chose à ajouter. Abandonnés à eux-mêmes, les détenus n'étaient pas consternés outre mesure, mais devront faire face à la situation la plus pénible: l'attente...

Pour se rendre chez les Legendre, Lou dut traverser toute la ville. En arrivant à une heure aussi tardive, quel accueil lui réservera Gustave Legendre? “De tout le bien que m’en a dit Constance, il reste que c’est un homme blanc...” Il frappa discrètement et la porte s’ouvrit aussitôt. Gustave se trouva nez à nez avec un inconnu et ne cacha pas son étonnement.

— Bonjour, monsieur, dit Lou en se courbant.

— Bonjour?

— Si vous voulez me laisser entrer, monsieur, j’aimerais vous parler. Je m’appelle Louis Dubois-Wood.

— Ah! Entre, viens t’asseoir.

— Merci, monsieur.

Assis face à face, Lou regardait son hôte, sans savoir par quoi commencer.

— Monsieur, je vous apporte des nouvelles de Constance et de Henry.

— Ah, oui? Où sont-ils? Parle!

— Eh bien! Comme vous savez, elle était à cette rencontre sur la rive sud.

— Oui, oui, je sais, je sais.

— Voilà. Tout s’était bien déroulé jusqu’à la dernière minute, quand ils ont décidé de nous attaquer. Gustave était debout et impatient, car Lou parlait lentement. Il y a eu des morts et plusieurs noyés et pour le moment, on ignore l’identité de tous ceux qui sont restés dans le fond du fleuve.

— Mais, qu’est-ce que tu me racontes là?

— La vérité, monsieur, la vérité. Je peux vous rassurer, monsieur, que quand je les ai quittés, Constance et Henry étaient bien.

— Bon! Pour le moment, qu'est-ce qu'ils vont leur faire?

— Dieu seul sait... Gustave se sentait impuissant devant cette situation, même si ce n'était pas la première fois, ni sans doute la dernière. Le regard lointain, il se demandait ce qu'il pourrait faire, quand son visiteur le fit sortir de ses pensées. Monsieur? Monsieur?

— Oui.

— Constance m'a chargé avec insistance de vous dire de ne rien faire et surtout de ne pas songer à payer une caution.

— Et, combien de temps tu penses qu'ils vont les garder? Il faut à tout prix trouver une solution.

— Je suis de votre avis, monsieur.

— Actuellement, nous ne disposons d'aucune somme d'argent. Nous avons tout juste de quoi nourrir les enfants.

— Justement, monsieur, j'allais vous faire la proposition... Voyez-vous, je suis seul dans la vie, je n'ai rien fait pour personne, à vrai dire, je n'en ai pas eu l'occasion.

— Que veux-tu dire?

— Que nous pourrions essayer de savoir quel montant les autorités vont exiger pour le cautionnement.

— Mais, tu n'y penses pas? C'est beaucoup d'argent pour les faire sortir.

— Oui, monsieur mais, ça sera l'occasion de m'acquitter d'une partie de mes dettes envers vous.

— Je ne comprends pas.

— Louis-William, que vous avez accepté sous votre toit et pour qui, je suis sûr, vous avez été bon; ce garçon est mon neveu, ne l'oubliez pas. C'est le moins que je puisse faire. Oui, oui, monsieur. Si je ne le fais pas, le fantôme de James me hantera. Je ne suis pas riche, mais je crois pouvoir sortir tous les dix de leurs griffes.

— Les dix?

— Oui.

— Ecoute-moi...

— Monsieur?

— Est-ce que tu es certain de ne pas me considérer comme un esclavagiste?

— Je ne comprends pas, monsieur.

— C'est exactement cela. Tu m'appelles monsieur, oui monsieur, non monsieur, pardon monsieur; tu prends exactement le ton qu'il faut à un esclave pour s'adresser à son maître.

Il regarda son hôte et sourit.

— C'est une situation qui est créée dont ni vous ni moi ne sommes responsables. Je sais une chose, cette situation n'est pas de nature à favoriser de vraies relations humaines et tout cela est voulu au nom de la supériorité des uns sur les autres. Excusez-moi, je n'aime pas aborder les rapports maître-esclave; si vous voulez, nous allons devoir en rester là et parler des moyens à prendre pour sortir les autres.

Sur sa dernière phrase, il se leva.

— Tu ne pars pas?

— Oui, monsieur, mais j'avais l'intention de revenir. D'abord pour ce dont nous venons de parler et puis, et puis faire connaissance avec Louis-William.

— Tu ne peux partir à cette heure-ci? Pardonne-moi, tout ce désespoir m'a aveuglé, je n'ai même pas songé t'offrir quelque chose.

— Cela n'a pas d'importance.

— Maintenant, j'insiste. Tu prendras le lit de Henry et, après une bonne nuit, nous aurons l'esprit assez clair pour affronter les problèmes.

— C'est que...

— C'est que quoi?

— Je ne voudrais pas vous déranger, surtout pas en ce moment.

— Justement, c'est en ce moment que j'ai le plus besoin de parler avec un homme. Depuis des jours, j'invente un tas d'histoires aux enfants, ça devient lassant. Je t'en prie, reste. Si nous n'essayons pas de briser les barrières, les choses resteront telles qu'elles sont.

Il accepta sans trop se faire prier, mais à une condition: que Gustave Legendre l'autorise à être, ne serait-ce que quelques heures, seul avec Louis-William. Les deux hommes bavardèrent pendant une bonne partie de la nuit. On parla de politique, de conditions sociales et pour les Noirs, et pour les Canadiens-français.

Chose étonnante, tout le monde était sensible au sein d'une société aussi agitée, depuis le choléra dont personne n'était responsable, et pourtant les autorités furent accusées de négligence... Aujourd'hui, on accusait ces mêmes autorités de pratiquer l'oppression systématique et de favoriser volontairement le paupérisme. Ce qui était d'autant plus curieux fut la prise de conscience de la population depuis les Canadiens jusqu'aux Noirs à qui on pensait avoir tout donné au nom des bills et des lois qui n'étaient pas appliqués. Instruits et analphabètes noirs étaient renseignés et refusaient désormais de subir ou de se faire manipuler.

Gustave et Lou réalisèrent que le jour allait se lever dans trois heures, aussi décidèrent-ils d'aller se coucher pour essayer de dormir un peu.

*

* *

Le lendemain matin, si on peut dire, les enfants étaient debout. A moitié endormi, les yeux clos, Lou se demandait où il était, car son subconscient n'avait pas encore mis d'ordre dans ce qui l'avait ébranlé: l'attaque des troupes anglaises, l'arrestation, la nuit passée à bavarder avec un homme qui lui était inconnu une journée auparavant... C'est alors qu'il entendit la voix de Gustave disant aux enfants qu'il y avait un visiteur dans la maison et de se conduire comme des enfants bien élevés; que ce visiteur a des nouvelles de maman...

Une vingtaine de minutes plus tard, Lou était entouré de Louis-William, qu'il ne cessait de dévorer des yeux, voyant l'incarnation de son frère. A côté, Marie-Anne et le plus jeune, Charles-Auguste, encadraient leur père. Comme un adolescent timide en pleine puberté, Lou, sans que les autres s'y attendent, dit:

— Les enfants, votre mère est en bonne santé, elle pense à vous; oui, oui, elle pense beaucoup à vous. Votre grand frère aussi; c'est vrai, tous les deux pensent à vous. Vous vous demandez qui je suis? Eh bien! Je suis Oncle Lou. Je suis sûr que vos parents vous ont parlé de moi.

Touché et ému, Louis-William se leva, heureux, mais non débordant.

— Tu es l'Oncle Lou Dubois-Wood?

Marie-Anne et Charles-Auguste imitèrent leur frère. Etant donné la spontanéité chez les enfants, ils s'approchèrent du visiteur et l'embrassèrent alors que Louis-William, plus vieux, s'était retenu par pudeur. Satisfait de l'accueil que les enfants firent à Lou, Gustave se leva à son tour.

— Bon voilà! La glace est brisée, notre famille vient de s'élargir. Finissez votre déjeuner, sinon vous allez vous mettre en retard pour vos leçons.

Les jeunes obéirent et retournèrent à leur place en regardant Lou au point de le mettre mal à l'aise. La bouche pleine, Charles-Auguste envahissait Lou de trente six mille questions: où il habitait, s'il avait des animaux, s'il possédait des armes...

— Pourquoi, ajouta-t-il, tu ne viens pas nous voir souvent?

— Je vous promets de venir plus souvent désormais. Si vos parents consentent, vous viendrez passer quelque temps, le temps que vous voudrez, chez moi.

— Oh! s'exclamèrent Marie-Anne et Charles-Auguste.

— Est-ce bien vrai, Oncle Lou, que maman se portait bien au moment où tu l'as quittée?

— Oui, je vous le jure, ce n'est pas pour vous rassurer. D'ailleurs, vous connaissez votre mère, vous savez combien elle est courageuse.

— Tu ignores naturellement combien de temps ils vont les garder?

— Honnêtement, je l'ignore, mais votre père et moi allons faire le nécessaire pas plus tard qu'aujourd'hui même.

— Papa, nous n'avons plus d'argent...

Gustave n'eut pas le temps de répondre, car Lou l'interrompit.

— Sois sans crainte.

— Eh bien! Les enfants, dit Gustave, il faut songer à partir. Oncle Lou m'a promis de rester parmi nous quelque temps.

Gustave aida les enfants à s'habiller, puis avant de les conduire à la porte, d'eux-mêmes, ils allèrent embrasser Lou. N'étant pas habitué à de telles affections, il ne réagit presque pas, de crainte de commettre une grossière maladresse. Aussi, se contenta-t-il de sourire, regardant les enfants franchir la porte. Ceux-ci partis, Gustave et Louis-William vinrent s'asseoir.

— Voilà, cette nuit, j'ai bavardé longuement avec ton père sans avoir réussi à trouver des mots pour lui témoigner ma reconnaissance.

— Reconnaissance? Pourquoi, reconnaissance?

— Non, non, ne protestez pas. Tout ce que vous avez fait pour ce garçon vous honore. Vous me comprenez? Je suis persuadé que Louis-William aussi comprend.

— C'est naturel, tout ce qui touche Constance me touche. Du reste, Louis-William aurait pu être mon aîné. Ce n'est pas le cas et cela ne change rien.

— Je sais, mais rares sont des hommes qui...

— Oncle Lou, excuse-moi de t'interrompre. Le fait que papa soit un homme blanc n'a jamais été une remise en cause de la tendresse, grâce à laquelle tous ici avons survécu. Les préjugés commencent dans le berceau et tout le mérite de mes parents est là. Henry, moi et les jeunes n'avons jamais eu à en souffrir. Ils nous ont appris à distinguer l'absurdité d'avec les principes moraux.

— Je dois admettre qu'il me faut te parler en homme. En arrivant ici hier soir, je pensait avoir devant moi un adolescent, je suis heureux de m'être trompé. A présent, monsieur, il me faut aller en ville et, dès mon retour, nous entreprendrons des démarches pour sortir Constance et Henry.

Les trois hommes étaient devant la table non débarrassée, quand Louis-William décida de le faire et ils s'y mirent. Plongés chacun dans leurs pensées, ce fut Lou qui rompit le silence.

— Monsieur Legendre, Louis-William, je vous remercie de m'avoir permis de goûter à cette joie.

— Comme l'a dit papa, je suis certain que tout le monde est heureux.

— Merci encore à vous, Monsieur Legendre.

Louis-William venait de réaliser que Gustave et son oncle ne se tutoyaient pas et, sur un ton de reproche, il dit aux deux hommes:

— Vous n'avez donc pas été capables de briser votre carcan?

— Notre carcan? s'étonna Gustave.

— Oui, votre carcan. Oncle Lou te vouvoie et tu le tutoies.

En riant de bon coeur, Gustave dit:

— Je proteste énergiquement, il faut t'en prendre à ton oncle.

— Eh bien, oncle?

— D'accord, mais laissez-moi réaliser que tout cela n'est pas un rêve.

*

* *

Deux heures plus tard, Lou et son neveu étaient dans les rues de Montréal.

—— Depuis la mort de James, c'est la première fois, m'entends-tu?c'est la première fois que mon coeur est si chaud, que je partage mes sentiments, car la vie ne m'a pas permis le partage du don de soi.

—— Mon père, ton frère je veux dire, quel sorte d'homme était-il?

—— Ton père, je ne sais pas comment je pourrais te parler de lui sans être excessif. Je n'avais que lui, il n'avait que moi. Tu trouveras peut-être que j'exagère mais, tu vois, je peux te dire sans me tromper que nous avons eu peu de temps pour nous trouver des défauts. Nous étions continuellement en train de nous battre contre les autres pour notre survie, et pour cela nos deux têtes, nos quatre bras ne faisaient qu'une force.

—— Tu n'as jamais songé te marier?

—— Je l'aurais fait si ta mère était venue s'installer... Subitement, Louis-William s'arrêta. Non, non, tu n'y es pas. Une partie de ce que nous avions revenait à Constance or, si je m'étais marié, cela aurait voulu dire que je disposais de tous les biens. Ecoute-moi, j'ai parlé séparément à tes parents; si tu veux, tu pourras venir t'installer avec moi à Vaudreuil. Tout ce qu'il y a là-bas t'appartient autant qu'à moi. Tu seras chez toi, tu ne feras que prendre ce qui te revient de droit.

—— Qu'en pense maman?

—— La même chose que moi.

—— Ce qui veut dire?

—— Ce qui veut dire que tu es en âge de gérer tes affaires. Nous en reparlerons aussitôt que ta mère recouvrira sa liberté.

C'est ainsi que Lou, à quarante-trois ans, allait renaître et donner un sens à sa vie. Cette vie, il la consacrera à Louis-William jusqu'à la fin de ses jours.

Vers trois heures de l'après-midi, Lou et son neveu revinrent chez les Legendre.

— Monsieur, je ne sais pas quel montant il nous faudra, mais j'ai réuni une somme qui nous permettra d'entamer les démarches.
— Cela ne te mettra pas dans la gêne de te dépouiller de tout ton avoir?
— Désormais, c'est à Louis-William qu'il faudra poser la question, car c'est lui qui vient d'être dépouillé pour sortir sa mère et son frère. Considérons que moi je me charge de leurs co-détenus.

*
* *

Dans ce même espace de deux cent cinquante pieds carrés environ, devaient bouger six hommes et quatre femmes, sur un sol humide d'où se dégageait une suffocante odeur de moisi. Dans un coin, était assise une jeune fille dans la vingtaine, qui avait l'air ni triste ni gai. On avait l'impression qu'elle suivait quelque chose d'indéfinissable qui se déroulait devant ses yeux. Abattus par la fatigue, la faim et la soif, personne ne parlait. De temps à autre, Constance souriait à chacun, pour réconforter. Un moment donné, elle surprit la jeune fille qui lui souriait aimablement et se leva pour aller s'asseoir à côté d'elle.
— Tante Constance, pourquoi font-ils ça? Juste pour le plaisir de nous humilier, ils nous entassent hommes et femmes dans cette cage.
— Ne t'en fais pas, nous allons sortir bientôt.
— Comment? Des promesses, je n'y crois plus. Mais, sois certaine, j'ai confiance en toi. Ce que je ne crois plus, ce sont les belles paroles de tous ces hommes blancs. Tante Constance, crois-moi, j'ai cédé à une vingtaine d'hommes blancs pour obtenir ma liberté. Je dois être stérile et c'est tant mieux!
— Ne dis pas de sottises, ne te laisse pas aller au désespoir.
— Regarde-moi bien, tu ne me reconnais même pas et pourtant...

Constance porta toute son attention sur ce visage qui était à mi-chemin de l'adolescence, malgré son corps de femme.
— Esprit de mes ancêtres! Est-ce possible? Est-ce que tu es Gloria?

— Oui, oui, c'est bien moi. Il y a cinq ans, nous avions été enfermées dans la même cellule. Le lendemain, deux hommes blancs sont venus te chercher.

— Pardonne-moi, Gloria, je me disais, depuis que nous sommes ici, que ton visage ne m'est pas inconnu.

— Je comprends, tu rencontres tellement de gens...

— Ça ne fait rien, je n'en fais pas une excuse malgré tout. Mais, dis-moi, qu'as-tu fait depuis?

— Rien. J'ai été vendue deux fois. J'avais l'intention de fuir après la réunion, mais tu as dit qu'il ne fallait pas le faire parce que le moment serait mal choisi.

— Oui, bien sûr. Maintenant, quel est ton projet?

— Je sais pas, je sais plus. S'ils nous relâchent, j'y penserai. Est-ce que je peux te poser une question?

— Oui, bien sûr.

— Ce garçon qui est souvent avec toi, est-ce que tu le connais bien? Il est pas mal du tout, je dirais même qu'il est très bien.

Constance regarda en direction de Henry; leurs regards se croisèrent et ils se sourirent affectueusement.

— Tu parles de ce garçon qui nous regarde?

— Oui, mais, je voudrais pas que tu penses que je veuilles te l'enlever, parce que, même si je t'ai dit avoir cédé à une vingtaine d'hommes... je te prie de me croire, je ne suis pas une fille dévergondée. Tu me crois, hein? Dis-moi, tu te moques pas de moi? Je te jure que je ferai rien pour te le prendre. Je te le jure, je suis pas une fille dévergondée.

— Mais oui, Gloria, je te crois.

Faisant une moue de petite fille candide, elle ajouta:

— Je le trouve beau, c'est tout.

— Bon voilà, je suis heureuse que tu le trouves beau. Si on allait lui demander ce qu'il pense de toi? Je suis persuadée que lui aussi doit te trouver belle. Tu viens? On va le lui demander.

— Oh! non, Tante Constance, fais pas ça. Qu'est-ce qu'il va penser de moi.

Elle lui prit le menton et lui donna un petit baiser sur le front.

— Je suis heureuse et flattée que tu trouves beau Henry, parce que ce garçon, c'est mon fils.

— Quoi? Tu plaisantes? Ton fils? Tu te moques encore de moi.

— Est-ce que j'ai l'air de me moquer de toi? Gloria ne répondit pas et sourit timidement. Je te promets de faire les présentations, fais-moi confiance. Revenons à ma question: où comptes-tu aller si on nous libère?

— Je sais pas, je vais essayer de fuir, de poursuivre mon escalade.

— D'accord, tu viendras chez moi quelques jours? Après nous verrons.

Cette journée-là même, un jeune avocat se présenta à leur cellule. Jeune en effet, car ce garçon ne devait avoir guère plus que vingt-six ans. Un des co-détenus fit signe à Constance de s'approcher dès qu'il aperçut le jeune homme de loi.

— Tu ne connais pas ce garçon?

— Non, pourquoi?

Il vint plus près et continua à parler à voix basse.

— Cet enfant de la nouvelle génération, celle qui va perpétuer les mangeurs d'esclaves, j'ai déjà eu affaire à lui, il y a un an je crois. C'est un garçon qui est né dans la haine, la hargne, l'arrogance, tout ce que tu voudras. Il apprend son métier avec une telle rigueur que, si un esclave avait la grosseur d'une punaise, il l'écraserait du talon pour vite classer son dossier, comme je l'ai entendu dire.

— Mais, comment un enfant comme lui peut-il déjà développer une aussi grande haine?

— Je ne sais pas, mais je te conseille de te méfier.

— Est-ce que tu sais son nom?

— Attends un peu, attends un peu... Cro... Crom... Cromwell. C'est ça! C'est ça! John Cromwell. On dit qu'il est le procureur de l'accusation, d'accusation, je ne sais pas trop, mais pour être accusateur, il est accusateur.

Constance écoutait si distraitement que son compagnon se demandait si elle avait entendu tout ce qu'il venait de lui raconter. Comme si elle ne s'adressait qu'à elle-même:

— Non, c'est impossible, c'est impossible...

—— Qu'est-ce que tu racontes? Je te le dis, je ne suis pas encore devenu fou.

—— Excuse-moi, je te crois. Même si je t'expliquais à quoi je pensais, tu n'y comprendrais rien.

Le jeune procureur John Cromwell attendait devant la cellule et son visage traduisait une impatience évidente. Il regardait tantôt à l'intérieur de la cellule, tantôt derrière lui en faisant des cents pas. Enfin, arrivèrent deux gardiens.

—— Ah! Tout de même, ce n'est pas trop tôt!

—— Excusez-nous, maître, c'est parce que le directeur m'a chargé d'un message pour vous.

A voix basse, il lui dit quelques phrases et le jeune Cromwell ne fit aucune réplique, se contenta de consulter un papier vraisemblablement la liste des détenus. Tel un artiste vérifiant son maquillage avant son entrée en scène, le jeune procureur ajusta ses vêtements puis, suivi du gardien, ils entrèrent dans la cellule. Constance qui était assise maintenant à côté de Henry, se leva et les autres l'imitèrent.

—— Que ceux qui reconnaissent leur nom, lèvent la main.

Avec ses yeux vifs d'adolescente qu'elle avait gardés et qui devenaient malicieux dès que la colère montait en elle, ou lorsqu'elle détestait foncièrement quelqu'un, Constance observait le jeune homme. Il s'éclaircit la voix, la tête haute, l'air hautain, ce qui fit penser à Constance que Cromwell était ridicule et guindé. Elle le regardait d'une façon soupçonneuse, tellement que cela frisait l'insolence. John Cromwell ne pouvait pas, ne pas s'en apercevoir, aussi bafouilla-t-il avant de commencer.

—— John Douglas. Louis Dubois-Wood. Allex Lester. Harris Bennett.

Personne ne bougea, ce qui le fit rougir.

—— Alors? Vous ne comprenez pas? Je vous ai demandé de lever la main à l'appel. Alors, je continue: Joseph Brunelle...

Personne ne broncha. De nouveau, il leva la tête et Constance le regardait toujours. Les deux se fixèrent et Cromwell baissa les yeux. Elle se disait: "Ou il est timide, ou il manque d'assurance."

—— Eh bien! Parfait, vous refusez de coopérer, réalisez que vous compliquez votre situation.

— Il faut croire que la stupidité n'est pas l'apanage seulement réservée aux Nègres-esclaves.

— Pardon?

— J'ai dit que les Nègres n'ont pas le monopole de l'imbécilité.

Les co-détenus n'en attendaient pas moins de Constance. Aussi, on se retint pour ne pas applaudir. Maintenant, Constance s'approcha de Cromwell et le dévisagea carrément.

— Pauvre John. Tu aurais pu te simplifier la tâche en demandant à chacun de nous de dire son nom. Tu aurais pu également nous dire le tien, à présent nous le savons. N'en revenant pas, il resta bouche bée. Ne sois pas offusqué parce que, durant un court moment, j'ai pensé que tu es bel et bien John Cromwell, fils de Peter Cromwell et de Helen... et petit-fils de Robert Cromwell. Si tel n'est pas le cas, je demande qu'on me pende sur le champ.

— En effet, tu viens de signer ton arrêt de mort. Pour éviter des tracasseries administratives, j'avais l'intention de vous libérer moyennant caution mais je me vois contraint de durcir ma position, car je regrette amèrement d'avoir plaidé en votre faveur auprès du Juge. Ne soyez donc pas surpris d'apprendre demain que vous risquez de sérieuses peines de prison. Le délai dépendra de vos antécédents respectifs, naturellement.

— De quoi nous accuse-t-on?

— De mort d'homme, car les autorités auraient été, comment dire? indulgentes, pour oublier vos stupides réunions et vos revendications non moins absurdes.

Henry, qui n'avait pas réagi aux propos du jeune avocat, gardait son calme et lui demanda:

— Mais, comment comptez-vous nous emprisonner si vous ignorez jusqu'à nos identités?

Tous les regards se tournèrent vers lui. A son tour, il interrogea le gardien des yeux, voulant dire: qu'est-ce que tout cela signifie? Ce dernier s'approcha et lui fit une chuchoterie.

— Mais, alors, vous n'auriez pas pu le dire plus tôt? Nous venons de perdre un temps incroyable à cause de vos âneries. Qu'ai-je donc l'air à présent, je vous le demande?

— Mais, maître, je n'y suis absolument pour rien. Monsieur le directeur a dû omettre de vous donner la bonne liste.

— Vous avez tous mis ma patience à l'épreuve. Vous me le paierez cher, je vous le promets.

Gêné et humilié, Cromwell ne savait plus où il en était.

— John, mon garçon, nous ne voulions pas te compliquer la vie, je parle aux noms de tous les autres également.

— Ah! toi, la Nég..., en voilà assez!

Henry bondit sur lui comme s'il allait le frapper, mais se ravisa.

— Ordonnez à ce chien de garde de sortir. Je veux m'entretenir avec vous missié, s'il vous plaît, missié, c'est une faveur, missié.

Cromwell fit signe au gardien. Henry, sa mère et Cromwell étaient un peu à l'écart, presqu'à la porte, de sorte que les autres ne pouvaient entendre en détail.

— Bon, tu as traité ma mère de Négresse. Si je te frappe, je mériterai la pendaison. Maintenant, si je te donne une bonne correction, comme le ferait un frère à son cadet... car, vois-tu, je suis...

— Henry! Henry! Je t'en prie, pour l'esprit de nos ancêtres, n'ajoute plus un mot.

Il obéit et laissa tomber ses bras le long du corps.

— Excuse-moi maman, je ne l'aurais pas fait.

— Oui, je sais, mais garde la fougue de ta jeunesse pour d'autres choses plus utiles.

Il fit quelques pas en arrière, sans aller rejoindre ses compagnons.

— John, je regrette très sincèrement mon manque de contrôle. Je maintiens cependant ce que j'ai dit à l'instant. Si je me suis trompée et si je me trompe encore en disant que tu es né à Beauharnois, en 1811, alors qu'on me tranche la gorge sur la place publique. Je paierai ainsi le prix de ma témérité.

John ne répondit pas et se contenta de regarder Constance, comme s'il essayait de lire dans ses pensées. Depuis sa courte carrière, John Cromwell ne s'était jamais encore trouvé devant une situation aussi délicate. Désarmé, il se vengea sur le gardien qui revint sur l'entrefaite et, sans même lui laisser le temps d'ouvrir la bouche, lui cria:

— Et, cette liste?

— Voilà, maître Cromwell.

Ne voyant plus la nécessité de continuer à confondre le jeune homme, Constance changea brusquement de ton et calmement dit:

— Pardon maître. Ne tenez pas compte de mes propos; infligez-moi les mêmes peines que je mérite, au même titre que les autres. Nous avons commis un seul crime celui de vouloir sortir de l'esclavage, c'est tout.

Sans plus attendre, elle alla rejoindre ses compagnons d'infortune. John Cromwell n'avait pas fini d'examiner la nouvelle liste, quand arriva un gardien pour lui dire qu'un Noir était dans le bureau du directeur et avait l'intention de payer les cautions. Pour la première fois, Cromwell modéra son ton.

— Parfait! dit-il, comme soulagé.

Aussi, pour éviter une autre gaffe, il commença l'appel par Constance et termina par Gloria.

— Eh, bien! Comme je vous l'ai dit, le Juge m'a chargé de prendre les décisions qui s'imposent. Constance Legendre, Henry Crom... (il hésita et poursuivit) Legendre, Joseph Beaucourt, Gloria Roberts. Le cautionnement est fixé à 75 livres pour chacun. Quant aux autres, ce sera 50 livres parce que c'est votre première arrestation. Dès que ce sera acquitté, vous pourrez vous considérer libres.

Sur ce, il sortit précipitamment, suivi des deux gardiens. Curieusement, l'un d'eux tira la porte de la cellule sans la verrouiller.

Aussitôt que le directeur vit arriver Cromwell, il se leva et contourna son bureau pour venir à sa rencontre avec le sourire aux lèvres. Au lieu de lui rendre le sourire, Cromwell soupira rageusement.

— Tâchez, Monsieur Clark, de me rendre la tâche plus facile, à l'avenir.

— Mais, maître Crom...

— Je vous dis de m'éviter des situations grotesques à l'avenir, n'est-ce pas? Il lui lança les feuilles. Si vous n'aimez pas le travail qui vous est confié, dites-le. N'importe quel imbécile pourra prendre votre place et sachez que vous ne serez pas difficile à remplacer.

Cromwell était exaspéré, soit à cause de l'attitude des détenus ou, tout simplement, le petit oubli du directeur. Il sortit, sans que le directeur ne puisse se justifier et prenant les deux gardiens à témoin, ce dernier secoua la tête.

— Cette jeunesse! dit-il. Allez me chercher les deux bougres qui sont devant la porte.

Les deux bougres... c'était Lou et Louis-William qui attendaient devant cette porte depuis des heures déjà.

— Alors, qui de vous deux paie les cautionnements?

— Moi, monsieur.

Il les regarda des pieds à la tête, puis consulta la liste que venait de lui lancer Cromwell.

— Cela représente une fortune, sais-tu?

— Combien, monsieur?

— Voyons voir... six, six... et quatre, en tout 600 livres.

Louis-William serra les dents, prêt à dire au fonctionnaire quelque chose dans le genre: "c'est abusif, c'est du vol légalisé", mais son oncle lui entra le coude dans les côtes.

— C'est parfait, monsieur, 600 livres.

Une fois de plus, le directeur regarda les gardiens sans rien dire.

*

*　　　*

Une heure plus tard, tous étaient devant la porte, où Louis-William et son oncle les attendaient. Exténués et affamés, aucun des détenus n'avait vraiment envie de parler, mais Constance avait une obligation:

— Les amis, est-ce que chacun de vous sait où aller? Sinon, il n'y a pas de fausse honte... Vous savez, on vous relâche, mais on peut vous enfermer une heure plus tard, et tous les prétextes seront bons... Bien! dans ce cas, allez tranquillement chez vous. Je vous contacterai très bientôt; de toutes façons, nous aurons tous besoin de repos durant les prochains jours.

Plusieurs s'en allaient déjà, même Gloria, quand Constance fit signe à Henry de la rattraper.

— Alors, Gloria. Tu ne me fais donc pas plus confiance que ça?

— Mais bien sûr, Tante Constance, mais j'ai pensé que tu faisais de ton mieux pour me rassurer.

— Allons! Viens avec nous je te l'ai promis, tu viendras chez moi, ensuite nous verrons. N'est-ce pas exactement ce que je t'ai dit?

— Merci, j'accepte. Je te promets de partir avant de t'ennuyer, toi et ta famille.

— Viens, nous reparlerons de tout ça plus tard.

Pendant ce temps, Louis-William, Henry et Lou bavardaient gaiement.

— Gloria, je te présente un autre de mes fils.

— Combien as-tu de fils?

— Tu verras le troisième dès que nous rentrerons.

— Gloria? c'est bien ça, ton nom? s'informa Louis-William.

— Oui.

— Bien! je suis content de faire ta connaissance. Le troisième garçon de ma mère, mon tout petit frère, est vraiment jeune..., trop jeune.

— Allons, Louis-William, cesse de faire le charmeur.

— Ma chère, tu meurs de fatigue, partons, suggéra Lou.

A la maison, Marie-Anne et Charles-Auguste aidés de leur père, avaient préparé le souper. Point n'était besoin de frapper à la porte, car les deux enfants faisaient le guet depuis que Lou et Louis-William avaient quitté la maison avec la promesse de revenir avec maman. A chaque retour, on assistait à cette effusion des plus émouvantes. On se serrait, se pinçait les joues et on pleurait de joie. Lou et Gloria ne furent pas tenus à l'écart puisque, aussitôt les présentations faites, on entoura la jeune fille d'affection. Touchée et émue, elle ne se souvenais pas avoir jamais fait l'objet d'un accueil aussi chaleureux. On parlait fort,on s'interrompait, on riait, puis on décida d'éviter de parler des derniers jours. Fièrement, Marie-Anne vint dire à sa mère que, seule, elle avait fait la cuisine et n'a fait que suivre quelques petits conseils de papa. Gustave, qui avait souvent une bouteille en réserve pour des occasions comme celle-ci, alla en chercher une.

Tout le monde avait un verre à la main, à l'exception des deux enfants et quelques minutes plus tard, on passa à table. La bonne humeur aidant, on prolongea ce repas jusqu'à une heure avancée de la nuit. Cette bonne atmosphère et cette chaleur également aidant, Constance et Gloria oublièrent leur fatigue et l'espace étroit de leur cellule.

— Maintenant, les enfants, il faut songer à aller vous coucher. Charles-Auguste?

— Oui, maman?

— Tu laisseras ton lit à Gloria, tu veux bien?

Avant qu'il ne réponde, sa soeur proposa de dormir avec la jeune fille.

— Non, Marie-Anne, je pense que Gloria sera mieux seule.

— Je ne ronflerai pas et je ne bougerai pas...

— Oui, oui, je te crois, mais avec les nuits que vient de passer Gloria, je suis persuadée qu'elle dormira mieux seule.

Marie-Anne, déçue, fit une petite moue sans insister.

— Merci, Marie-Anne, tu es très gentille, vraiment tu es très gentille.

— Louis-William, tu dormiras avec ton petit frère.

— Bien, maman.

— Quant à toi, Henry, tu laisseras ton lit à Lou, je te trouverai une place.

— C'est pas grave, maman, j'ai appris à dormir assis ces derniers temps.

— Très bien les enfants, nous venons de régler le problème.

On bavarda encore un peu, puis Gloria demanda la permission de se retirer, s'apercevant que ses hôtes abordaient des sujets intimes. Autour de la table restaient le maître de la maison, les deux fils, Lou et Constance.

Après un bref silence, Lou se tourna vers Constance, puis vers Gustave.

— Si ces derniers jours ont été riches en événements, ils m'ont apporté une joie immense, ils m'ont appris à moins ruminer inlassablement le passé, et ils m'ont surtout appris que la chaleur humaine peut faire revivre. Je sais, ma chère, que tu es fatiguée, aussi ne vais-je pas m'éterniser. J'ai parlé longuement avec Monsieur Legendre l'autre nuit. Il y a quinze ans environ, j'avais déjà pensé te demander la garde de Louis-William mais, à l'époque, j'avais peur d'être un affreux égoïste. Seulement, aujourd'hui, ce garçon est un homme, un homme qui reste à votre charge. Je n'ai pas la prétention de payer tout ce que vous avez fait pour lui.

— Je t'ai dit, moi aussi, l'autre nuit, que tout cela était tout naturel. Si le rôle avait été renversé entre Constance et moi, je suis certain qu'elle aurait aimé mes enfants.

— Je le pense également, monsieur, mais je vous demande seulement de me donner l'occasion de faire don de moi.

— Tu comprends ce que veut dire ton oncle?

— Oui, maman. Je crois aussi que ça vous fera une bouche de moins à nourrir, et puis, Vaudreuil n'est pas à l'autre bout du monde...

— Je voudrais aussi te dire, Henry, qu'il y aura une place pour toi, quand tu voudras.

— Merci, Oncle Lou. Mais...

— Je te prie de croire que je suis sincère, d'autant plus que ton frère et toi avez été élevés ensemble, je ne vois pas pourquoi nous ne pourrions pas nous entendre tous les trois. Nous aurons juste à apprendre à nous connaître. J'ai toujours vécu seul, mais je vous assure que je saurai m'adapter à votre esprit de jeunesse sans aucun effort.

— Je te remercie, Lou, pour mes enfants et, comme tu l'as si bien dit, ils sont en âge de faire leur choix. En quinze ans, je ne peux même pas me vanter de les avoir couvés parce que, quand je n'étais pas à une réunion, c'était en prison.

— Ne dis pas ça, maman, tu as fait tout ce que tu devais.

— C'est vrai, maman, Louis-William a raison. Toi et papa avez fait tout ce qu'il fallait pour nous élever malgré tout.

— Merci à vous deux.

— Bien, si vous permettez, je vais me coucher un peu, si je veux reprendre la route demain. Je ne dois pas abuser indéfiniment de la gentillesse de mes voisins.

— Est-ce que tu t'endends bien avec eux?

— Oui, monsieur. Lorsque je suis arrivé là-bas, Augustin Hébert m'a très bien accueilli. Il est mort depuis trois ans, mais je continue à entretenir d'excellentes relations avec ses deux fils. Louis-William, si tu trouves que partir avec moi demain est trop précipité, je pourrai venir te chercher dans une dizaine de jours, tu me donneras ta réponse demain matin.

— Entendu, Oncle Lou.

Henry se leva et lui tendit la main.

— Merci, mais je ne viendrai pas avec mon frère, je veux dire pas immédiatement, car j'ai un projet.

— Quand tu voudras, tu seras le bienvenu. Bonne nuit à tous.

— Bonne nuit, Lou.

Tout le monde fut installé pour ce qui restait de cette nuit; le couple Legendre était couché sur le dos et, malgré l'obscurité, ni l'un ni l'autre ne dormaient.

— Est-ce que tu dors?

— Non, j'aimerais pouvoir... Tu as quelque chose à me dire? Si oui, je t'écoute.

— C'est à propos de Henry. Est-ce que, quand vous étiez enfermés, il t'a fait part de ses projets?

— Rien en particulier, sinon qu'il m'a dit avoir l'intention de prendre contact avec maître Champagne, lequel est en Saskatchewan où, semble-t-il, il s'occupe d'un groupe de Noirs.

— Henry aurait donc l'intention de l'y rejoindre?

— A vrai dire, j'ignore ses intentions. Je crois qu'on peut faire confiance à nos enfants.

— Oui, tu as raison. Pour ma part, je voulais attendre un jour ou deux pour t'annoncer que je dois partir.

Brusquement elle leva la tête et, le coude enfoncé sur son oreiller,

— Partir? Mais, où ça?

— Eh bien! Je veux rejoindre les rangs des Patriotes. Il est grand temps que je me mouille un peu plus, comme on dit. Du reste, il est grand temps aussi que tu te donnes un moment de répit.

— Ce n'est pas du danger que j'ai peur, mais...

— Mais quoi? Je trouve que tu en as trop fait et moi pas assez. Alors, je t'en prie, ne proteste pas. A présent, essaie de dormir un peu; de toutes façons, le jour va se lever avant longtemps, nous en reparlerons.

*

* *

Effectivement, la nuit fut courte, car Marie-Anne et Charles-Auguste étaient déjà debout et s'amusaient quand Louis-William vint les rejoindre et, tout en leur recommandant de ne pas faire trop de bruit parce que les autres dormaient, il se prit à leur jeu, puis se demandait comment leur annoncer son départ. Même si ce n'était pas un vacarme, cela suffit pour réveiller Constance et Gustave. Comme au souper du soir précédent, on se retrouva autour de la table pour le déjeuner.

— Est-ce que je peux aller réveiller Gloria, maman?

On se regarda et Henry demanda:

— Vous pensez qu'on peut parler librement devant elle?

Gustave fixa Constance pour appuyer la question de Henry.

— Je pense. Oui, je pense.

Marie-Anne revint en souriant.

— Elle était déjà réveillée, mais elle dit qu'elle ne voulait pas nous déranger.

— Quelle idée? lança Gustave.

Le déjeuner et la vaisselle terminés, Louis-William se baissa pour être à la hauteur de sa soeur et son petit frère.

— Ecoutez, vous deux. Je voudrais vous dire quelque chose, mais promettez-moi de ne pas pleurer. Les enfants restaient attentifs. Bon voilà, je vais partir avec Oncle Lou. Je vais partir pour longtemps, mais je ne vous abandonne pas, parce que... parce que je vous aime beaucoup. Oui, oui, c'est vrai, je vous aime beaucoup. Je vais partir pour assez longtemps...

— Et, quand tu vas revenir? demanda Marie-Anne.

— Ça, je ne sais pas, je ne sais pas, je ne vous oublierai pas, ça c'est sûr.

— Tu pleures toi, et tu nous a dit de ne pas pleurer.

Il prit Charles-Auguste et le serra fort.

— Je ne pleure pas, c'est-à-dire que je ne pleure pas, mais les larmes coulent seules.

A son tour, Constance se leva pour rassurer tant bien que mal les deux petits.

— Monsieur Legendre, je vous remercie pour tout.

— Ce n'est rien, seulement souviens-toi, la prochaine fois que nous nous reverrons, appelle-moi Gustave. Souviens-toi, Gustave.

— J'essaierai, Gustave, c'est promis. Bien, Louis-William, c'est le temps de partir.

Constance regardait ses deux fils avec tendresse et au bord des larmes n'ouvrit pas la bouche, justement pour cacher sa tristesse. Gloria disparut pour ne pas assister à toute cette scène qui ne pouvait la laisser indifférente. Henry prit son frère par les épaules et les deux se regardèrent fixement quelques secondes.

— Allons, petit imbécile! Tu pleures? Tu ne feras jamais un homme de toi si tu n'apprends pas à contrôler tes émotions, s'efforçant de dire l'aîné.

— Tu ne te vois pas, vieux, tu ne sens pas non plus ce qui coule sur tes joues?

— Allons, les garçons, c'est assez! Regardez-moi. Je ne verse pas de larmes. Ce n'est pas nécessaire de pleurer pour faire des adieux! La dernière fois, ça a été quand j'ai quitté votre oncle, mon frère Tim. Toi, Henry, tu ne t'en étais pas rendu compte et quant à toi Louis-William, je ne savais même pas que tu verrais le jour. Allez! sauve-toi, ton oncle t'attend.

Louis-William sauta dans les bras de sa mère, puis dans ceux de celui qui fut toujours son père. Constance embrassa affectueusement Lou, puis celui-ci se tourna vers Gustave et les deux hommes se serrèrent chaleureusement la main. C'est ainsi que Louis-William laissa derrière lui une Constance qui aura besoin de courage pour vivre désormais cette séparation.

Louis-William venait de quitter la maison, il était trop tôt pour voir le vide qu'il laissera. On réussit à calmer Charles-Auguste et sa soeur. On ne pleurait pas par sensiblerie, mais parce que, depuis 1812, chaque fois qu'on se séparait d'un être cher, on ne savait jamais quand et où on le retrouvera. C'était là la raison des adieux déchirants auxquels nous faisait assister Constance Cromwell-Legendre, depuis vingt-quatre années. Comme elle a regardé s'éloigner son frère Tim, comme elle a regardé s'éloigner James Dubois-Wood, elle regardait s'éloigner son fils, sans pouvoir dire ce que leur réservait l'avenir. C'était là une des douloureuses cicatrices creusées par l'esclavage dans ce continent d'Amérique du Nord, et qui laissera un goût amer sur les lèvres de "ces Canadiens oubliés".

La journée se passa dans une certaine quiétude qui n'empêcha pas Constance de penser à Tim, à ses parents. Louis-William disait, ce matin, que Vaudreuil "n'est pas au bout du monde". Beauharnois n'était pas non plus au bout du monde, lorsqu'elle est partie... Ce soir, Gloria été plus à l'aise à cause de Marie-Anne et Charles-Auguste qui ne la quittaient pas d'un pas, qui lui demandèrent de rester, que maman, papa et Henry seront heureux.

Après le souper, pendant que Marie-Anne et Gloria s'affairaient au nettoyage, Henry resta assis avec ses parents.

— Maman, papa, je vais, pendant que nous sommes seuls, vous annoncer ce que je ne pouvais dire hier soir.

Constance et Gustave, qui avaient caché leur impatience jusque là, devinrent attentifs.

— En fait, c'est inutile de faire de longues phrases pour vous dire tout simplement que je veux, dès demain ou après demain à l'aube, vous quitter.

— Nous quitter?

— Oui papa. Je vais joindre les rangs des Patriotes.

Brusquement, Constance se leva et tourna le dos à Gustave et à Henry. Ce dernier rejoignit sa mère et lui prit les épaules.

— Qu'as-tu maman? Ca ne te ressemble pas, regarde-moi et dis-moi ta pensée, j'ai besoin de savoir. Elle se retourna, prit le visage de son fils dans ses mains et le regarda sans un mot. Tu comprends, maman, je ne veux absolument pas entrer dans les troupes anglaises, je ne veux pas être un ancien combattant. De toutes façons, tu sais, tout ce poids restera toujours lourd à porter. Je veux dire, maman, que le risque n'est pas moins grand ici, à la maison. Le poids auquel je fais allusion se traduit par la minorité. Tu te souviens, maman? Quelqu'un l'a dit l'autre jour à la réunion. Quand le pays sera moins agité, aurons-nous une place? Resterons-nous des Nègres arriérés, même pour les Canadiens-français? Restera-t-il une page d'histoire consacrée à des êtres comme toi? Je ne parle pas de moi, car je n'ai encore rien fait vraiment. Je t'en prie, maman, toi aussi papa, accordez-moi votre bénédiction. A mon retour, si maître Champagne revient et décide de me reprendre, tant mieux; sinon, j'irai peut-être dans le Haut-Canada pour me trouver du travail. Dites-moi quelque chose, ça fait presqu'une demi-heure que je parle et vous me regardez sans rien dire.

— Henry. Ta mère ne dit rien, tout simplement parce que tu nous prends de court. Je lui ai dit, la nuit dernière, exactement la même chose.

— Est-ce vrai? Tu veux aller sur le Richelieu? Il sauta sur Gustave et l'embrassa. Je suis fier de toi, papa. Excuse mon enthousiasme, petite maman, si la cause des Canadiens-français est gagnée, peut-être que notre condition d'esclave changera, peut-être pas non plus, mais nous aurons fait notre part.

— Constance, donne-nous cette chance. Je crois que nous en sortirons tous glorieux. Cela fait plus de vingt ans que tu ne cesses de te battre.

Assise, le regard lointain, elle les écoutait en se disant qu'ils sont déterminés. Pour une fois, pour la première fois peut-être, elle se demandait où commence l'égoïsme.

— Vous ne me laissez guère le choix, ne serait-ce que le ménagement dont vous faites preuve pour m'annoncer tout ceci.

— Mais, maman, pourquoi te ménager? D'ailleurs, ce n'est pas ton genre les mélodrames. Je me souviens, quand tu nous disais de ne pas confondre la lutte d'avec la tragédie. Or, maman, si tragédie il y a, c'est en continuant ce que tu as commencé que nous obtiendrons, comme tu l'as toujours dit, la dignité humaine.

— Je sais, mon petit, je sais. Je ne sais cependant pas si je devrais dire désarroi, ce soir, ou plutôt découragement.

Voyez-vous, tant que je suis entourée, je me sens plus forte.

— Ne te fais pas de soucis, dit Gustave. Nous reviendrons et même si les enfants, ce qui est normal, fondent leur foyer, nous resterons toujours unis, en dépit de tout.

— Je suis d'accord avec toi. Si, dans cent, cent cinquante ans, on ne parle pas de nous et que ce pays s'appelle encore Canada, et que nous devenions des Canadiens oubliés, cela n'a pas d'importance. Chose certaine, il y aura des gens de bonne foi pour retracer nos empreintes. Oubliez mon ironie et souhaitez-moi du courage, car je vais en avoir besoin. Et souriant, elle ajouta: C'est drôle, vous partez pour risquer votre vie et c'est moi qui vous demande le soutien.

Marie-Anne, qu'on croyait couchée, arriva avec Gloria.

— Excuse-moi, Tante Constance, Marie-Anne me demande de dormir avec elle cette nuit.

Constance se leva et retrouva son air naturel, soudainement.

— Bien sûr, Gloria, si ça ne te dérange pas, je n'ai pas d'objection, à condition que Marie-Anne n'en fasse pas une habitude.

Aussitôt seuls, Gustave avança vers Henry.

— J'avais l'intention de partir dès demain, mais si tu n'es pas prêt, je pourrai t'attendre.

— Nous pouvons partir cette nuit, si tu veux.

— Je vous en prie, attendez tout de même jusqu'à demain à l'aube.

Constance caressa les cheveux de son fils, fit une moue et un sourire mi-gai, mi-nerveux.

— Tu es grand, tu es fort, mais tu es mon petit...

— Oui, maman, j'aime que tu me le dises, parce que ça me rend plus fort à l'idée que tu m'aimes et puis, surtout, surtout que je te dois tout. Tu verras, tu seras fière de moi.

— Eh bien! Vous aurez besoin de toutes vos énergies pour les semaines et, sans doute, les mois à venir, nous devrions aller nous coucher.

*

* *

Le lendemain effectivement à l'aube, Henry était déjà levé. Il n'avait aucune idée de l'heure qu'il pouvait être, pourtant il allait et venait, chantait un refrain que lui avait appris Constance lorsqu'il était jeune. Ce refrain, lui disait sa mère, venait de son grand-père Duke, lequel l'avait appris de son grand-père. Il s'y perdait chaque fois parce que, disait-il à sa mère, ça remonte loin tout ça... Il le disait sur un ton ironique, et se hâtait de quitter la portée de la main de sa mère...

Visiblement nerveux, Gustave tournait en rond avec une brusquerie inhabituelle.

— Je suis persuadé que tu trouveras des mots justes pour expliquer notre départ aux enfants.

A une heure matinale un peu fraîche, Gustave et Henry quittèrent leur foyer avec l'espoir de retrouver une femme et des enfants heureux et fiers. Dehors, dans les rues, plusieurs petits groupes d'hommes dansaient au son de la cornemuse. Henry et son père se demandèrent ce que pouvaient bien fêter ces gens, si tôt. On sut plus tard que c'étaient des recrues à qui on distribuera des habits rouges... Ces recrues, c'étaient ces hommes que Gosford qualifiait de "ramassis d'Irlandais".

Ils poursuivirent leur route pour atteindre St-Joseph de Chambly vers l'heure du souper et ils y restèrent comme port d'attache quelque temps.

Pendant ce temps-là, à Montréal, le ciel grondait. Les bureaucrates qui avaient essayé toutes les formes possibles de provocation soupçonnaient tout le monde. Même si les gens allaient et venaient dans les rues, on avait l'impression d'un couvre-feu sur la ville.

*

* *

Depuis un certain temps, Constance ne faisait plus d'assemblées mais, elle sortait pour se mêler aux différents attroupements. Parmi les sentinelles, il y avait des Noirs. Cela, Constance ne pouvait le tolérer car, depuis 1834, elle et ses partisans voyaient venir le moment où les bureaucrates inévitablement réussiraient leur manoeuvre de division.

Sur la Place d'Armes, hommes et femmes regardaient passivement, avec un sentiment curieux de personnes qui attendent l'ouverture du rideau pour assister à un non moins curieux spectacle. Se frayant un chemin et bousculant tout le monde sur son passage, Constance improvisa une mobilisation de Noirs parmi les spectateurs. Au bout de quelque temps, elle se trouva à la tête d'une trentaine de Noirs et on forma un cercle, on lança un mot d'ordre et on décida d'aller jusqu'aux sentinelles. On hurlait à l'endroit des sentinelles noires, on les traitait de tous les noms:

— A bas les bureaucrates! Mort aux Nègres vendus! Vous vous êtes laissés encore berner, faites une croix sur votre liberté, votre affranchissement! Bande d'imbéciles!

Constance, qui avait réussi à s'approcher, lançait des injures!

— Vos parents ne vous ont donc pas parlé de 1812-14? Vous n'avez donc pas rencontré un vétéran dans votre entourage? Croyez-moi, vos enfants, si vous survivez, vous reprocheront votre trahison d'aujourd'hui, car en ce Canada, vous êtes en train de les engouffrer à jamais dans l'esclavage.

Les plus jeunes des partisans lançaient des pierres et des oeufs gâtés aux soldats noirs. On les empêcha d'avancer, on menaça d'ouvrir le feu lorsqu'arriva un officier très proche collaborateur de John Colborne. Il demanda l'attention du petit groupe de manifestants, mais les jeunes étaient trop excités pour entendre raison. Il fit alors avancer de quelques pas un peloton, sans que les jeunes en soient impressionnés outre mesure. Constance fit signe à ses partisans, qui se calmèrent aussitôt.

— Qu'avez-vous à dire, monsieur?

— Ecoute, bonne femme, dis à tes gens de se calmer, sinon vous aurez à le regretter amèrement.

— D'accord, démobilisez vos pantins de Noirs qui servent dans vos troupes.

— Ce sont des volontaires.

— Ah, vraiment? Des volontaires! Et au nom de quoi, je vous prie? Que leur promettez-vous en échange de leur bravoure?

— Ecoute Legendre, cela fait près de vingt ans que tu nous ennuies avec tes agitations. Je vais te faire une confidence, Sir John Colborne en a assez d'entendre parler de toi.

— Heureuse de vous l'entendre dire, et ce, en public!

— Bon assez discuté, sinon je vais vous faire disperser.

— Toujours la loi du plus fort, hein? Si ce n'est pas notre groupe, d'autres vous feront payer la rançon de votre corruption...

— En voilà assez!

Constance et les siens décidèrent de quitter les lieux parce que, dans cette confusion, les perdants seraient eux.

On s'étonnera sans doute qu'elle et ses partisans n'aient pas été arrêtés à cette occasion, mais il suffit de comprendre que Colborne et ses officiers ne voulaient pas perdre la face devant les Noirs d'une part, et les Canadiens-français d'autre part. De plus, si Colborne frisait la soixantaine, il avait donc nécessairement entendu parler de Constance Legendre. Autre fait important: il devait avoir entre vingt ou vingt-cinq ans en 1799, lorsque les Noirs marchèrent sur Montréal. Sir Colborne n'a pas oublié non plus les vaines tentatives de Papineau, en Chambre, sur la question des Noirs. C'était un homme raciste et sanguinaire que tous les Noirs des deux Canada connaissaient.

Depuis deux mois, Gustave et Henry s'étaient séparés pour se retrouver chacun dans des cellules différentes, chacun de son côté étant déterminé à aller jusqu'au bout, comme de vrais Patriotes. Ce soir-là, Henry était un peu déprimé de ne pas savoir où se trouvait son père depuis qu'on avait annoncé la marche des brigades du Colonel Gore. Les dernières nouvelles qu'il avait de Gustave, étaient que ce dernier combattait aux côtés de Charles-Ovide Perrault.

Quelques jours plus tard, Henry apprit que Gustave n'était pas loin de Viger et que les hommes se battaient ferme. Quant à lui, il eut la plus grande fierté de sa vie de pouvoir se battre aux côtés d'un nommé Louis Lacasse. Lorsqu'il y avait un petit moment de répit, Henry était pendu aux lèvres de Lacasse qui lui racontait non seulement ses propres exploits, mais ceux de la "Company of Coloured Men" durant la guerre de 1812.

— Tu peux être fier, mon garçon, lui disait Lacasse, ici, dans le Bas-Canada, nous finirons par être maîtres chez nous.

Henry pensait à sa mère, à sa petite soeur et son petit frère Charles-Auguste, se disant qu'il aura fort à faire, car ce dernier pose beaucoup de questions.

*

*　　　*

Après les jours qui suivirent la mini-pétition improvisée à laquelle nous avait fait assister Constance à la Place d'Armes, elle courait partout. Elle écrivit, comme des années auparavant, aux journaux, à la Gazette, en se moquant de la pauvreté de son

Anglais devenu carrément incertain. A la Minerve, elle écrivit des propos injurieux à l'adresse des vendus, noirs ou blancs.

Depuis ce temps, Colborne mit tout en oeuvre pour exterminer les Patriotes, on arrêtait tout le monde sans motif, on emprisonnait. Constance était toujours sans nouvelles de Henry et de Gustave. Aussi, pour ne pas pleurer sur elle, elle décida d'employer ses journées pour visiter des veuves et d'autres personnes éprouvées de son quartier.

Le jour de l'exécution du mois de décembre 1838, on avait commis une grossière erreur. En effet, dans le peloton, il y avait un jeune homme qu'on avait déjà vu à Odelltown et ailleurs où tout le monde l'appelait le gars de "La Legendre". Dans les rangs des Patriotes, personne ne voyait la couleur foncée de sa peau et personne ne l'avait jamais appelé *nègre*. Il se battait pour l'espérance, dans l'espoir que le Bas-Canada restera sa patrie: du reste, il n'était jamais sorti de chez lui que pour traverser le fleuve en direction du Richelieu. Ce garçon, c'était le gars de "La Legendre". Lorsque Colborne ordonna des arrestations arbitraires, on s'était gardé, par stratégie, d'arrêter des Noirs au vu et au su de tout le monde. Henry faisait partie des 1,200 Patriotes arrêtés à cette époque. Il s'était fait remarquer par les soldats anglais quand il cassa le nez à un volontaire noir, le traitant de traître. On l'emmena avec les condamnés sans égards. Sa cause était perdue lorsqu'ils surent son identité.

*

* *

Au matin de l'exécution, Humphrey et ses assistants étaient prêts pour leur besogne. Plusieurs générations se souviennent de ce bourreau Humphrey qui exerçait son métier avec grande "passion". Tout était prêt sur le Pied-du-Courant. Le "Vieux-Brûlot" était là, en chair et en os et soudain, on le vit surgir pour aller vers Humphrey.

—— Mais, mon ami, vous êtes devenu fou?

—— Qu'y a-t-il, Sir John Colborne?

—— Ne voyez-vous pas ce garçon à la peau brune?

—— Oui, on m'a assuré qu'il est du nombre des condamnés.

— Vous ne comprenez donc pas que, si vous pendez ce garçon, les Nègres vont se soulever? Tuez, pendez des Nègres et des Panis, mais pas sur la place publique! Notre image ne doit pas être ternie, vous comprenez? Sur ce, il disparut aussitôt. La consternation de la foule était à son comble, lorsqu'on fit descendre Henry Cromwell-Legendre. On entendit dans la foule des hourra! hourra! chien de Humphrey, assasin de Humphrey; ces cris venaient des Noirs, et des Canadiens-français aussi. Ces cris entraînèrent l'arrêt de mort de Henry. Deux bourreaux portant des cagoules l'encadrèrent pour l'emmener on ne sut trop où.

Cette journée du 21 décembre 1838, Constance ne l'oubliera jamais, pas plus que le lendemain. En effet, le 22 décembre, au petit matin, on vint la chercher pour la conduire au quartier général de la police. Encadrée, comme l'a été son fils la veille, on la fit traverser couloirs après couloirs pour aboutir à une cellule sombre d'où sortait une épouvantable odeur de sueur et d'urine. On avait pris le soin de recouvrir les visages des corps étendus de leurs propres vêtements et sur le sol, quatre cadavres.

— Baisse-toi et regarde si tu as quelqu'un de ta famille parmi eux, fit un des gardiens. Alors? Nous n'allons pas passer la journée ici!

Elle se baissa, découvrit un visage blanc, un visage noir, un indien. Le dernier ne pourra être que Gustave ou Henry, se disait-elle. Hésitante, elle regarda en direction des gardiens qui étaient visiblement impatients. Puis, d'un geste lent, elle découvrit le dernier cadavre. Calmement, elle s'agenouilla et prit la tête de Henry dans ses mains. Les gardiens qui s'attendaient à une crise d'hystérie, à des hurlements, restèrent stupéfaits devant le courage et la maîtrise de cette femme. Etait-ce vraiment du courage? Toujours à genoux, elle murmurait des phrases à ce visage horrible avec la langue sortie, les yeux hors de leur orbitre, toutes les caractéristiques d'un pendu...

— Henry, pardonne-moi, pardonne-moi, je ne sais pas ce que j'aurais dû ou aurais pu faire. Si tu m'entends, sache que je suis infiniment fière de toi. A présent, tu es passé de l'autre côté, puisse l'esprit de nos ancêtres t'ouvrir les bras, t'accueillir. Je te promets, mon fils, je te promets de continuer la cause pour laquelle tu as donné ta vie jusqu'à ce que je te rejoigne. Je sais que personne dans ce Bas-Canada ne se souviendra de toi, ni de moi, la Négresse qui pourtant aura donné du fil à retordre aux Colborne, aux bureaucrates et à d'autres. Ce Canada, je le sais, reniera certains de ses enfants et pourtant ton cordon ombilicale, celui de ton grand-père Duke, de ta grand-mère Loretta sont enterrés ici.

Un des gardiens s'approcha d'elle et lui dit:

— Bon! Ça suffit, de toutes les façons, il ne peut plus t'entendre.

Toujours aussi calme, elle recouvrit la tête de son fils et se leva. Des larmes perlaient sur ses joues, mais sa douleur était trop grande pour sangloter.

— Ces idiots ont décidé de se pendre, malgré tous les traitements de faveur qu'on leur a promis...

— Bien entendu, ces pauvres garçons ont décidé de se pendre tour à tour..., fit-elle ironiquement.

Prête à franchir la porte de la cellule, elle se retourna pour regarder une dernière fois le corps de son fils.

— Dans un cas comme celui-ci, que font les bureaucrates et le "Vieux-Brûlot" des cadavres?

— Si tu veux prendre le corps de ton fils, on peut te le laisser hein, Clark? en consultant son collègue.

Après quoi, Constance sortit et, en longeant le long couloir, elle sentit des pas accélérés derrière elle, mais ne se retourna pas, et continua son chemin la tête baissée.

— Constance! Constance! Constance, arrêtez, je vous en prie.

Elle s'arrêta sans se retourner, c'était John Cromwell qui la rattrapait.

— Bonjour Constance, et vint se placer devant elle. Je suis navré pour ce qui est arrivé, sincèrement navré. Si je puis vous être utile en quoi que ce soit, n'hésitez pas, après tout ça ne sera pas une faveur. Je sais que cela ne peut vous consoler...

— C'est très aimable à toi, je te remercie. Je profite de l'occasion pour réitérer mes excuses au sujet de l'incident qui est arrivé lorsque j'étais détenue. Tu ne saurais être tenu responsable des actes de Peter, encore moins de ceux de Bob Cromwell. A vrai dire, personne n'est responsable, sinon le destin.

Elle se remit à marcher, mais John la suivit et péremptoirement dit:

— Mère m'a raconté tout ce qui s'est passé à Beauharnois, jusqu'à la vente de vos parents. Je ne sais pas si cela a encore une importance pour vous, mais ils ont été vendus à un Ecossais du nom de McIntire qui, en 1818 habitait le Nouveau-Brunswick. Elle s'arrêta comme pour dire quelque chose, mais se ravisa. Vous aimeriez sans doute savoir ce qu'est devenu votre frère Tim? Lui aussi a été vendu. Mère m'a dit que grand-père aurait racheté votre jeune frère Joseph mais, à sa mort, Joseph disparut dans la nature. Vous devez vous en moquer pour ce qui est de mon père, je ne saurais vous en blâmer. Quant à lui, eh bien! Il a mal tourné d'après mère, du reste je ne l'ai jamais connu.

— Merci John, merci de tout coeur. A présent, j'aimerais être seule.

— Je comprends. A très bientôt, j'espère.

— C'est cela, à bientôt.

*

* *

Durant les semaines qui suivirent, Constance passa ses journées de cellules en cellules, pour essayer de retrouver son mari. Vaines recherches, car le "Vieux-Brûlot" poussa ses hommes à plus d'ardeur dans les arrestations arbitraires au nom d'une pseudo-trahison. Depuis, plusieurs chefs Patriotes avaient pris le chemin de l'exil, laissant derrière eux femmes et enfants. Il y avait Duvernay, Wolfred Nelson, Brown, Julien, Gagnon, pour ne citer que ceux-là. Curieusement, il y avait aussi des Noirs, comme Charles Brunelle, Oscar Rancourt, Ben Griffith, Henry Roberts et bien d'autres, nés dans le Bas-Canada et qui n'ont pas hésité à s'exiler, ne serait-ce que pendant quelque temps aux Etats-Unis!

Défiant toutes les complications administratives, Constance demanda une audience à Monsieur Viger qui était en prison, comme on le sait, et qui refusait d'en sortir... Avec une politesse exceptionnelle, on la conduisit auprès de ce dernier, de cet homme modéré, intellectuel et très intelligent qui dégageait une chaleur humaine certaine.

— Bonjour, Monsieur Viger.

— Bonjour. C'est bien toi que les gens nomment La Legendre, n'est-ce pas?

— Oui, monsieur.

— J'ai souvent entendu parler de toi depuis des années. Crois-moi, je suis sincèrement heureux de te rencontrer.

— Merci, monsieur. Je suis moi aussi flattée.

— C'est terrible tout ce qui se passe.

— Pour une certaine catégorie de gens, je dirais même que c'est terrifiant. Vous comprenez n'est-ce pas?

— Bien entendu.

— Eh bien! Voilà, monsieur, je ne suis pas venue faire des doléances, même si je ne peux m'empêcher de vous dire que j'ai l'âme en peine. Mon fils aîné a été trouvé pendu dans une cellule, mon mari n'est visible nulle part.

— Je t'offre toutes mes sympathies, Constance.

— Je vous remercie, monsieur. Mais, le but de ma visite n'est pas de me faire plaindre car plusieurs familles sont dans la désolation, plusieurs femmes comme moi se demandent si leur mari n'est pas envoyé en Australie.

— Je sais, je sais.

— Bien, si vous permettez, je vais en arriver à mon propos. Voyez-vous, mes ancêtres sont arrivés esclaves sous le régime français. Depuis 1763, je devrais dire 1783, les Noirs ont reculé dans leurs revendications. Il fut un temps où ils ont cru à Messieurs Papineau et MacKenzie. Mais, hélas, vous avez vu vous-même avec quel mépris ils ont repoussé l'alliance des Noirs dans cette lutte.

— Permets-moi de t'interrompre une seconde. Sans vouloir trouver des excuses à Papineau, je dois avouer que plusieurs erreurs de stratégie ont été commises à bien des égards. Tu n'étais certainement pas née à l'époque, mais je suis certain que tu as entendu parler du bill qui avait été présenté en Chambre en 1793, 1796 et même plus tard, à la demande des citoyens de Montréal.

— Oui, monsieur, je suis née en 1797 et mon père a commencé à m'en parler alors que j'avais à peine sept ou huit ans.

— Les choses vont changer, tu verras.

— Monsieur, je ne vous demande pas d'autres promesses que celle-ci: Faites en sorte qu'on retrouve notre passage sur le sol du Bas-Canada, faites en sorte, je vous prie que Canadiens de toutes les couleurs de ce Bas-Canada se souviennent. Les Anglais feront qu'il en soit autrement, ce sera une tâche gigantesque, j'en suis consciente, mais, essayez. C'est en vos qualités d'homme éclairé et d'homme intègre que je vous fais cette requête de l'avenir.

— Je suis très honoré, Constance, de ta confiance.

— Si je vous ai ennuyé, monsieur, soyez indulgent, cette démarche était capitale.

— Tu as très bien fait, Legendre, je suis persuadé que nous nous reverrons.

Elle se leva, fit deux pas.

— Merci de m'avoir écoutée.

M. Denis B. Viger lui tendit la main et dit:

— Nous nous reverrons.

Avant de sortir, elle lui lança un petit sourire puis dit:

— Dans l'entourage de Monsieur Papineau, on chuchote qu'il s'embarque pour la France. Ne trouvez-vous pas que c'est une démarche inutile, voire absurde?

— Nous en reparlerons...

— Bonjour, monsieur.

— Bonjour Constance, sois prudente. Je ferai tout ce que je pourrai pour te donner des nouvelles de ton mari.

*

* *

Chez elle, Gloria avait pris une place importante, c'était elle qui s'occupait des enfants et elle était heureuse de le faire. Un mois après les funérailles de Henry, et toujours sans nouvelles de son mari, Constance décida d'aller voir Louis-William. Avant de quitter la maison, elle laissa un billet à l'attention de Gustave, car elle osait espérer qu'il vivait encore.

Gustave, mon ami, mon amour,

Gloria, les enfants et moi quittons Montréal; l'air y est trop vicié. Je suis lasse, quelques jours de repos me seront d'un grand bien. Je devrais pleurer en t'annonçant ce qui suit, mais je ne le fais pas. Nous avons enterré Henry il y a quelques semaines. Personne n'a pleuré, même pas les enfants, et Dieu sait qu'ils ont réalisé que leur frère nous a été sauvagement enlevé. Je ne veux pas t'attendrir davantage, mon ami. Si le "Vieux-Brûlot" décide de te faire relâcher, tu sais où nous trouver, n'est-ce pas? Nous serons de retour à la maison dans une huitaine, espérant qu'une certaine accalmie s'installera dans le pays.

Les enfants se joignent à moi et nous t'embrassons avec toutes nos affections.

Constance

A SUIVRE...

BIBLIOGRAPHIE

De l'esclavage en Canada
Société historique de Montréal
(dans Mémoires et Documents)

Black Canadians, a Long Line of Fighters
Headley Tulloch
NC Press, Toronto, 1975

Les Amériques noires
Roger Bastide
Payot, 1967

Africains et Indiens en Amérique
Sylviane Diouf
Revue Bingo, Paris, mars 1974

L'esclavage au Canada français
Marcel Trudel
Presses de l'Université Laval, 1960

Histoire des Patriotes
Gérard Filteau
Editions de l'Aurore, 1975

Africville, The Life and Death of a Canadian Black Community
Donald H. Clairmont et Dennis William Magill
McClelland and Stewart, 1974

The Anatomy of Racism: Canadian Dimensions
David R. Hughes et Evelyn Kallen
Harvest House, Montréal, 1974